谨以此书

献给坝上及关心、支持、帮助坝上的所有人！

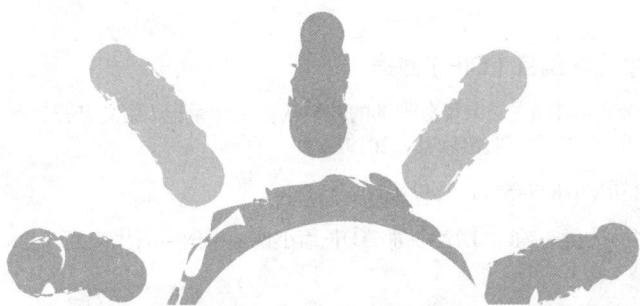

金色的阳光

一个税务干部的驻村扶贫工作手记

徐文忠◎著

中国言实出版社

图书在版编目（CIP）数据

金色的阳光：一个税务干部的驻村扶贫工作手记 / 徐文忠著.
-- 北京：中国言实出版社，2019.12

ISBN 978-7-5171-3317-9

Ⅰ．①金… Ⅱ．①徐… Ⅲ．①长篇小说—中国—当代
Ⅳ．① I247.5

中国版本图书馆 CIP 数据核字（2019）第 292442 号

出 版 人：王昕朋
总 监 制：朱艳华
责任编辑：史会美
责任校对：崔文婷
责任印制：佟贵兆
封面设计：小亿传媒

出版发行　中国言实出版社
　　地　　址：北京市朝阳区北苑路 180 号加利大厦 5 号楼 105 室
　　邮　　编：100101
　　编辑部：北京市海淀区北太平庄路甲 1 号
　　邮　　编：100088
　　电　　话：64924853（总编室）　64924716（发行部）
　　网　　址：www.zgyscbs.cn
　　E-mail：zgyscbs@263.net
经　　销　新华书店
印　　刷　凯德印刷（天津）有限公司
版　　次　2019 年 12 月第 1 版　2019 年 12 月第 1 次印刷
规　　格　880 毫米 × 1230 毫米　1/32　9.25 印张
字　　数　210 千字
定　　价　58.00 元　　ISBN 978-7-5171-3317-9

序

　　《金色的阳光》一书是河北省税务干部徐文忠同志两年脱贫攻坚历练的心血结晶。从书稿中可以看到，坝上贫困村半面井，虽村子规模小到仅有四五百村民，但脱贫攻坚工作开展阻力之深重、问题之繁杂、任务之艰巨，超乎常人想象。驻村税务干部，虽工作平凡、琐细，但其用心用情、用智用力、脚踏实地、压茬苦干的作风和中国税务人忠诚担当的精神，深得当地村民的认可、拥护，也深得当地党委、政府的赞许，读来令人为之动容。

　　党的十八大以来，河北税务系统先后派出四百多个工作队常年驻扎在贫困乡村进行脱贫帮扶。他们就像书稿中讲述的半面井驻村工作队一样，靠着对扶贫事业的无限忠诚，对扶贫工作的勇敢担当，在偏僻贫困的地区，俯下身子，不计个人得失，不问回报收获，默默耕耘，扎实推进，一干就是几年，最终换来驻村扶贫的累累硕果。

　　脱贫攻坚战是决胜全面建成小康社会必须打赢

1

的三大攻坚战之一。国家税务总局先后两次发布《支持脱贫攻坚税收优惠政策指引》，梳理了上百项推动脱贫攻坚的税收优惠政策。各级税务部门在当地党委、政府的坚强领导下，坚持"队员当代表、单位作后盾、一把手负总责"的工作要求，充分发挥掌握大量涉税经济信息、履行行政执法职能的独特优势，派出强有力的驻村工作队，为中国扶贫工作做出了贡献。同样，在河北，在全国，在税务系统内外，有着数以百万计的驻村帮扶人员，他们是中国脱贫攻坚的主力军，共同谱写着我国反贫困历史的辉煌篇章。

中国特色社会主义进入新时代，税收改革和发展面临前所未有的新机遇、新挑战。新时代要求我们税务人要拥有书稿中驻村税务干部的那种忠诚、担当精神，不畏艰难、敢立潮头、改革创新、排除阻力，谱写高质量推进新时代税收现代化的精彩华章。

在此谨向战斗在脱贫攻坚战最前线的所有人表示由衷的敬意，希望全体人民共享改革发展成果，实现共同富裕的那一天早日到来。

2019 年 12 月 24 日

目录

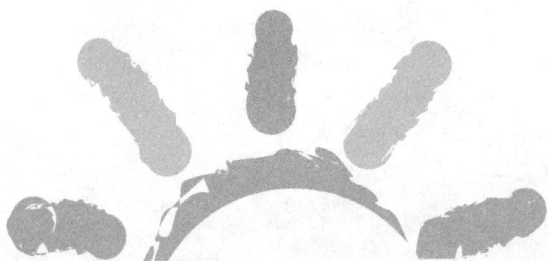

第 一 章

窝冬的日子

01 一路往北

初春的一天上午，阳光明媚。河北会堂广场的上空巨幅彩旗飘扬，周边停满了车辆。河北省扶贫脱贫驻村工作动员大会正在河北会堂隆重召开。省委副书记在会上讲话。讲话内容涉及脱贫攻坚工作的重要性、要求、方法、纪律等，非常具体，听得人异常激动、振奋。

开完会，我们工作队三人随着人群疾步走到不远处的太行山宾馆，坐上大客车向目的地进发。此时已经将近上午十一点半。我们的目的地是康坝县。康坝是河北省张家口市坝上的一个县，地处河北省的西北部，距离石家庄约六百公里。据说康坝县当下仍很冷，气温在零下二十度左右。

省直单位派驻康坝脱贫攻坚的工作队有四十多个，一百三十多人。去往康坝的大客车有两辆，我们工作队被安排坐在后面一辆。两辆车结伴而行，从西二环上了京昆高速一路往北。车上，自称来自康坝县委组织部的联络员给我们简短地介绍了行程距离、康坝简况，最后请大家路上注意休息、有事尽管找他。

年前，我们积极响应国家号召，申请参加脱贫攻坚行动，很荣幸地被组织选中。一个月后接到通知，我们的脱贫攻坚地在康坝县督垦乡半面井村。于是，我从网上搜集康坝、督垦、半面井的相关资料，并向邻近康坝的垣北朋友询问天气、风土人情，尽可能了解当地的情况，但对康坝的了解还是只在表层。

我们这辆车最高时速只有七十公里，跑不快。这令我们一车人有些不爽。司机说，车况不好，跑快了会开锅。有几个人建议司机把车适当开快些试试看。司机架不住多人建议，给车提了速。跑了一会儿，车子果然开锅。司机只得把车停在应急车道上，待水温降下去后，再继续前行。车子再不敢提速，也没有人嫌车速慢了，车上的人渐渐沉寂下来。前面为我们领路的车试图快些，试了几次，终也放弃，不得不将就着我们，若即若离。一路上，包括我在内的很多人担心车子趴窝，很庆幸这种担心是多余的。

下午一点半左右，我们中途停车，到汉城服务区吃中饭。车上的联络员告诉我们，吃饭的时间为四十分钟，还有很长的路要赶，请大家抓紧时间。早有多辆前往张家口、承德方向其他贫困县的送行车辆到达服务区，餐厅人满为患。我们这一车人被餐厅工作人员告知到高速公路对面的服务区就餐。四十分钟的吃饭时间加速着我们每个人的行动。穿过一个涵洞，三步并作两步过去，到了地方，又被告知还要等别的车先用餐。刚开始大家排队领餐具，取食还有秩序，不大一会儿秩序就乱了。我在混乱中总算拿到了一个粽子、一块红薯、一块咸菜、一铲米饭，站在取食区旁边狼吞虎咽。

吃过午饭，继续上路。傍晚的时候，车子钻了多个山洞后在一个叫鲍家口的服务区停下来小憩。鲍家口是个令人印象深刻的地方，听名字就令人觉得不同凡响。一下车就有冷飕飕的风有力量地贴过来。服务区傍着山崖，下面是山谷，谷底藏有村庄，依稀还能看到近处的山上泛着白，那是尚未融化完的雪，给村庄增加了神秘色彩，真有一种暮色时分来到世外乡村的错觉。路程刚刚过半，目的地的环境会是什么样子呢？

夜色浓重起来。车愈往前开，车外风声愈紧，仿佛汽车已陷入风里。汽车以灯光为刀把黑夜拉开一个口子，灯光所及之处能看到山峦、桥梁。手机显示海拔已超千米，室外气温还在降低，车里寒意亦渐浓重，车上的暖气抵抗外面的风寒有些吃力。

车子又爬了一阵子曲里拐弯的坡后，终于下了高速，速度明显慢了下来。手机导航显示，距离康坝县城还有九十公里，海拔已到一千四百多米，气温真的到了零下二十多度。道路很窄，还有转弯，车子开得很谨慎。道路两边的杨树，光秃秃的，默默地立在那里。月亮已经升起来了，四周不再黑漆漆的，两辆车像一对难兄难弟结着伴、不离不弃。偶尔有车辆迎面而来，或从后超车而去，都会给坐在车上的我们一种紧张、揪心的不安全感。从我们已经走过的行程看，这种不安全感是多余的，我们的司机师傅技术精湛、经验老到、注重安全、值得信赖。这九十公里非常漫长，特别折磨人，时间仿佛停滞了，直到道路变成平整的柏油路，联络员说还有最后六十公里，我们的焦虑感才渐渐消失。

车子终于进城，到一个我后来才知道叫作康坝宾馆的地方停下来。联络员唤醒大家说，康坝到了，各位领导辛苦了。此时已是晚上九点多，算算，车子足足跑了十个小时。

一下车，冷风扑面，仿佛突然撞入冷库，嘴唇一下子薄了许多。月亮挂在头顶，圆圆的大大的亮亮的，似乎与平时所见的不是同一个，仿佛人为的有意悬在那里，还率领着几片白云，静候我们的到来。

在这里接我们这两辆车的人很多，县、乡、村的领导都有，对口接着各自的驻村工作队。夜幕下，人都看不太清楚，一双双温暖的手向我们伸过来寻求握手，"长途坐车辛苦了""注意别冻着""饿了吧"一类的嘘寒问暖声此起彼伏，热情洋溢。我赶去寻找自己的行李，却发现行李仓早就打开，里面空空如也，已有县税务局的同志按行李上系着的村名、姓名标牌转移到小车上了。

接我们这个工作队的县领导是个姓袁的副县长，主管农业，曾经当过半面井村所在的乡——督垦乡的乡长、书记，乡书记姓王，乡长姓傅，村支部书记兼主任姓张，县税务局局长姓薛、办公室主任姓吴。我踩踩坐麻了的脚，心里异常温暖，感到脱贫攻坚不是我们几个人在战斗。听从县税务局同志的安排，我们省税务局的三个队员上了一辆小车，没走一会儿就进到一个小院。这小院就是县税务局，当晚我们就住在县税务局办公楼的集体宿舍里。

我有一个习惯，来到一个陌生的地方，总要抽出时间逛逛，看看外景，问问市场。次日七点，手机闹钟铃声响了，外面同时响着一个大钟的报时和学校上操的高音喇叭声。我麻利地起床，从头到脚穿戴得厚厚实实的下楼来。

昨晚飘了点小雪，院子已经扫过。院子里一辆黑色的SUV引起我的注意，车子顶上落了一层薄薄的雪，车子的牌照是石家庄的。这辆车应该就是省税务局特意配给驻村工作队用于驻村扶贫的。县税务局办公室主任吴军昨天晚上交给我这辆车的钥匙时就告诉我，防冻液、玻璃水都换成低温的了，放心开。我围着这辆承载扶贫使命的车子转了好几圈，像考驾照科目三一样仔细查看，还轻轻踢了每个轮胎两脚。

出了税务局大院，马路对面是康坝剧院。这条街的名字很直白，就叫东西大街。街道的阳面部分已经能见到金色的阳光，让人感到身上多了点暖和。街道的阴面积了不少扫到一起的雪，人行道上有的地方结着容易让人滑倒的冰块儿。街上行人不多，车辆也不多。

见到的行人都帽子、口罩、手套、防寒服穿戴齐全，只露出双眼。偶尔有行人碰面，招招手或说一句今早真冷就算打了招呼。

我呼气时感到鼻孔口上有冰碴阻拦气流，显然呼出的气流中含有水汽，一接触空气就被冻在鼻孔边上。吸气时能感到冰凉的空气有一股敌意，直捣肺腑，吓得人本能地轻缓吸气。我从兜里掏出口罩戴上，把手缩在袖子里，小心地小跑起来。先沿街往东跑，所住的楼下有一个黄金首饰店、一个书店、一个服装店、一个药房。路过财政局，斜对面有一个有点规模的超市，超市大楼的上方有一个贴着康坝老窖广告牌的钟楼，早晨听到的报时的声音可能就来自于它。再跑到一个桥上，桥下是几米宽的城中河，河面结着冰。我找了半块砖扔过去，砖头滑了老远才停下，被砖头砸过的冰面只出现了一个小小的白坑，看起来冰面很结实。我掉头往回小跑，经过康坝剧院，其西邻是县一中。令人惊奇的是，县一中招牌的旁边还挂着北京一所高中名校康坝分校的牌子。一中斜对面的胡同里，挤了几辆快餐小吃车，生意不错。再往前到一个丁字路口，那里有个康坝汽车站，刚好有一辆长途公共汽车开出来。我看看时间，县税务局食堂八点开饭，我还要洗漱，于是就不再往前，折了回来。途中又路过几个小店，既卖水果又卖蔬菜的、卖蛋糕的、卖油炸食品的、维修手机交话费的、美容美发的、卖土产的，都不起眼，只有农业银行看起来有头有脸。

回到宿舍，吴军正在楼道西头的伙房帮厨。吴军见到我说，下去溜达了？王处看到街边小店了吗？西红柿炒鸡蛋。我透过走廊玻璃往外看，琢磨了一下，这话有点意思，不禁笑了起来。街两边小门脸上面的牌匾整齐划一，呈长方形，背景为西红柿熟透了的深红色，招牌字为柴鸡蛋蛋黄的深黄色。吴军又关切地问，休息好了没有？房间冷不冷？我说，还行，昨天跑了一天，有些累，一早就睡了，早晨醒来略感到有点凉，屋子太干，干得出鼻血了。吴军说，刚来可能还不适应，待一阵子就好了。全县城有两个热力公司，东边一个，西边一个，咱们属于东边的，让私人承包了，暖气供得不好，大家都向县长热线反映情况，但一直没有得到解决。

我们刚吃罢早饭，半面井村支书兼主任张旭东已经按照昨天晚上的约定开着一辆面包车来到了县税务局，他将领着我们去村里。我们在楼下见到了张旭东。张旭东看起来岁数跟我差不多，面颊微红，鼻子冻得通红，没戴帽子，敞着怀，上身竟然就穿了个皮夹克和一件毛衣。我们的穿着不是棉衣就是羽绒服，和他相比，厚薄差别太大。我问他，穿这么少就不冷吗？张旭东说，不冷，习惯了，不老在外面冻着。

欧阳拿着钥匙上了车，要把车发动起来。只听见车子嗡嗡了两声又寂静下来，再启动还是那样。相继换我、许振村、张旭东上去，车子还是启动不了。我们把车子推起来，试图启动它，推了好几个来回，也是无济于事。一筹莫展之际，吴军和县税务局的司机张师傅闻讯赶来。他们穿得也和张旭东差不多，敢情本地人都不怕冷。大家分析了原因，认为是天气太冷、气温骤降所致。张师傅去有暖气的车库开来了县税务局的车，熄了火。张师傅把两辆车的发动机引擎盖都打开，用两头带夹子的专用粗电线把两辆车的电瓶并联上，发动他的汽车，再让欧阳发动我们的汽车。一次成功，汽车的发动机嗡嗡了几声就缓和下来，终于启动了。我舒了口气。

02 窘迫炊居

往半面井出发。我坐在张旭东的面包车上，我们工作队的车由欧阳开着在后面跟着。张旭东有意把车开得比较慢，说我们的车刚刚启动，还没有完全热起来，方向盘、刹车等都还比较轴。就这么慢的速度，不大一会儿就出了县城。此后，张旭东给车提了点速度。一路上车辆稀少、人迹罕见、冰天雪地，车子在颠簸中前行。面包车座位、地板上好多沙粒，座位套比较陈旧，还带着机油污渍，像个拉活儿的车。面包车的空调失效，车内温度上不来。张旭东中途停下车，打开车盖，用一截泡沫塑料堵住一个管道口，把热风引到驾驶室，车里才渐渐暖和起来。

颠簸了半小时，面包车开进一个土墙土垣居多的破落村子。车子没停，在村里转了几个弯，又开出了村子，继续向前行驶，从几个和之前那个破落村子差不多的村子旁边经过。每过一个村子，我脑子里都在问，这就是半面井吧？然而，张旭东没有停的意思，直到驶进一个村子，拐了几个弯，进入一个砖墙大院停住、熄火，张旭东才说，到了，这是村部。我一下车，顿时感觉周身被冷气罩住。风很大，呼呼地响，院里几棵杨树得了帕金森似的抖动枝条，一根很高的铁旗杆在风中大幅晃动。

几个人从挂着村支部、村委会牌子的屋里出来迎向我们，帮着提行李。进了屋才发现这个屋是个里外套间，里屋三个角上各摆了

9

一张单人床，其中一张是木床，另两张是医院病房用的铁床，床上铺着床垫、床单，整齐地摞着被子、毛毯，屋子另一个角上摆了一对米色的木头小沙发。屋子中间烧了一个煤炉，炉子上面坐着铁壶，铁壶"嗞嗞"冒水汽。一根白铁皮管子竖在煤炉的出气口，往上延伸到房顶后拐了个硬弯，通到窗户玻璃外面。显然，这就是我们要住的地方。

张旭东让一个叫六哥的人泡了三纸杯茶，把我们与他们互相介绍了一下，他们中有会计、妇联、党员。六哥就是会计，姓张，已近六十。妇联姓宫，比会计略小。党员姓田，是村里的上一任支书，已过六十。

寒暄过后，我说，先拜个年，祝大家新年吉祥如意，村里的基本情况我们已经通过张旭东书记有了初步了解，我们想尽快熟悉情况，先召开一个村干部、党员、村民代表参加的座谈会，与大家见个面，听取大家的想法与意见。张会计把窗户旁边的一个机器插上电，二人台的声音就出现在了村子湛蓝的上空。会计拧了一下旋钮，把二人台声音停了，拿起话筒说了几句。一会儿，陆续来了十几个人，有开电动三轮车来的，有走来的，都穿得厚实、戴着帽子，其中有两个女村民的头上、脸部裹着彩色围巾。意外的是，乡组织委员靳南拳也开车及时赶到，他作为包村干部，昨晚就与我们见了面，今天一早又特意来村与我们工作队商量下一步的工作。

靳南拳与村民一点也不陌生。他主持座谈会，向大家介绍了我们三个人。他说，咱们村的驻村工作队是省税务局派出的，第一书记是王处长，名叫王伟经，年纪大的是欧阳处长，名叫欧阳兴，年纪稍小的是许处长，名叫许振村。我们没有说什么客套话，直奔会议主题。

这么多人在一个屋里挤着确实太逼仄，只好床上也坐了人。正开着会，木床突然塌了，一阵子手忙脚乱后，才恢复秩序。

座谈会很热烈。从座谈会上了解到，村里户籍人口五百多，七成多人外出，常年不回来，留在村里的人基本为老弱病残，文盲居多。全村水浇地有八百亩，适宜种白菜、花菜、甜菜、土豆；有旱地两千亩，能种莜麦、小麦、胡麻；有草场、丘陵六千亩，可提供草料养牛养羊；村集体有水浇地两百亩、旱地两千亩，都租给村民了，租价不高。村民渴望摆脱贫困，但苦于资金短缺、技术缺乏、市场不稳、靠天吃饭，无法脱贫。在座的都愿意出力，配合工作队工作，为全村脱贫做贡献。村里急迫的事很多，最急迫的事是打口深井，近两年一到农忙季节，吃水困难，从独用或合用的家用水井抽上来的水都成泥汤了。这得怨村民自己，水务局连续三年要给村里打井，都列入计划了，可村里人死活不愿意打。第一年公家出大头，个人出小头，每户出两百元，第二年每户出三百元，第三年每户出四百元，半面井人仍认为家用水井很好，舍不得那几百元钱，每年拒绝水务局的好意，结果附近村子都有了深井，吃水无忧，而半面井近两年却因发展蔬菜种植而导致家用水井虽然很多，吃水却发愁，这时半面井人终于主动提出打深井了。

我让张旭东给我提供一份村民花名册。会计从一个表面已经蹭破的陈旧公文包里拽出一沓纸，从中找出几张递给我。我看了看，手写的，字迹很工整，纸张四边已经卷曲。我拿出手机，把花名册拍下来，接着把花名册与在座的对了对号。

中午，张旭东说到宫妇联家吃饭。我们没有推辞，正好下户体察民情。我把会议做了小结后就散了，承诺找水务局，争取今年尽快让村民吃上深井水。

妇联家在村南头，村部在村北头。去往妇联家的路冻着，踩得冻雪吱吱响。不时遇到村民好奇地瞧着我们，张旭东不时地向村民介绍我们。村子南北主街与东西主街交叉口的西北角立着几个村民在聊天，不惧天寒地冻。张旭东说，这个街口是村里的露天聊天场所，一年四季都可能有人，大家没什么事时，都到这里瞅一眼。不知何时我们后面跟着了一个穿着深蓝色羽绒服的女孩，十六七岁。女孩跟着我们走了好一段距离，直到张旭东说妞妞回家告诉你爹工作队来了才离开。

妇联家人畜混住，院子是羊的天堂，满院散落着短秸秆、羊粪丸子，还有一股膻味。一条大黑狗用铁链拴在墙边的桩子上狂吠，桩子的旁边有一个蓝色的大汽油桶、一台农用拖拉机、一些叫不出名的农具。我怕狗，小心地进到家里。家里已有人在做饭，是妇联的妯娌和大闺女。进了里屋，一个小男孩在炕上玩，一个姑娘躺在炕上睡觉，没有察觉到有人进来。妇联说睡觉的是小闺女，在本省一个市上大学，寒假回来了，还没开学。大闺女已经在外地工作，带着儿子回娘家拜年来了。妇联家的饭很有特色，莜面面条、莜面窝窝、麻油饹饼、肉丝卤。我们在炕上盘着腿吃，一大一小两只猫伏在旁边无视我们的存在。吃饭的就我们仨和张旭东、靳南拳。张旭东、靳南拳是陪吃的，怕只有我们仨，吃饭显得尴尬。

妇联一家在炕下坐着与我们聊天。妇联说，这里冬季普遍吃两顿饭，一顿在上午九点左右，一顿在下午五点左右，农忙干活需要气力才吃三顿饭。

临出妇联家的院子，妇联的男人老崔把我们叫住了，他揭开那个蓝色的大汽油桶，从里面拿出一条冻得梆梆硬的猪肉，小跑到院门前给我。我有些惊奇，肉就这样放？张旭东说，室外温度零下二三十度，是个天然冰柜，每家都这么放肉。我说，我们没有冰箱，没地方放。妇联说，猪是自家养的，绝对没有瘦肉精，拿回村部套个塑料袋挂在树上，这样就不怕狗叼走了，待开伙了就可做菜。我把肉给了队员欧阳，说那就先挂在院里的树上吧。

回村部的路上，看到不时有人从一个院里进进出出，我多看了两眼。

张旭东说，这是光棍贺旺财家，都到他家打牌呢，去他家看看，能看到好多人。

贺旺财家的院子比较空荡，没农具，没牲畜家禽，更没有羊粪蛋，只有背阴地方的几处残雪。进了家里，乌烟瘴气，昏黄的电灯下看不清人，炕上炕下各有六个人在打扑克牌，围观的人有七八个，大部分手上都点着烟。有几个人面前散烟成堆，是赢来的。我们的到来，没有影响大家的娱乐。

简短寒暄几句，我们便赶紧找个借口走了。

回到村部，被张旭东称为妞妞的女孩正围着我们的车辆转，边转边拍打着车子。

张旭东说，拍坏了你得赔啊，把你们家羊全卖了也不够赔的，你告诉你爹工作队来的事了吗？妞妞说，打电话告诉了，我爹说，工作队来跟他没什么关系，没有羊重要。

我看了看张旭东，没有说话。张旭东说，她爹是个羊倌，整天在外放羊，让她告诉羊倌工作队来了，是为了不让她老跟着我们。

晚上，我们三人住在村里给我们安排的小屋里。屋里头顶上的日光灯异常耀眼，大家有些兴奋，你一言我一语，聊到很晚。同伴不知何时打起了呼噜，我打着手电翻阅着县志。县志是县税务局闫副局长给的，他昨晚听说我对县志有兴趣，一早就给我拿来了。这是本地第一本县志，非常珍贵。县志内容包罗万象，地理、人文、经济等都在其中。

03 感受贫困

早晨醒来，我哑然失笑，许振村的床靠近窗户，他在毛毯上加盖了大衣，头上还戴了一顶黑色的毛线帽子。欧阳岁数大，又是军人出身，有早起的习惯，已悄悄出去走了一圈回来，就着炉子煮好了鸡蛋挂面。用的锅盆碗筷是上一个扶贫队留下的，有两个碗的碗口带缺。赶紧简单洗漱，发现张旭东已在隔壁会议室等候多时。邀请张旭东一块吃早饭，他腼腆了半天才应允。我们边吃边商量今天的工作计划。我看到欧阳衣服的左侧有点脏，给他拍了拍。欧阳说，早晨上厕所，从厕所里出来时在厕所门口滑了一跤，人没事，大家上厕所时注意一下。张旭东怀有歉意地说，怪我，忽略了这个，我一会儿让人把去厕所的小路上的冰、雪铲铲。我探头往厕所方向看了看，厕所在院东南角上，一条不大清晰的小路上印有我们几个人的脚印，我走的时候，走得很小心，一步一停留，像探险。

上午，许振村去参加县里驻村干部信息管理平台使用培训。此平台有定位、考勤、上报等功能。省里加强驻村干部管理，要求驻村队员手机都下载安装这个平台，用上报的手机号码登录，早一次晚一次。驻村干部对这个平台的反应不一，手脚快的，早在河北会堂动员大会上就安装试用了，说省里已把每个人的手机号码维护进去。有人说，安装这个平台需要智能手机，我没有，岂不是还要我专门买个智能手机？有人说，手机不是安卓系统的，难道还要我换一个安卓系统的手机？亦有人说，老眼昏花，打个字都困难，怎么办？据说，这场培训会对大家的意见进行回应解答。

许振村走后，我和欧阳则由张旭东、张庚午领着去村里转转。

村部一出门，右手边就有一家皮姓村民，算是工作队的邻居。远亲不如近邻，就先去他家看看吧。皮大爷六十多岁，他家正门是大铁门，开在南墙正中间，与北方住宅大门一般在南墙右侧位置的习惯迥然不同。进了他家，中间屋子里摆着一长溜货架，一些日用品、农用品陈列在货架上面，货品上面起着浮土，显然长时间没有整理过。六哥说，这里原是村里的供销点，供销点撤销后，房子就让皮大爷家买下了。进了里屋，有女人们在他家串门，女主人腿脚有疾，见我们进来，赶忙热情让炕。皮大爷打开电视，用DVD放二人台给我们看，放的是《农村要饭念喜》，听唱腔高亢震耳，不甚明白，看字幕内容诙谐、有才。

随后，我们去到一个蓝姓老奶奶家里，她已经八十多岁，面容慈祥，但她长年卧炕，又有哮喘，需经常服药、吸氧。老奶奶家里十分干净，门旁边立着一个氧气钢瓶。

在一户孙姓人家的院里，我们看到院子北边有一排房子，房子有三个门。从东到西，房子一间比一间好。最东头的两间房是略微低矮的土房，从东边的小木门进去，一眼就看到一根大圆木支撑着房梁，这已是危房，是爷爷一辈住的。最西头的三间房是砖瓦房，锁着门，是孙子一辈住的。中间的三间房是略新的土房，是父亲一辈住的。张旭东解释说，三辈人分立三个不同户口，辈份越高、年纪越大，住的房子越差，甘心把好房让给晚辈。孙子出门打工，常年不回来，新房空着，长辈也不会去住。

行走在街道上时，我看到村子的东北方向有处蓝顶房子，很是显眼。我问，那是什么？张旭东说，那是个冷库，一个青岛老板建的，投资三百万元，占地十亩，土地租金每年一千元。我又问，租金这么低？张旭东解释道，青岛老板原计划在别处建冷库，但因为多种原因没谈下来，我就瞅了个空把冷库抢到我们村了，冷库是前年建的，用于贮藏蔬菜。

我们又去拜访了几户村民。村里一家一个院落，院落大都是土房、土墙，残垣断壁很多。村里新房也有，但住人的不多。凡被用砖插住了门窗的新房，说明主人长年在外，基本不回来，即使逢年过节也不回来，回来了则是因亲朋好友家有婚丧嫁娶的大事。

渐渐再入户，竟然有了这样的直观感觉：如果没有看到村民、牲畜，真会误以为这个村子已经废弃，或者甚至误认为，这个村子本已废弃，只是一些生活没有着落的人流浪到了这里，寻觅几处稍微好的房子便落下了脚。我越看心情越沉重，便提议去冷库看看。

冷库大院在村东北方向，门前一条水泥大道通过，门口有个地磅。冷库由一排六个冷藏间组成，每个一百平方米。推开一个冷藏间的大门，一股白汽冒了出来，里面还存放着一袋袋土豆。

张旭东说，这是我家的土豆，有近十万斤，去年的，这几天还卖着呢，卖到郑州去了，冷库建成后，为蔬菜长途运输的事先打冷提供了方便，成了附近的蔬菜收购点。咱们很多村民，不分男女，只要有一定的劳动力，就能为蔬菜的装卸提供劳务。有人算过这样的账，女人们一天能挣一百至一百二十元，男人们一天能挣三百至四百元，一年卖菜的月份有七八九三个月，只要身体健壮、肯干，收入是比较可观的。

我说，照这么算，半面井不应该早脱贫了？

张会计说，咦，哪能呢？一是附近有好几个冷库，存在竞争；二是冷库就这么大，蔬菜的打冷时间长，需要十几个小时，一天最多只能提供装两车的打冷蔬菜。倒是村里种菜依托冷库，少了市场风险，每年都能有些收入，但也得看市场行情，有时保本就不错了，有时，卖了却收不到钱，张旭东卖白菜给一个青岛菜贩子，至今没有收到钱。

张旭东解释说，去年卖了八万元，要不来钱，十月入冬后去青岛要账，青岛菜贩子管吃管住，就是不给钱，我一直等到腊月过年前才回村里。

04　脱贫规划

下午再次召开村民代表会议，我们做了个会议签到表让参会人员签字、按手印。

我在会上说，来村里之前，我们做了许多功课，从网上搜集咱们村、乡、县及周边地区的情况资料，到了县里后，又找来县志进行了解，这才知道这里偏僻，一直是高原牧场，风大光足，冬冷夏凉，昼夜温差悬殊。昨天、今天上午，我们找了一些村民并入户调查，发现情况远比先前了解的还要严峻，村里没有产业，没有路灯，没有自来水，没有文化广场，没有硬化街道，没有公共厕所，人畜共院，年轻人、孩子基本都在外面打工或上学，村集体只有两百亩水浇地、两千亩旱地的租金收入。为此，我们工作队三人有了初步的想法，想跟大家交流一下，看看可行不可行？我们认为要充分利用这里的丰富资源进行脱贫攻坚。高原牧场，风大光足，冬冷夏凉，昼夜温差悬殊，就是我们的丰富资源。高原牧场适宜搞养殖，这两天，我们也都知道了村里家家户户都有几只羊，个别家还养了几头牛、驴，不远处别的村还有养骆驼的；风大光足，这两天我们也确实亲身感受到了，经过别的村时，我们看到好多风力发电机组耸立在山坡上，两三处大规模的太阳能发电机组安装在地里；冬冷夏凉，早就知道这里夏天是避暑胜地，晚上睡觉还要盖被子，冬天滴水成冰，气温能接近零下四十度，这样的温度适宜搞云计算基地，天然散热，不需要消耗巨大的能量降温，也就不需要购置大型专门降温的设备；昼夜温差悬殊，可以搞珍稀花卉，如君子兰，要是搞成一个君子兰种植基地，那可了不得。这些丰富的资源，我们大家都能看得到，都能生金子，就看我们怎么对待了，我们得有选择性地开发、利用它们。风能、光能利用，需要大投入，开发利用还受国家政策、电力并网指标限制，这两项除非县上统一开发利用，我们自己不能搞。云计算基地，是大企业的事，也需要县里出台政策招商引资去搞，我们自己也不能搞。现在能搞的，就只有养殖牛羊、种植君子兰了，这需要我们村里成立合作社。合作社怎么搞，希望大家多提宝贵意见。

张旭东说，王书记，咱们村还适宜种菜，种菜的不少呢，我们村种了好多年菜了，有八百亩水浇地呢。

我笑了笑说，大家都说说，提提意见、建议，敞开说，不要闷着。

一个粗犷的声音说，我们庄户人家，大字不识几个，不懂那些个高科技，风力发电、光能发电，什么云计算更不知道。张旭东介绍说，这是咱村的赵明玉，老赵曾当过村办小学的老师，算认识几个字，有点文化的。我说，赵老师您好，以后还请您多给我们工作队出谋划策，为村里多做贡献。

从烟雾里冒出的一个声音说，养殖、种植都需要资金，养殖需要盖场房，种植需要大型农业机械，资金从哪里来？张旭东悄悄跟我说，这是咱村的席前进，老席也算村里能人，啥农村活都会干，曾跑过运输。大前年，出了个交通事故，不得已，把贷款买的车卖了，拉了饥荒，现在就种点菜。我跟大伙说，搞合作社属于产业脱贫，我们必须从产业方面动手，我们单位会给村里出点启动资金，咱们从财政争取点配套资金，再动员贫困户自筹点资金，村里可出几个发起人，把贫困户带动起来，有谁愿意当合作社发起人？

张旭东说，在座开会的，谁愿意当合作社发起人，请举手，我先举手。村"两委"干部、党员、几个村民代表先举了手，又陆续有几个缓慢举了手。张旭东看了看说，王书记，都同意当呢，一共十四个。

没想到我们工作队的第一个提议竟然得到大家的一致同意。我趁热打铁说，在座的都是村里大事小情的主心骨，村里其他人都听你们的，我们工作队需要你们的支持、帮助，我有一个请求，就是请求你们发挥积极作用，向村民做好脱贫攻坚的宣传，做好咱们产业脱贫项目实施计划的宣传，我们工作队先在这里对你们表示感谢。

最终会上形成一致意见，村里成立合作社，搞养殖、种植。许振村起草了会议纪要，把有大家签名的会议签到表附在后面。

开完会，我对张旭东说，我们工作队昨晚在村部住了一宿，发现屋子不保暖，在屋子里生个炉子取暖，不大安全，一是炉子可能熄火导致我们冻伤，二是可能发生煤气中毒事故，希望张书记帮助我们改善住宿条件，相关费用我们想办法解决。张旭东说，王处，这是乡里统一安排布置的，别的扶贫村也是这样，乡干部还来看过。

我笑着说，乡里这样安排，是不是觉得我们不会吃住在村吧？省里有明确要求，脱贫攻坚必须吃住在村，要和村里人打成一片，省里对我们驻村有定位考勤，每天要签到两次，每月保证驻村工作至少二十天。

张旭东沉默了一下，然后不好意思地挠着头说，原来是这样！不瞒各位领导，咱村已被帮扶多年，一年换一个单位，每个单位的队员都只是象征性的在村里摆张床，每次来转转、看看、留点不值钱的东西就走了。

我听出了意思，乡里、村里都不怎么相信我们是实打实地来脱贫攻坚的。我心想，多替自己辩解几句没有什么意义，关键还得看我们以后的实际行动，便没有点破这个意思。

张旭东接着说，工作队要想在村部住下去，必须保证安全第一，居住环境确实需要改善一下。这样子行不行？近期可把村部改造一下，收拾三间屋，每人一间，都装上暖气，再搞一个室内卫生间，寒冬腊月上厕所摔倒的事可不能再有，摔坏了，也成了安全事故。我接过话道，还要搞一个村民也能用的公共浴室。

张旭东突然犯了难，有些忧虑地说，现在还天寒地冻，恐怕不大好施工。

我说，只是室内施工，安个能带三四百平方米的暖气炉应该没问题，村部大院的房子，一个不落全都通上暖气，我把咱们的情况向乡里反映一下，看能否给予支持。我当即拿出手机给乡党委书记王三军打电话说明情况。王三军说，居住问题必须解决，是乡里疏忽了，这样吧，你们先改造村部，安装暖气，做个预算让乡里看看，乡里可以解决部分费用。听到王三军的承诺，张旭东说，这太好了，以后在村部开会就不用挨冻了。

晚上，我根据白天的讨论情况起草了半面井村脱贫攻坚两年的发展规划，把半面井的现状、资源优势、村干部思想、村民干劲、产业发展规划、基础设施建设规划等写了进去。次日，我们工作队和张旭东一同就发展规划去征求乡、县领导的意见。张庚午把发展规划张贴在村里街口的电线杆上，征求村民的意见。许振村通过微信把发展规划报给了单位负责扶贫工作的联络员郝晓磊，让他呈报给有关领导。我们去乡里征求意见的同时，拜访了乡里的多位领导，查看了乡里的几个主要办事机构。

05 环境改造

村部原来是半面井的村办小学。

二十多年前，国家提倡集中教学资源办学，小学集中到乡里，中学集中到县里，村小学空下来，就改成了村部。村部大门口附近的村户院墙上，依稀还能辨出当年办学的宣传口号。村部由一排六间大房子组成。东头第一大间是库房，第二大间隔成了里外两个小间。第三大间是会议室，墙上挂着村务工作的相关制度规定。第四大间挂着村委会、村支部两个牌子，被隔成里外两小间，里间计划让我们居住；外间摆了一个挤满书的书架，农业科技、儿童教育书籍居多。第五大间挂着村卫生所牌子，里面靠北墙隔了两个小间，一个挂着治疗室牌子，一个挂着药房牌子。第六大间挂着村民服务中心牌子，也隔成里外两个小间。

房子就这么多，要就着现成的房子改造。清理村部房子时，在第一大间、第三大间的杂乱堆里发现了一台灯光投影仪、两把木制三角尺、一块珠算教学用具、一个放大镜、一卷户籍册、数张破旧的课桌、若干学生手册。乡里的包村干部靳南拳对投影仪非常喜欢。张旭东说，放在这里占地方，靳委员拉走吧。靳南拳如获至宝，把投影仪小心翼翼地放进小车后备厢。

我对户籍册非常有兴趣，把它放到文件柜里。户籍册得有二十年以上的历史了，字迹已发虚难辨，所记录人口都是祖籍外地，邻近此地的山西籍居多。祖籍外地，说明皆为垦荒移民，与县志所载相吻合。后来我了解到，民国时，此地与山西、内蒙古的部分地区同属察哈尔省，所以祖籍山西居多一点也不奇怪。

从节省经费出发，村部改造比较简单。东头第一大间被隔成东西两个小间，东小间又隔成里外两小间，靠里的小间做卫生间兼浴室用，排水的下水道需通向东墙外的化粪池，化粪池要待四月底天暖解冻后才能施工。西小间安放取暖锅炉，村部房屋从东至西全部安上了并联暖气，烧炉子试水，室内温度能到十七八度。为防止锅炉出故障，影响取暖，又添置了电暖器，住不成问题了。又换了新门，安了新锁。把卫生室改造成伙房、卫生室合用，把里面的东西挪了一部分到最西边的大间，在处理室的北墙上钻了个排烟洞，安了抽油烟机，添置了液化气灶、冰箱、消毒柜、碗筷、盛水桶，靳南拳把他父亲开饭馆时留下来的一张带转盘的大桌子送来了，饮用水是用房顶上的一根橡胶管从北邻的一户村民家用井抽过来的，吃饭也不成问题了。但上厕所还成问题，室外厕所在村部大院的东南角，是原来学生用的。全村没有路灯，晚上上室外厕所有些不便，就购置了手电、痰盂。

村部改造期间，我们住在县税务局宿舍，早上从县税务局吃完早饭，开车到半面井，工作一整天后，晚上六点前赶回县税务局吃晚饭。

这一天是周六，在县里休息。早饭后，我独自一人沿着康坝的东西主要街道从西溜达到东。东头是座山，叫青龙山，已成公园。沿着小路上山，上面有很多个头不大的松树，还有个抗战纪念碑。山上阳光很好，但寒风凛冽。山上有一大景观令我触目惊心：黑的白的塑料袋挂在松树树枝、荆棘枝条上，被风吹得呼呼作响，还有些塑料袋像风筝一样在天上飞着。避开塑料袋往周边看，景色都还不错，山势错落有致、松树成片点缀，县城街道整齐、民房红顶有序。山西南方向、县城正南边还有一个白色的大冰块，那是康坝淖尔湖。我在山上待了一会儿，有三个小学生骑着自行车上来，在公园里嬉戏，他们穿得不多，不惧寒风。

从原路下山，我发现山坡近处有好几个粮油加工厂，墙上刷着胡麻油、莜面、杂粮的销售电话。在进城道路与县城东西大街交汇处，停着两辆大货车，一辆车的车厢严严实实地盖着帆布，另一辆车的车厢帆布已经被掀开一半，四四方方成捆的草疙瘩露了出来。我好奇地向大货车走过去，驾驶室里露出一个戴着风雪棉帽的脑袋来，吓我一跳。我与风雪棉帽交谈起来。风雪棉帽是位老大哥，赤黑脸庞，六十多岁，锡盟人，来康坝卖牛羊吃的草料。已来了两天，才卖出一车的三分之一，一车草有四十吨重，每吨一千七百元。运气好，车来到就卖掉了；运气不好，半个月也卖不掉。卖草老大哥自家有草场，也收购草料，从话里听出他是到康坝来卖草料的常客。

该回住的地方了，我上了一辆公交车。公交车在运营线路上招手即停，十分方便，票价一元。坐了一会儿，我与司机攀谈起来。司机很友好，听说我是扶贫驻村的，很乐意与我交谈。一元钱想坐多久就坐多久。我索性坐了个来回，与司机聊个够。县城公交车原有1路2路3路三条线路。公交车是清一色的中巴面包车，个人承包，挂靠汽车站，月交管理费三百元。1路环县城；2路由建设大街迎宾路交叉口东行，经醉鬼一条街至东西大街，再东行至县三中，然后沿原路返回；3路线路已撤销。县城共三十辆公交车，生意冷清，形成每十天二十辆营运与十辆停运交替的格局。停运的日子，司机

得另觅事干，开小型货车揽活。说到醉鬼一条街，我笑了起来。已
听很多人介绍过，这条街就在县全民健身中心的西边，近几年因各
种特色饭馆扎堆、晚上醉鬼经常出没而得此"雅号"。

村部改造完成后，大伙商量了一下住房分配。我作为第一书记，
住在了第四大间，那是村部这排房屋的核心，是村支部、村委会的
办公室；欧阳岁数大住第二大间，那儿与锅炉房就一墙之隔，暖气
好；许振村主动要求住最西头的大间，即第六大间。

住上后，已经进入四月上旬，但天气还是很寒冷。白天太阳足，
屋里能照到太阳，温度还能上去，太阳一落，温度陡降，在屋里都
得穿上棉衣。晚上，锅炉在十点左右添一次煤，要保持到第二天早
上七点左右，那时暖气已经不热了。有几次，早上被冻醒，加开电
暖器也不好使，电暖器使得勤，用坏了两个，后来又买了个电扇
暖气。

我们在村部大院升起国旗，用以告诉村民，党和政府在关心他
们的贫困、疾苦，这里有脱贫攻坚工作队驻守，要为他们谋幸福。
张旭东感慨地说，多少年村部没升过国旗了，人心涣散，村支书不
好当。升国旗的过程比较曲折。去县城买好红旗、绳索后，要把红
旗安到村部房前的长旗杆上比较难办。旗杆是根空心铁管，至少
七八米高，刚硬难弯，旗杆上面够不着，国旗安不上去。张旭东把
旗杆从离地面约二十厘米高的地方用砂轮打断，我们却发了愁。国
旗升上去后，破损了还要更换，总不能把国旗固定在旗杆上，不能
升降，再次更换还要锯旗杆吧？国旗、旗杆与绳索的连接是有讲究
的，我们一时研究不明白。张旭东叫来席前进，老席研究了好一会
儿，开始动手，他把绳索在旗杆上来回穿了几下，能升降国旗了，
但是绳索比旗杆长了至少三倍。把旗杆焊回原来的地方，国旗迎风

高高飘扬在半面井村部的上空，让我们激动了好久。

我建议张旭东在村口某个位置立块半面井村的牌子。告诉来往的人们这里有个村叫半面井村；时刻提醒工作队每个队员，这个半面井村还是一个贫困村，需要脱贫攻坚，不能放弃；告诉村民们，他们是半面井村的主人，要为自己的生存尊严而努力。

我们购买了一台多功能打印机，能复印、打印、扫描。这样，村民们复印各种证件、工作队填写各种表格等就不用跑到乡政府或县税务局去了。借着县商务局推行电子商务的东风，我们与联通公司数次沟通，把网线从村东头拉进了村部。这是村里第二个上网点，第一个上网点在冷库。冷库管理员需要上网联系业务、掌握行情。网线拉进村后，在我屋安了个路由器，但我们的台式电脑怎么也联不上网。找了专业人士检查，发现线路是通的。从一个退休老师那里借了个买了一年但从来没用过的新笔记本试试，却能接上。我们琢磨了半天，怎么也找不出原因。最后，还是找联通公司的人来才把网接上。终于能办公了。此后，村部大院成为村里几个上学的孩子放假常来蹭网的地方。接着，我让许振村从网上下载合作社章程、合作社申办文书并整理、打印出来，把成立合作社的前期准备工作一一做好。

这时，省局联络员郝晓磊回话说，省局领导表扬你们啦，表扬你们这么快就进入工作状态，基本同意工作队的发展规划，要求工作队上报一个成立养殖专业合作社进行养殖的可行性报告。

趁此机会，我把工作队拢到一起，召开了一个正式会议，商量以后应如何工作、生活。

我说，咱们三人之前在一个单位工作就是一种缘分，现在千里迢迢来到坝上，为了脱贫攻坚这个光荣、艰巨的使命走得更近了，说明这种缘分更加深厚。这个地方远离省会，没有亲朋好友，就咱们三个人，咱们要把彼此当成亲朋好友，互相帮衬、支持、紧密团结。咱们三人在这里，至少一年，也可能两年、三年，欧阳大哥、许大哥都比我岁数大，都说说在这里，咱们的工作、生活应该怎么做。

欧阳说，我曾经就在这附近当兵，司务长出身，做饭我就包了，车也会开，文字差点，别让我搞文字就行。许振村说，就咱们三个人，只要我能做的，我多干一点都没有关系。

我说，咱们是一个整体，是一个团队，脱贫攻坚工作，不管存在多大困难、多大的工作量，咱们必须完成任务，必须做好，让村民满意，让乡、县、省各级党政部门满意，让咱们单位河北省税务局满意。咱们三人各有所长，这样分工好不好，欧阳大哥管后勤、做饭、开车、报账，许哥完成文字材料，其他工作，咱们一块进退、一块完成。养殖可行性报告就由许哥完成，把咱们这些天的调研成果全写进去，数据、结论都必须得过硬。

两天后，许振村把养殖可行性报告给了我。报告把半面井村的养殖资源优势、村民的养殖态度、养殖前景、投资规模、经济效益、社会效益等做了简明扼要的阐述。我稍作修改，询问过张旭东、张庚午的意见后，就把报告用微信发给了郝晓磊。

发完报告，张庚午出了我屋。张旭东跟我说，王处，有个事需要请你帮忙。我说，什么事，这么客气？张旭东说，六哥要去买头猪，想用一下你们的车，行不行？我说，就这事呀，能用就用，工作队的车就是方便咱们村老百姓的车，就让欧阳大哥随六哥走一趟。原来，过完年后，家里没了猪喂，张庚午一直想去捉头猪崽来养，他一个亲戚所在的村说有，但最近工作队来了，就一直忙着没顾上去，今天上午亲戚来电话说，猪崽比上周涨了一百块，还要涨，再不来捉，价格就涨上天了。张庚午找张旭东，想让张旭东开车去拉，可是张旭东的面包车出毛病了。刚才，六哥媳妇还在埋怨六哥办事拖拉，村里的事当自个儿家的事，自己家的事当别人家的事呢。我笑了笑说，哎呀，是我们对不住六哥，六哥是半面井村的字典，什么都清楚，好多事都得找他。

此后，我们的生活与工作开始走上正轨，不用再到村民家吃派饭或去乡政府蹭饭，当然到村民家吃派饭不能空手去，到乡政府蹭饭是要交饭费的。也不用到县局去住了，省了许多路上耽搁的时间。

06　摸底贫困

来任务了。上级要求入户填写贫困户基本情况表，包含家庭成员基本情况、贫困原因、住房、水、电、医保、收入、支出等，十天内完成。

只有全面掌握村里贫困户的情况，才能有针对性地提出"精准"的应对策略。这个任务也正是我们工作队近期盘算必须要做的大事。

上级设计的这张表格对半面井村贫困户来说不够细致，自有水浇地、旱地面积，租种他人水浇地、旱地面积，白菜、花菜、甜菜、土豆等水浇地作物的种植，莜麦、小麦、胡麻等旱地作物的种植，羊、牛、驴等牲口的养殖，这些都没有具体体现；大病病种、学生上什么学也没有体现。为此，我们工作队召开会议，决定设计一个贫困户收支情况表，涵盖这些内容，作为贫困户基本情况表的补充。

入户调查填表，靳南拳也来了。一上午才入了五六户，因为除去入户无人和家里有人却说不清情况的，能说清情况的贫困户也态度各异，有坦诚相告的，有支支吾吾企图掩饰收入情况的，有故意夸大困难的，效率较低，初步估算一下，九十多户全入非得八九天。张会计建议集中填表，下午先到贺旺财家，把在那里玩牌、看牌、聊天的村民的表格现场填了，当着那么多人，谁都不好意思掩饰、夸大，若有，也很容易被大伙当场揭穿。其余的都喊到贺旺财家去当众填表。至于熟悉全村贫困户，认识、了解他们需要时间，以后慢慢来。我说，六哥的建议很好，这么多人，一下子不可能全部熟悉，要是有个地图就好了，我们拿着这张图，想找谁家都行。张旭东说，没有地图，我们不需要，乡里来人要去谁家，我们领着去就行了。许振村说，要是有了地图，去谁家就不用老麻烦你们村干部陪了！

入户调查时，碰到一个改装的工具车在村里转悠，大喇叭重复放着含混不清的喊话。我问张会计，这是在喊什么，虽然经常听到，但还是没有弄明白。张会计说，这是收羊的流动小贩，经常来，有时一天来好几拨，喊的肯定是收羊的土话，喊的是"收大羊、小羊、老羊"，小羊约三百块钱一只。我再看看车子，车厢里放着一个活动栏杆，里面已有一只小羊。上去问过小贩才知道，收的小羊都卖到保定的唐县去了，那里有育肥羊肉加工厂。

在老皮家填表，我问到商贩收小羊的事。老皮告诉我，在半面井，只要勤劳就能不穷。他家最多养一百多只羊，村东边的房是1995年盖的，花了两万多，现在是儿子皮勇一家住着。家里现有十只大羊，可年生三十只小羊。小羊可以卖羊羔，也可以育成大羊卖。按卖十只大羊、二十只小羊，每只小羊三百元，每只大羊七百元算，除去放、喂成本，可年收入一万余元。只是近两年，羊价大跌，村里人把好多大羊都卖了。我听了他的计算很是震惊，村里可是有不少羊，家家户户都有，多的有二十来只，少的有五六只，羊价关系到村里人的收入。

按照张会计的建议，贫困户基本情况表、补充表两天就填完了，装在一个档案盒里鼓鼓囊囊的。为便于查询，许振村从乡里要来贫困户名单的电子文档，按音编了号。这盒表格资料非常重要，我让许振村依据它起草了一份贫困户情况报告。

过了两天，许振村给我送来一张 A4 纸。我一看，是半面井村户分布图，我正想联系乡派出所询问有没有这样的图呢。许振村真费心思，从网上卫星地图中截取了半面井地图，在张会计的帮助下，在 Excel 里把村里的房子按户进行标注，每户的大门朝向都准确无误。此外，原图中无冷库，许振村又标注了冷库位置，村部、工作队位置用五角星标识，还加了未来养殖场所在位置。我说，太及时了，许哥想我所想、急我所急，非常感谢，咱们三人一人一份，多出几份，给乡里包村干部、乡领导各一份，再看看能不能放大打印一份贴在墙上。许振村说，这不前几天你说要是有张半面井地图就好了，我昨天花了整一天工夫，在电脑里折腾，张会计在旁边指认哪一个院子是谁的。地图有些粗糙。我说，已经相当可以了，估计会是全县四十多个省直工作队中的独一份，也可能是全县二百多个工作队里的独一份。许振村说，全村所有的房子都标注了，在村的、不在村的、住人的、不住人的，都清清楚楚。我说，哪些属于危房？许振村说，这个没标，我再找张会计完善一下，不过我知道老村部在哪里了，村部旧地址在村北边，离这儿不远，但属于危房了，土坯墙体已塌陷，房顶是秸秆盖的，已破落得不成样子，六哥说那已成了村民放破旧东西的库房了。

又过了几天，郝晓磊来电话说，省局温副局长要来村里搞一次调研，让工作队做好工作汇报，看有什么困难需要省局帮助解决。我心里想，这么快啊，我们才来一个多月，好些情况还在了解中，但领导要来说明领导重视，咱们得好好准备。

我给张旭东拨了个电话，把省局领导要来的事告诉他，请他来一块儿研究要准备的东西。很快，张旭东便开着他的面包车来了。我说，要汇报贫困户情况、村里资源、脱贫攻坚计划、困难等，还要把村部院落整理一下。商量完毕，我让张旭东开着工作队的车，载着我们三人和老崔去查看一下半面井村的土地情况。

车行走在冰冻的田间小路上，蓝天白云，夕阳西沉，田野里的雪星星点点，还未化尽，四野空无一人，唯有喜鹊飞来飞去，几处安静的小砖房是水浇地的机井。宽阔的坡地长达上公里，适宜机器耕种；退耕还林地里的树低矮得像荆棘；林地里的杨树直径大约有七八厘米，已长了四十年。

正当我们查看时，坡地突然刮起狂风，卷起尘土飞上高空，一下迷住我的双眼。我们赶紧奔向汽车，车里面似有强大的吸力紧紧把门吸住，好容易拉开车门，进到车里躲下，漫天的沙尘暴，已让人看不到远处。车窗外，无天无云无色彩，呼呼的风拍打着汽车，白的、黑的塑料薄膜碎片在野地里上下翻飞。我试图摇下车窗玻璃，用手机录下这些画面。刚打开一条缝，就有泥沙涌进来，脸、衣服、车里立即起了一层土，鼻子、嘴马上感到不适，一磕牙能感觉到牙碜。我顾不上这些，赶紧屏住呼吸，顽强地拍了一段视频和几张照片。张旭东说，这就是大黄风，至少得刮一个月。我说，真厉害，北京、石家庄的沙尘暴是不是都从这里刮去的？张旭东又说，坝上春有大黄风，冬有白毛风，也算一特色。

回到村部，大家都口渴找水喝。老崔进屋，抄起水瓢从大水桶里舀了半瓢水，对着嘴就咕咚咕咚地喝了下去。许振村跟在后头，瞪着大眼看呆了，这可是大冬天，水拔凉拔凉的。许振村说，不怕喝出毛病来？老崔说，不会，我们都这么喝，水甜着呢，许处试试，喝一小口的。许振村用电热水壶烧上水，也就着瓢喝了一小口，连说清凉、好喝、真爽。

晚饭时，许振村食欲不振，就吃了半块烙饼、一碗稀粥。晚上十一点多，许振村打电话跟我说，身体不舒服，肚子发胀，既想吐又想拉，但吐不出来也拉不出来，还有发烧的感觉，没有精神。我赶紧叫上欧阳一起开车把许振村送县医院。路上又给住在县城的张旭东打电话，让他去县医院候着。到了医院，许振村已浑身乏力，只能弓着腰勉强行走。

挂上急诊号，一个有点年纪的女医生问了问情况，开了个血常规化验单、促进肠胃动力的输液单。血常规化验结果正常。输液时，许振村唉声叹气，一会儿坐着一会儿趴着，搞得同样看急诊输液的一个女病人极不耐烦。许振村说，大姐，对不起啊，我这不是疼痛，是肚子太憋胀，疼痛能忍住，憋胀那种难受劲儿忍不住，只好这样缓解。

我凉了杯温开水给许振村润口，转移他的注意力。输完液，症状不见减轻，于是我们又去找医生。急诊室里的医生换成了男的。男医生翻了翻病历，让许振村躺在床上，给他摸了摸腹部，说再做个检查吧，然后开了个 X 光透视检查单。去照 X 光时，许振村在楼道吐了好一阵。在 X 光机前，许振村站立不稳，咬牙把腰挺直。检查结果很快出来，男医生看了看，诊断为肠梗阻，吃生凉食物所致，需做灌肠治疗。灌肠治疗由一个年轻的女护士在观察室执行，这过程让许振村非常难为情。肥皂水灌肠后，侧身躺了 20 分钟，许振村上了趟厕所，只听得在里面稀里哗啦，再出来显得轻松多了，不再唉声叹气，已经能够与我聊天。离开医院前，男医生又给他开了有助肠胃蠕动的西药。

从医院出来已是凌晨三点多，我们回县税务局住。税务局大院的门已锁，不得不把门房大爷惊动。

次日早晨，我们在县税务局食堂吃早饭。许振村已恢复元气，吃了一碗面条、一碗小米粥。说话聊天时，发现许振村不能笑，一笑就捂肚子，他说肚皮疼。薛强说，可能是肚子胀得太大、时间太长，把肚上肌肉都撑坏了，要不咱们轮流给许处讲笑话，让他放松放松。一桌吃饭的人都笑了。许振村感叹说，以前身体很好，什么凉东西都能吃，现在喝口凉水都塞牙。我问许振村能不能去村里，要不在县城再休养休养。许振村说，可别，村里还那么多事呢，我没事，一切均好，你们别让我笑就行。返回村子的路上，欧阳把车子开得很慢，但还是颠颠簸簸，把许振村颠得不时捂肚子。

有了这番经历，我们几个商定，以后饮用矿泉水，每月到县城的一家水店拉上几桶，以免再出现得不偿失的饮水事故。到了水店我们发现，很多驻村工作队都因为水质问题，早就到这家水店采购矿泉水。水店起初在县汽车站门口，店子规模较小，半年后，搬迁到另外一条大街，店子面积扩大了一倍还多。

07 领导一调

领导来的那天，天气极好，天高云淡，风和日丽，并不寒冷。

靳南拳、张旭东和我们工作队一起在村口迎接，旁边的地理标识石碑"半面井村"几个红色大字十分醒目。

两辆面包车从东驶来，后面飞起尘土。面包车到我们面前戛然而止，领导一行下车，带头的领导是省税务局党组副书记、副局长温家辰，同来的有机关党委、财务处、人事处、服务中心四个部门的负责人，张家口市局、康坝县局的局长也同车而来。来的人都与扶贫工作密切相关，重要性不言而喻。机关党委是经省税务局党组研究决定、负责省局扶贫工作的联络机构，所有与扶贫有关的大事小情，都由机关党委归口；财务处负责全系统经费收支，当然也包括脱贫攻坚帮扶资金、工作保障经费的拨付；人事处负责落实参与扶贫人员的政策待遇，如职务待遇、津补贴待遇；服务中心是机关的后勤总管，除负责发放扶贫人员的工资、津补贴外，还负责报销与扶贫有关的交通费用。

我建议说，咱们从村口步行到村里，边走边看，看看村子情况，好对村子有个直观印象。温副局长答应了。我边走边给大家介绍：半面井村不大，户籍人口 199 户、542 人，贫困户 93 户、192 人，贫困户有……温副局长打断我的话说，这个大家都已知道，不用再介绍，可以介绍点别的，譬如半面井村名有些特别，你给我们讲讲。

我说，这里的县名、乡名、村名都有些特别。据县志记载，康坝县是因县城南边有个叫康坝淖尔的湖而得名；半面井村是因为这个村旱地多、缺水，打井时，发现只有村东面这半边能打出水来，所以才叫半面井。

通往村里的是条土路，坑坑洼洼，坑洼处还有未化的余雪，有人正把院里的羊粪清理到大街上暴晒，断壁残垣的院落中，秸秆和光秃秃的杨树枝在风里悠荡，几条狗见到我们远远地吠叫，街口有几个村民扭头向我们张望。

温副局长向村民们挥手问好。我告诉村民们，领导来村里了解情况、看望大家。我们顺路去了一户人家，一进院，张旭东就喊，妞妞，告诉你妈，有领导来看你家来了。院里羊粪、秸秆零星散落，几只土鸡在刨食，几只小羊跟着两只大羊，完全不理会我们的到来，仍旧在撒欢。院子里的住房是土坯的，有地方已出现裂缝。一进门，就看到门口一个灶，灶上一口大锅，灶旁是一堆做柴火用的枯树枝和秸秆，一个手拉式风箱嵌在灶一侧。靠里屋门口处放着一口水缸，缸面上是一个水瓢。

我们进了东边里屋，屋里还比较干净，几个涂了红漆的箱子靠墙放着，箱子上面摆放着日用品，墙上挂着一面大镜子、三四个镶着彩色或黑白照片的相框。妞妞在屋里站着，她妈坐在炕上，静静地看着我们。张旭东说，这是贫困户张福满家，他是个羊倌，放羊去了，只有媳妇、闺女在家。我翻着花名册对号，闺女叫张贵枝，就是村民称呼的妞妞。温副局长问了收入、生活、孩子怎么样几个问题，张福满家的只是应着却不答话。张旭东说，张福满老婆智障，什么事都不清楚，这个孩子是她的闺女，已经十七，没上过学，不识字，不会劳动。温副局长示意了一下，机关党委负责人从身上掏出一个信封递给了温副局长。温副局长接过信封转手给了妞妞她妈说，我们来村里看看，发现脱贫攻坚的任务还很艰巨，党和政府没有忘记你们，工作队和村里会帮忙给闺女寻一个力所能及的活，这个信封里钱不多，只是一个小心意，祝福你们的生活越来越好，早日摆脱贫困。张贵枝她妈把信封拿在手里，嘴里嘟囔着，不知说什么才好。

出了羊倌家，我们直接到了村部。村部大院地面已经不再泥泞，昨天张旭东安排人拉了一车碎石子把地面垫了垫。院落显得朴素整洁，国旗随风劲舞，似乎是在欢迎省局领导一行的到来。我领着领导参观了改造好的锅炉房、会议室、队员宿舍及还未改造好的公共浴室、卫生间，介绍了等到天气变暖时将在村部大院里种上两分地蔬菜、东西两个围墙边简单绿化一下的计划。温副局长问，浴室、卫生间怎么不一起改造好？我说，这里冬季最低温度达到零下三十七八度，能冻到地下两米七八深，目前室外温度零下十七度，化粪池还不能开挖，挖掘机挖不动，要到四月底气温上升，土层解冻后才能施工。

进到村支部、村委办公室，也就是我的宿舍与办公室。我指着外屋桌子上摆放整齐的一排档案盒说，这是我们整理的资料，有脱贫攻坚政策、县乡村规划，还有半面井村贫困户的信息资料，每个档案盒上都贴有标签，查整村的、单个贫困户的信息都很方便，像查字典一样，只要按照索引，即使不熟悉半面井村情况，也能很快查到。

温副局长饶有兴趣地翻阅着说，咱们就找一户试试，选一个五保户吧。我边说边做，先按贫困户类型找到五保户，全村就一个五保户，叫黄老牛，查到其编号，再从按编号顺序放置的资料中找出这个编号的资料，就可以了，若还想到他家去看看，可不需要村里人带路而只要带着地图就可直奔他家。温副局长接过我找出来的五保户资料说，还有地图哪？真动脑子了，这样，先听汇报，再到这个五保户家去看看。张旭东说，温副局长，老牛不在村里，他有脑梗，行动不便，被闺女接走了，他闺女是他抱养的，就住在邻村。温副局长说，这闺女很孝顺，难得，工作队应该去看看老牛。我说，我们已经做出计划，要了解、熟悉每一户村民的情况，会去看他的。

我把一份汇报材料逐一发到温副局长一行手里，并简要汇报了我们的工作思路及近期工作、存在的困难，张旭东在一旁随时补充更为具体的数字。

温副局长听完汇报后说，短短一个月时间，把基本情况了解得这么扎实，还做出了脱贫攻坚规划，非常好。我们这次来是带着任务来的，受省局党组委托先来打个前站，一是慰问贫困户及工作队员。刚才看了看村子，确实贫困，工作环境十分艰苦，石家庄早就春暖花开了，这里还是天寒地冻、偏居一隅，连个柏油路都奇缺。二是了解咱们所帮扶的贫困村的困难。村里没有产业、基础设施缺乏、没有收入来源，咱们要想办法让他们有收入来源，改善生存环境。三是现场办公解决困难。省局全力支持工作队的帮扶工作，及时解决工作队反映的困难、问题，这次一同来的几个处长可进行现场办公，解决人、财、物等方面的困难，现场不能解决的，带回省局提请党组会解决。市局、县局的领导同志也来了，工作上有困难也可向他们求助。你们要发挥税务系统垂直管理、掌握大量经济信息、履行经济职能的部门优势，忠诚担当，崇法守纪。至于省局脱贫攻坚的帮扶资金数目，省局党组将对工作队的报告研究后再决定。机关党委负责省局脱贫攻坚工作联络，已把肉牛养殖可行性报告报给我看了，我觉得还有个别地方需要斟酌，后期由机关党委负责与工作队搞好沟通、修改。最后，温副局长说，别的贫困户，就不去看了，我们这次到村里来也就能待上几个小时，工作队至少要在村里待上一年，你们工作上要用心用情用力，要保重身体、坚守纪律、注意安全，有困难一定要反映，咱们共同把脱贫攻坚工作做好，完成脱贫攻坚任务。

　　领导一行离开半面井村后，先去乡里会见乡里有关领导，再去县税务局进行工作调研，并看望干部职工。领导去乡里我是陪着去的，温副局长与乡领导进行沟通时说，省税务局派来的驻村干部都是处级干部，思想觉悟、能力水平都很高，他们代表省税务局，一定会在乡党委政府的坚强领导下把驻村工作做好。乡领导要留温副局长一行在乡里食堂吃顿便饭，温副局长没有应允，说时间紧，还要去县局看看。

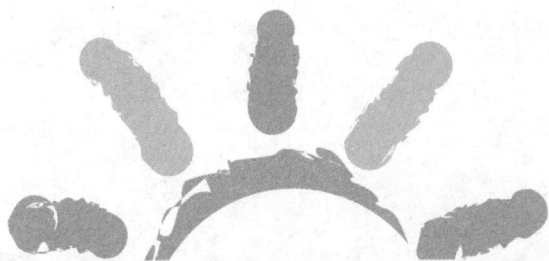

第 二 章

开工的季节

08 农事催人

在村口等温副局长到来时，张旭东给我讲了一件事。县里鼓励膜下滴灌节水，按照水浇地面积给予财政补贴，以膜下滴灌器具实物形式发放，半面井村得到二十万元。一家供货公司中标了，与乡里签订了供货合同，可是迟迟不给发货。电话打了无数个，供货公司却说合同供货价格太低，按合同价格供货会赔本，要求提高供货价格。我说，合同有规定，违反合同，可以向法院起诉。张旭东说，提了起诉的事，人家说起诉也不供货，除非涨价。我说，向乡领导反映，让乡里协调一下。张旭东说，反映了，乡里协调过，协调不下来。我说，会误农时吗？张旭东说，还有时间，进入四月，村里已经开始整地、晒粪，准备育苗，五月份才种植，还有一个月时间。

温副局长一行走后，我与张旭东又在乡里待了一会儿。我们请王三军帮助协调滴灌器具纠纷。王三军说，他已知道这件事，已让主管农业的副乡长与供货厂家联系，宽慰我们不要担心，事情会圆满解决。

与王三军交谈完，我们就回了村。路上，我打电话给县税务局副局长闫拥军，请他从侧面了解一下此事，看是否能协调。下午，闫拥军就回电话了。闫拥军说，这个厂子在康坝县北部一个乡里，专门生产滴灌器具，就三台机器，一台生产薄膜，一台生产管件，第三台生产连接件。厂家当初竞标报价，也是稀里糊涂的，一心想中标，没考虑生产成本，一拍脑袋报了个价格。税收管理员测算了一下，若按合同供货，肯定会亏本，他这个小厂子亏不起。老板倒是说了，可按成本价格供货给半面井村。我与张旭东商量，决定就按成本价格算账。张旭东说，这么一来，薄膜、滴灌带、连接件数量会少，肯定不够半面井村用的，先紧着别人用吧，我短的那部分到时自己再买。

一晃又到了周末，县税务局局长薛强家是坝下阳原县的，他要回家，邀请我们工作队坐他的车到他们县去看看。薛局长与阳原的朋友联系说，那边有一个美丽乡村示范村，发展得不错，有养牛经验。我则从市驻村第一书记微信群里联系了一个省证监局驻村工作队，他们与那个示范乡村离得不远。

周六一大早，我们工作队加上张旭东，一行四人直奔阳原。薛强带领我们来到那个美丽的乡村，找到了村支书梅晓康，梅支书领着我们参观他们的发展成果。乡村道路全是水泥路面，民居建设得整齐划一，街道干净卫生，乡村有学校、养殖场，还有蔬菜大棚，村集体入股，省财政对其乡村建设也有上千万元的投入。我们都看傻了眼。梅支书还带我们去了他家。梅支书毫无保留地跟我们说，搞养殖业必须懂技术懂管理，管理人员必须得负责任，种植业也一样需要技术、管理。还有一个很重要的，养殖业、种植业都存在巨大的市场风险，养出来、种出来东西，可能卖不出去，也有可能出现市场价格很低，甚至低于成本的情况，所以还需要开拓销售渠道，最好有一个稳定的销售渠道。

我们随后来到省证监局所驻村，发现这里竟然还有人住窑洞。我一直以为窑洞是陕北的象征，没想到在河北省张家口市阳原县能看到窑洞。这里住窑洞的人已经不多，大多数窑洞已经废弃，只有个别户还在住着。省证监局驻村工作队很是热情，向我们介绍他们的扶贫做法。他们说，种植合作社的营业执照办得不容易，跑了一个多月才办下来。我很佩服他们的驻村工作效率——我们的合作社还在酝酿中呢。他们所驻村在山区，村子北面是个山谷，每次下大雨时，山洪就会冲击该村，给村子带来损失，于是他们就帮助村里修了一个避免村子遭受山洪正面冲击的水泥护堤。吃水是该村常年发愁的大事，该村与同饮一口井的邻村因吃水问题经常闹纠纷，他们正在帮助该村打一口七八百米的深井，这口井出水量很大，能同时满足两个村饮用、农业浇灌的需要。他们还与一家准备上市的农业产业化龙头企业——雪沃公司签订了一份很令我们羡慕的合同。合同规定，村子所需种子、农药、化肥由该企业按成本价格供给，该企业定期派技术人员来村指导生产管理，土豆收获后该企业按议定价格收购。为此，他们集中有限的土地资源，动员村民们流转了两百亩土地，村民们用土地入股并参与分红。目前土豆已经种下，只等收获季节的到来。我向他们要来了这家企业的地址、联系方式，并请他们向该企业推荐有合作意向的半面井村。

从阳原返回康坝，途经万全。万全有一个推广饲料桑的公司，张家口市第一书记培训时，该公司饲料桑被作为扶贫项目重点推介。推介资料显示，饲料桑耐寒抗旱、蛋白含量高、产量高，是牛羊爱吃的美食。我们顺便去该公司考察，一个五六亩面积的院子，地里栽种着饲料桑。饲料桑栽种时间不长，一尺多高，才长出几片小叶，还看不出未来的前景。我们简单看看，问了几个问题，对饲料桑适宜在坝上种植半信半疑，决定等过几个月，牛场建起来，有了牛，再来看饲料。

那家雪沃公司就在张家口市察北牧场管理区，离康坝县只有七八十公里。我先请察北牧场管理区税务局局长董存文帮忙联系该企业。董存文原就是康坝县人，后来因职务升迁从康坝县税务局调到东边的察北牧场管理区税务局。很快有了回音，一个负责技术的副总王先生愿意来半面井村考察土地情况。两天后，董存文陪着王先生、企业财务总监来到半面井村。

王先生到了张旭东的地里，直接用手扒开上层土，手掌深深地插入土中掏出一把土摊在手里，另一只手的食指和大拇指使劲捻着土。王先生说，土质还不错，适宜种土豆，有多大面积？张旭东说，八百亩。王先生说，面积不够大，土豆种植规模越大，通过科学施肥、打药，管理上得去，产量就越高，种土豆投入越多，效益就越好。亩产八千斤，价格就能八毛一斤，七千斤就七毛一斤，五千斤只能五毛一斤，你产量越高，我就越要你的产品，你不找我，到时我也会主动来找你，我还会主动请你喝酒。王先生的话把我们都说笑了。中午，王先生一行在村里吃了顿便饭。饭桌上王先生与我们约定，雪沃公司愿意为半面井村脱贫出力，免费提供土豆种子，化肥、农药按成本价格配送，定期派技术员来指导，产品按议定价格收购，至于种什么品种，村里自己定，估算一下，刨去各种成本费用，一亩地纯收入能保证五百元。

吃完饭，王先生一行就离开了。我问张旭东，与这家土豆企业合作你觉得怎么样？张旭东说，每亩收入五百元有些少，再说土地流转也有阻力。

我知道张旭东就是种菜大户。这几年，他每年都要种一百多亩水浇地，他已经尝到种地的甜头。村里第一口水浇地机井就是他打的，在他的带动下，村里陆续打了好多机井，开发了好多水浇地。

后来，因康坝水资源缺乏，有专家警告说康坝卖菜其实是卖水，县里就限制泛滥开发水浇地，对各村已有水浇地指标做了硬性规定，给半面井村水浇地指标就定为八百亩。半面井村种菜的村户不少，种上三四十亩的也有几户。张旭东种的水浇地绝大部分是别人租给他的，土地流转需要原土地承包户同意，会打乱现有土地的种植格局，影响已经种植的村民的利益，会造成很多矛盾，需要做许多工作，然而这工作怎么做我都没有想好，所以我的想法是缓到明年再说。我就对张旭东说，按照咱们制定的两年规划，今年只搞养殖合作社，种植合作社明年再搞，土地流转存在困难，咱们可以试种一些，为明年土地流转做个准备。张旭东同意了。

"一年之计在于春。"半面井村地处坝上，春的气息较别处要晚许多，其一年之计在于四五六月。进入四月中旬，远看荒地里有了鹅黄的绿意，地里开始有了拖拉机的踪迹，道路两旁有人挖沟埋水管、线缆，村里街道多处在晒粪。让我们想不到的是，这时节还飘了几次雪花。康坝的天气太令人诧异。四月中旬的一个周六，天气数变，上午、下午三点、晚上六点飘雪，白天其他时间晴空，再晚一点又皎月当空。

这天下午我们应邀拜访康坝县东边的喜旺村，省直工委驻村，看看他们是怎样扶贫的。驻村第一书记钟建正是省直工委的一个处长，兼任康坝县委常委、省直驻村工作队联络员，我俩经常在电话里互相沟通、请教，跟他保持联络能比较快捷地了解脱贫攻坚工作信息。他们正在帮助村里申请几十个蔬菜大棚，贫困户一户一个，资金来自银行的金融扶贫财政贴息贷款。该村有两个淖子、一个人工钓鱼池。村支书姓王，是该村的致富带头人，他经营着钓鱼池，还养着十几匹骆驼。钓鱼池原来是个天然的泉眼，以前还出现过喷鱼现象，后来没什么水了，王支书就把泉眼改造成了一个钓鱼池。

参观他的骆驼圈时，天色已经很晚，骆驼圈里只有一大一小两匹骆驼。王支书说，骆驼可能走丢了，风大，骆驼顺风走，找到一个避风的地方就不走了。天黑风高，骆驼能到哪里去呢？王支书又说，不会丢的，明天白天就能找着，咱们这里的人朴实。第二天，给他打电话，骆驼果然找着了。我们找到张旭良，与他谈及半面井村民对利用财政贴息贷款发展产业的构想。张旭良说，早就知道这个政策，无人响应，一是村民不敢贷，怕不挣钱、还不了，二是村民不想贷，手续烦琐，还要担保。

又过了一天。这天下午，刚下过冰雹，街道泥泞，靳南拳陪着半月谈网记者李主任一行四人突然来采访。我说，工作才刚刚起步，没什么成绩值得采访。李主任说，听说你们很务实，村里百姓、乡领导评价都很高，所以就来看看。我与李主任漫谈了很多事情，如多次入户、开若干个座谈会、设计符合半面井情况的调研表、弄村民地图、搞脱贫攻坚规划、建浴室、建卫生间及锅炉房等。我表示，我们来的时间有些短，还没有出什么成绩，再过几个月来，半面井村就可能不一样了，会有路灯、牛场，还可能有别的。李主任饶有兴趣地听我讲，专门拍了一些有关村里、村部大院的照片，在我们的食堂吃了一顿便饭，还说希望晚上就住在半面井村。我告诉李主任，半面井村实在没有居住条件，村部没有地方，村民家都是一个炕，也不方便去住，只能住到县城。晚六点，李主任一行才离开半面井去县城投宿。过了两天，李主任给我发来微信，半月谈网上发了一篇河北省税务局驻村脱贫攻坚的报道。

村部大院里的九棵树全是杨树，粗的直径大约有十厘米，树梢上有三四个喜鹊窝。据赵明玉说，这些杨树至少已有四十年历史，在这里还是个学校的时候就栽下了。但康坝偏冷，无霜期短，所以树都长不粗。时间进入四月中旬，已到了绿化村部大院的季节，再晚就错过了种树的季节。我让闫拥军联系几个苗圃，我选了一家去考察、洽谈，也请苗圃经理到半面井村看看，给村部大院做个简单的规划。我对苗圃经理提了要求：既要省钱，又要美观、简洁、大方。几经商定，计划在村部大院的东边、南边靠墙种上榆叶梅，西边种上十棵小松树，东、南、西里边种上一圈丁香。苗圃经理保证，这些树苗管活三年，要是死了，免费提供新的树苗。

种上树苗几天后的一个上午，阳光明媚，郜书彬来给榆叶梅、丁香剪枝，榆叶梅要修剪得成型、美观，丁香要剪平、剪整齐。郜书彬搬了个马扎坐着，剪一片挪动一次马扎。院里散落许多剪掉的枝条，我们一边愉快地清理地上的枝条，一边与郜书彬聊天。张贵枝不知什么时候来了，手里捧着个手机像捧个宝，在大院里随意走动，这里看看那里摸摸。张贵枝一会儿倚到郜书彬的身上去了。我指着郜书彬说，小姑娘，你称呼他什么呀？张贵枝不说，好像不知道怎么回答。我说，应该是爷爷辈的，叫爷爷吧？郜书彬笑眯眯地说，从来没有叫过。我说，你别靠在爷爷身上，影响干活，帮着捡树枝吧。张贵枝说，不。郜书彬说，姐姐从来不干活，他爸宠着她呢。我说，她这样的年纪应该上学才对，像这么大年纪也得上高中了，怎么不去上学呢？郜书彬说，她脑子不好使，小学上过几天，后来不上了，学不会。张贵枝对我与郜书彬的谈话无动于衷，好像没听见。剪完枝后，我们与郜书彬一同给这些树浇足水，水刚从地下井里抽上来，冰凉冰凉的，浸人骨髓。

我给苗圃经理打去电话，商量树苗价格，苗圃经理说九千多元，我说寻个吉利数字，八千元吧，也算支持扶贫事业。苗圃经理执拗半天才答应。我又说，款先欠着，我们的经费还没到账，到账了，就给你付，请相信我们。苗圃经理也答应了。

进入四月下旬，村部院里的杨树开满了厚重的、有些像深色毛毛虫的花，各家各户的育苗棚也搭起来了。翻土、平地、下育苗管、点种、浇水、环环相扣、有条不紊。白天给阳棚掀帘透气，傍晚给阳棚封门保温。农户们用拖拉机给地里送去一车车羊粪，在地里均匀地堆着。若雇车拉自己的羊粪则一车七元，买别人的羊粪则一车一百元。干活的人脸上都洋溢着喜悦，各家互相帮衬着，男人们脸上黢黑黢黑的，女人们则戴着防晒防风头巾和口罩。

苗棚里每天都不一样，早两天育的甜菜苗已长有拇指盖那么大，花菜苗也已露出绿尖。是啊，天暖和了，坝上的黄金季节来了，到了该是农户们忙活的时候了。据农户介绍，半面井具有种植错季蔬菜的地理优势，第一批甜菜、花菜、白菜四月下旬育苗，一个月后移栽，吃的菜最晚的一批可迟到六月份栽种。土豆则四月下旬至五月中旬切块机种。

我们驻村工作队去了几户人家体验农活。在村部北墙外，有一个破旧的院子，院子的主人到张家口市讨生活去了。院里有口井，我们的饮用水就来自这里。就着这口井，四户人家在这个院子里帮衬着翻地搭阳棚，他们到村部合上电闸取水，人来人往都是翻越村部东墙。据张旭东说，这四户是结拜兄弟，老大郜书彬，老二萧祚，老三赵明玉，老四崔连长老崔，老大与老四相差八九岁，这四兄弟都有些文化，在村里团结起来还有些影响力。

我们也学着翻墙过去，帮着翻地、点菜种、扎阳棚，干了一会儿就有些气喘，明显比不上农户们体力好。问他们一天吃几顿，答说干活得一天三顿，崔连长还说吃了莜面。坝上坝下有句话，四十里莜面，三十里糕。莜面是顶饥的，干活就靠这些莜面了。之后，我每天翻墙两次去看阳棚里菜苗的长势情况，俨然农技人员做科研。

四月对半面井村具有神奇的力量。我发现，从四月中旬起，村民们不只是饭一天三顿，而且早出晚归，不再聚众打牌、斗嘴。与冬天相比，仿佛懒汉改邪归正了。我还惊奇地发现，有两三个陌生的年轻后生、一个嫁到外面的中年半面井闺女出现在村里，他们是回来种菜的。看着村民们忙碌的身影，想到近期他们对加入养殖合作社的急切、对驻村工作队的信任，我们强烈感受到更大的责任与压力。

09 托付土豆

上次从阳原回来的路上，接到东坡村驻村第一书记孙大军的电话，邀请我们到东坡村去，对他们的工作提提意见。东坡村是康坝县东部地区的一个贫困村。在网上搜索"东坡村"，全国竟然上百个，张家口市就有三个。孙大军是县税务局直属分局局长，与我们在县税务局见过几次面。听县税务局薛局长说，这个村的脱贫攻坚力度大，投资数百万，搞得县局都不敢掺和。我早就有带着张旭东去这个村一起长长见识的念头，看看能否对半面井村提供一些脱贫经验。

雪沃公司王总走后，离进入五月份已不到十天，农时农事催煞人，得赶紧去雪沃公司把土豆优良种子弄回半面井。我盘算着，雪沃公司和东坡村都在康坝县东部，干脆一块儿去得了。和张旭东商量后决定，他与我们工作队一起，先去东坡，再去雪沃。

次日上午，按照孙大军指的路线，我们上了秦二高速公路，一路东行。公路两边有大型拖拉机在翻地，所翻之处，有数只喜鹊跟随觅食，还有水汽从褐色的土中溢出，略离地面成纱，离地数丈为束，再至半空成云，高空处与别的云交融为一体，甚是神奇。当看到路旁山坡上出现风力发电机组时，我们便找个最近的下道下来，按导航行驶，最后顺利到达了东坡村。孙大军的驻村工作队就在东坡村委会办公。办公室的墙上贴着他们的产业扶贫蓝图，名曰脱贫

54

攻坚作战图。作战图上所标的文字催人奋进。

东坡大队有三个自然村，分别是东坡、西坡、后大兴。孙大军老家就是后大兴村的，他得知县税务局这一次的帮扶村是东坡村后，毅然报名参加。县税务局批准他的请求，并推荐他担任驻村第一书记。

孙大军熟悉东坡村的情况，具有别人所不具备的优势。他很快就进入工作状态，并且进度比别的村快得不是一拍半拍而是数拍。我们还在摸情况时，他就已经开过村民大会，成立合作社，实施他的脱贫攻坚作战图了。他亲自跑到山东洽谈菊芋种植，跑到内蒙古洽谈孔雀养殖。他的村已经开始流转村民土地种下菊芋，已经开始孔雀养殖场的建设，已经在退耕还林的地里种上五百亩苜蓿，已经开挖用来养鱼、钓鱼兼旅游观光的六米深池塘。他的时间不够用，周六日也都在村里。他的两个队员也不够用，他把在村的能人都动员起来，负责各个项目的管理。村里一个八十多岁的老汉，尚能日均饮酒一斤，被他激发得干劲十足，认认真真当看护，每天骑着电动三轮巡查东坡村的开工项目，把保安工作做得有声有色。

启动资金不足，孙大军就用自己在县城的住房做抵押，从银行贷款八十万元，还动员他的朋友们考察、投资建设东坡村。他带头把他家的旧房、院墙拆掉，带动了周围村户跟着拆，他准备在那里盖一个上点规模的农家乐餐厅。他种植菊芋、苜蓿，要把菊芋的花、秆、块茎全利用起来，要开发菊芋花保健茶、上饲料加工厂；要养生长迅速、出肉率高的杜泊羊，驼铃悦耳的张库大道、具有传奇色彩的蒙古王子府、曾经方圆数十里闻名的东坡敖包也都在他的计划之内。

孙大军说话豪爽、儒雅、自信。我说，孙局长，你这是把你的后半辈子拴到这里了。孙大军说，我本就是这里人，对生我养我的村子充满感情，我不希望东坡村搬迁、消失，现在有这个机会帮村里做点有意义的事是多么幸运、幸福，我所做的一切都是值得的、应该的。我们还在后大兴村发现石墨矿，有关部门正在组织勘探，初步圈定六条石墨矿体，预测石墨矿物量可达中型以上。

我说，发现石墨矿真是东坡村的幸运，东坡村有你也是东坡村的幸运，你是我们学习的榜样。我用手机查了一下，菊芋经冻、抗旱、抗风沙、繁殖能力强，能防风固沙、保持水土，适合康坝种植。菊芋秸秆可以喂牛，菊芋可以作咸菜，菊芋花可以做茶，还能做药，被联合国粮农组织官员称为"21世纪人畜共用作物"。我对张旭东说，旭东，东坡菊芋今年已经种下，明年我们可以买孙局长的种子，也发展菊芋种植，保证牛饲料自给自足，降低养牛成本。张旭东说，是的，牛场建起来后，饲料将是一个比较大的开支，必须考虑自产饲料。

欧阳问，菊芋是什么，这么厉害？孙大军告诉欧阳，菊芋就是咱们平常吃的鬼子姜、洋姜。菊芋最大的好处是利用现代技术能从中提取一种低聚糖，这种糖可有效增殖人体内双歧杆菌、降低血脂、改善脂质代谢，提高人体免疫功能，当种植几十万亩菊芋的时候，就可以建低聚糖提取工厂。许振村说，我见过从北欧国家进口、包装近似奶粉的菊芋粉，是一种保健品，主治便秘。

孙大军也谈到了自己的苦恼，他的脱贫攻坚力度、动静、投资太大，搞得县税务局的领导无所适从，不知道怎么让县税务局参与进去，干脆就放手让他干。

孙大军领着我们参观正在动工的东坡村的脱贫产业项目。站在东坡敖包山巅之上，一切都在视野之内。孙大军说，再过数月，菊芋成片，苜蓿成片，胡麻成片，土豆成片，加上其他农作物的成片种植，站在山坡上，金色、紫色、白色连成一片，众花争艳，赏心悦目，何等壮观。

下午离开东坡村，我们继续东行前往察北雪沃公司。路上，我们对孙局长的魄力惊叹不已。我说，孙局长之举破釜沉舟，他必当全力以赴、不遗余力，相信他会成功。

在雪沃公司，我们品尝了刚出锅的炸薯条、炸薯片，参观了现代化的薯条、薯片生产线，与德国籍总裁攀谈。雪沃公司的薯条、薯片出口全球，给肯德基、麦当劳供货，想不到这些不起眼的薯条、薯片，有相当一部分就出自距康坝仅六十公里的雪沃。

我们更感兴趣的是雪沃的土豆种植基地。雪沃公司自己租种了上万亩土地用于种植土豆，附近多个土豆种植大户专为雪沃公司供应符合雪沃公司品质、技术要求的土豆，此外上百公里以外的锡盟也有人种植，雪沃公司已经带动一方的土豆种植。

我们前往参观雪沃公司的一个土豆种植基地。偌大的农田，一望无际。田边公路上停着一辆装土豆种子的货车，几个人车上、车下忙碌着。一辆牌子叫约翰鹿的大型四轮拖拉机，后面挂着一个大型农具正在作业，一趟四垄，开沟、施肥、播种、覆土、震压一气呵成，很快就走了一个来回。给土豆浇水施肥用的是大型轮灌。

曾经去过半面井考察的王总谈起土豆种植，眉飞色舞，激情四射。王总是陕西人，学的就是土豆种植专业，仅用七八年的时间就把雪沃公司扩张成现在的规模，已经准备上市。王总强调，土豆大规模种植需要大量资金投入，种上雪沃公司的优良种子，再按着雪沃公司的技术要求将打药、施肥、浇水等管理做到位，肯定能种出品质好、块头大、产量高的土豆，获得好的收益。

参观的时候，我不时与张旭东交流。我问张旭东，察北在康坝的东面，这里都已开始种土豆了，咱们半面井还不种吗？张旭东说，咱们比这温度略低，所以种得晚一点。我又问，雪沃用轮灌，咱们用滴灌，两者有什么差别？张旭东说，轮灌费水，康坝缺水，连条河都没有，而且国家鼓励膜下滴灌，所以我们用滴灌的多。

第二天上午，我跟王总提出试种雪沃品种的想法。王总一愣，但很快就说，试种也行。

我向王总解释，半面井村每年种植土豆数百亩，收成不稳定。我问过好几户种土豆的村民，如果以雪沃为靠山，种上土豆，以稳定价格收购，哪怕价格低点，半面井村的村民也是愿意的。现在土地承包到户，一家一户都有土地，但不多。如果能把土地流转集中起来，就可依靠规模、技术、资金进行种植，就能保证品质、产量、效益。但今年土地流转已经不可能实施，一方面时间已来不及。另一方面，多个种菜大户认为土地流转会导致他们的利益受损，所以如果今年能试种一些，效果好的话，就能取得各方面的支持。等到今年雪沃收土豆时，我再领一些村干部、种植大户来雪沃考察，争取把他们的思想工作做通。如果我们村的土地流转，进行大规模土豆种植，那就等于把半面井村民脱贫致富的希望托付给土豆了，我们必须慎重。

王总同意了我们的想法。最后谈定，先试种十一亩，雪沃供应种子、专用化肥、农药，定期派技术员指导，保护价收购产品。土豆种子约二点七吨，半面井自己来车运走，那时再签收购合同。

　　与雪沃谈妥后，董存文领着我们来到现代化的弗来格婴儿乳品厂，参观弗来格挤奶大厅、生产车间和品控中心。挤奶大厅里，自动化挤奶圆盘依次排列，缓缓转动，数千头奶牛静静地在外排队等候，逐一自觉进入圆盘，圆盘旋转一圈，正好将奶挤完。刚挤出的鲜奶马上进入全智能的加工车间进行生产，整个过程全封闭、零距离、一体化，从挤奶到加工仅需两个小时。

10 寻灯之旅

到半面井村转悠，会发现主要街头、几个拐角、村部院里都立着水泥电线杆，电线杆上还都有灯。不细琢磨，还真以为村里晚上路灯照明没有问题。细看，这些灯都没有接电线。到了晚上，这些灯没有一个能亮起来。张旭东说，没通电，村里没钱，连公用电费都掏不起，村委会原来想通上电，结果村民反对，说通上电，能把村子照亮又有什么用呢？

近两个月的驻村经历，给我的感觉是，没有灯光的半面井村，一入夜就消失，直到第二天黎明才会回来。如果是有月光的夜晚，或借着偶尔一户人家透漏出来的光亮，在半面井村里徘徊，还能辨别出半面井村的院墙，能感觉到半面井村的存在。如果没有月光或月光已经隐去，习惯早睡的半面井村人家将透漏的光也吝啬地关掉，那么半面井村就是漆黑一片，似乎是不存在的。数次夜半起来，透过窗户玻璃看村部大院，竟然不知身在何处，需要强迫自己清醒，或侧耳仔细聆听犬吠羊咩，或有意深呼吸去闻嗅羊粪蛋味，才能感知半面井村的存在。

现代社会，有人的地方就应该有灯光，即使深夜人们已经入眠。人类利用卫星拍摄地球上夜晚时的灯光分布及亮度，分析发现，一地的经济繁荣程度与灯光亮度成正比。半面井村的黑夜让我心生焦虑，必须要让半面井村在夜里亮起来。

　　工作队决定在四月下旬启动前往保定、衡水的寻灯之旅。寻灯之旅主要任务有三个：一是买路灯；二是考察半面井村的小羊被收购到唐县育肥的相关情况，看能不能将半面井村养殖与唐县养殖对接起来，给村民寻找一条增加收入的途径；三是开拓我们工作队及村支书、主任张旭东的眼界，考察学习脱贫攻坚先进经验，激发灵感、增加干劲，把张旭东培养成半面井村脱贫致富的带头人。

　　保定在生产太阳能产品的上市公司的带动下，已形成庞大的太阳能产业链，产值超过上千亿元。我请保定市高新区税务局的负责人从众多企业中推荐一家具有一定规模的生产太阳能路灯的企业，与之洽谈，看能否以脱贫攻坚的名义，便宜一些卖给半面井村几个路灯。保定市税务局推荐了华光集团旗下的益民太阳能路灯公司。华光集团的名气很大，其创建人的经历富有传奇色彩，我之前就一直想找个机会去看看。

　　早上五点多我们就从气温还在零度以下的半面井出发了。

　　五个多小时后我们赶到春意盎然的保定。在保定市高新区税务局负责人的陪同下，我们与路灯公司的洽谈非常顺利。我向路灯公司介绍半面井村没有路灯、连电费都出不起的窘迫情况，又说我们正在考虑给村子上项目、争取尽早获得集体收入，这次就只买十个太阳能路灯，把主要街道亮起来，待明年有了集体收入，再多买一些。路灯公司负责人听后，爽快地表示，他们是有社会责任感的公司，这十个灯无偿赠送、免费运输、免费安装，以后再要时，会按成本价格给我们。洽谈好后，路灯公司安排我们参观他们厂区的太阳能发电示范民居、华光集团的新能源之路展览。太阳能发电示范民居既能创造经济效益，又能美化环境、节能减排。半面井村很适合开发太阳能民居，但费用较高，目前还无法实施。

第二天，我们直奔另一个目的地——唐县。唐县地处太行山区，其育肥羊肉销往全国各地。到了县城，县税务局的负责人领着我们前往西部山区一个叫葛堡村的地方。葛堡村有一个远近名气不小的企业，名叫瑞莱肉食品股份有限公司。瑞莱公司是唐县的明星企业，集肉羊繁殖、养殖、屠宰、肉类精加工、配供为一体，公司墙上挂着农业产业化龙头企业牌匾、穆斯林清真食品协会会员标志。瑞莱公司一年能宰杀五六十万只羊，其养殖基地年养羊两万只，存栏羊五千只，每年收购育肥羊数量至少数十万只。我对瑞莱公司董事长邸总说，坝上康坝的小羊不到半岁就被商贩收购到唐县，在唐县育肥两个月，就能宰杀卖肉。一只小羊在康坝收购也就三百元，在唐县育肥宰杀后，分部类销售，能卖到上千元，从产业链看，我们康坝在前端，唐县瑞莱公司在后端，利润的大头落在唐县了。我向邸总询问，瑞莱能否考虑在康坝县建立一个屠宰加工厂。邸总说，唐县的肉羊产业有些历史，已经形成规模。受自然气候、人文环境、交通物流的影响，在你们那里建一个加工厂不大现实，坝上羊肉品质好，你们的羊倒是可以送到我们这里来，咱们进行合作。我对张旭东说，张书记，你看怎么样，能合作吗？张旭东说，哪有这么多羊呀，半面井每年养羊也就三千只，还不够邸总宰两三天的，要是多联系几个乡镇，甚至全县倒还是能供应一部分，不过以后确实可以引导村民进行育肥羊养殖，育肥后再卖给邸总。大家都笑了。

第三天，我们驱车赶往衡水。衡水市阜城县扶贫经验在全国叫得响。在衡水市税务局局长陪同下，我们见到阜城县扶贫和农村开发办公室主任李双星。李双星是全国扶贫典型，曾在全省扶贫大会上做过经验介绍。我们这次近距离听他介绍扶贫工作、开办合作社经验，听他在蔬菜种植专业合作社的大棚里讲述蔬菜种植、销售、效益及贫困户分红情况。阜城蔬菜种植已经影响到周边地区并形成品牌。贫困户入股合作社每年至少能够享受入股资金百分之十的保底分红。我们还拜访了阜城县的书记、县长、常务副县长，感受到县委县政府对扶贫工作的重视。我们还到阜城县王过庄考察县税务局驻村工作组的扶贫工作，听他们介绍做法，翻阅他们的档案资料。

三天的行程匆匆，但内容丰富，收获满满，我们在回康坝的路上互相交流心得。我对张旭东说，相比较而言，康坝人文历史稀缺，自然环境恶劣，交通物流欠缺，脱贫攻坚任务非常艰巨，我们工作队有压力，你这个村民信得过的村支书、主任也会有压力。这次咱们来寻灯，不只是简单地看路灯来了，重要的是学习、取经、寻路，发现、挖掘、依托咱们的资源优势，寻找脱贫攻坚的路径。

11 不眠之夜

　　五一国际劳动节期间，我回石家庄休整了几天，再回到半面井村，杨树已经长出嫩叶，村部公共卫生间、浴室上了锁，旗杆上国旗下角被大风撕裂一个口子。张庚午告诉我说，公共卫生间、浴室已能用，但怕村民们用坏、用脏了，不好向工作队交代，所以就锁上了。原来，劳动节几天时间里，气温还可以，张旭东找钩机在东墙外挖了个化粪池，化粪池地面部分用水泥抹了抹，上面盖了块水泥板，卫生间、浴室与化粪池的管道也接好了。打开水龙头，按下马桶上的冲水按钮，听着哗哗的流水声，我非常满意。我说，不能锁着，建卫生间、浴室就是让大家用的，村里人一年也不洗一次澡，让大家都来用，我们会在浴室墙上贴一个浴室管理制度，洗发水、沐浴液我们工作队免费提供。

　　我还发现，村部靠南墙的二分地都翻了。张庚午说，是旭东让人用拖拉机翻的，下了两车羊粪呢，种子也买回来几种，你看还要什么品种，我去买。

　　我说，翻地、种菜都应该是我们自己的事，感谢旭东、六哥替我们考虑得这么周到，白菜、花菜、茴香、黄瓜、大葱、土豆、向日葵，都种一点吧。

　　说动手就动手，我们三个人开始给地下种、浇水。浇水比较费劲，用的水是井水，要从地下抽上来，水管伸到南墙那边去没那么

64

长，去邻居老皮家借了一截接上才把水浇了。

我们种菜时，村里人也在农忙。就在这农忙时节，我们计划召开全体村民大会，研究决定成立养殖专业合作社。因为村民们白天要忙农活，没有时间来，所以我们选择晚上召开。

五月上旬的一个晚上，全体村民大会召开了。欢快的二人台戏曲声中，兴高采烈的村民络绎不绝地来到半面井村部，熙熙攘攘，电动三轮车把村部大院挤满了。

王三军书记、乡组织委员靳南拳、乡干部韦二团被请来做村民成立养殖合作社动员。王三军的动员讲话很接地气，把党的脱贫攻坚政策、脱贫攻坚措施、成立合作社等方面的好处讲到村民的心坎上，引起村民的阵阵掌声。

现场，有村民提出，能不能把工作队带来的资金直接发到贫困户手里，自己干？

王三军持否定态度：自己干，能干到什么程度？咱们村里，岁数大的、不能劳动的、有大病的占不少，这部分人怎么自己干？工作队带来的资金，是引水资金，项目启动后，国家还能针对脱贫攻坚项目提供一定数量的帮扶资金，再加上你们的自筹资金，咱们村就能成立、运营合作社，就有了产业，就有了收入来源，村集体、贫困户就能分红，实现脱贫，半面井村的好日子就要来了。所以，半面井村的每一个人都要支持工作队的工作，咱们对他们的到来要表示欢迎，对他们的工作要表示感谢。村里能够自己干的，愿意自己干的，可以当合作社的发起人，当村里的致富带头人，希望这部分贫困户在咱们村发挥重要作用。

就在这晚，半面井村脱贫攻坚的热情之火被点燃了，村民脱贫攻坚的劲头被带起来了。全体村民大会后，工作队组织十四户村民代表、党员干部召开养殖合作社发起人会议。

我把合作社章程的重点给大家解读了一遍。我说，国家有《农业专业合作社法》，对合作社的组织形式有具体的规定，合作社法中有个合作社章程蓝本，咱们这个章程就是参照这个蓝本，参考其他养殖专业合作社章程，并考虑半面井村的情况起草的，大伙把这个章程传阅一下，可以讨论、提出意见后再修改。

想当发起人的村民对合作社注册资本产生了意见。有人说，合作社要搞多大规模？如果注册资本抬到二百万元，平均一户得十几万，我想干，但没钱投入，注册资本交不起。另有人说，我跟着大家走，村干部可以多交一些，其他人可以少交一些。张旭东说，不管怎样，咱们必须把合作社搞起来，大家先认个数，余下的我全包了。还有人说，万一亏损怎么办？亏损几千块也亏不起。

我说，我来说一下几个问题。一是注册资本问题。现在国家对经商办企业的政策放得宽松，注册资本实行认缴制，不再要求必须实缴，发起人认缴多少都体现在章程里，注册资本只是个概念，注册资本数量多少在一定程度上体现合作社的经济实力，当然注册资本不能瞎报，如果你报一万个亿那就是吹牛，工商管理部门也不会批的。这时，大家都笑了，有人插话，是的，这个可不是吹牛，尽管咱们要养牛。

我继续说，二是话语权问题。认缴多少体现话语权分量，认缴多话语权就大、责任也越大，你想当理事长就得多认缴、多为合作社出力服务，当然大家认缴多少都得互相同意，不能我认缴个数，你不同意，或你认缴个数，我不同意。三是贫困户加入合作社问题。发起人成立合作社后，贫困户、集体按实际投入资金入股合作社，按一定的规则进行分红，如保底分红或按盈利情况分红。四是管理层问题。理事长、理事、经理、监事的人选由大家推荐，经一致认可后上任，作为工作队，我们的意见是管理层必须有担当、有能力，能集民意、聚民心，旭东作为半面井村党支部书记、村委会主任，是理事长、经理的第一人选。所有发起人都是理事，监事可从发起人中投票选出。五是合作社名字问题。就像家里给孩子起名一样，名字要意义好、好记、好叫，工作队与村干部事先已做沟通，起了几个名字，晋升、晋兴、晋发，这个晋与半面井的井谐音，大家集思广益，说说起个什么名合适，名字得多起几个备用，工商局会把关，不能和别人的重了。

大家热烈地讨论章程，对注册资本、认缴出资额度存在很大争议，好几个说认缴出资额度得回去与家里人商量，自己不能做主，明天晚上再开会专门认缴出资额度；对合作社名字，村民都说这几个差不多，看工商局的意见吧……随后，我们给大家发选票，对理事长、理事、经理、监事进行选举。靳南拳、韦二团负责监票统计，结果很快出来，张旭东为理事长、经理，萧祚、崔连长为监事。

会议非常圆满，王三军书记非常高兴地说，半面井村终于走出了第一步，这一步非常重要。短短不到三个月，就帮助半面井村成立了合作社，咱们驻村工作队的工作富有成效。

直到过了晚上十二点，乡干部、发起人离开，我们工作队才歇息。我很兴奋，久久无法入眠。近一个多月，我们一直在为合作社成立做准备。去了五六个地方虚心学习经验、探讨合作社运营可能存在的风险。近十天，更是紧张万分，时间紧迫，恨不能把一天当两天使。

第二天晚上八点多，合作社发起人陆续来到村部，参加第二次发起人会议，确定合作社的注册资本、确认每个发起人的认缴出资额度。发起人认缴出资额度的过程非常艰难，与愿意当发起人时的干脆大不一样。后来折中商定，把注册资本降为五十万元，十四个发起人，人均不到四万。张旭东坐在那里，挨个喊名询问愿意认缴多少，张庚午在旁边写数。三千、五千、一万的认缴数目让人不得不诧异村民们的谨慎。村民没有资金，或风险承受力小，都是重要原因。张旭东最后认缴剩下的三十二万多元。这时，我在想，三千元连头牛也买不了，这些村民代表尚且如此，如何寄希望于其他贫困户呢？贫困户加入合作社也会一样的艰难。

重要的事情都办了后，我让许振村把这两天的会议纪要整理、打印出来，趁热打铁，让大家在会议纪要上签字按手印。签字按手印时，还有好几个人有些犹豫。签完字后，在似乎比往日更加明亮的节能灯下，我们把十四户发起人聚集在一起，靠会议室东墙坐着，张旭东举着会议纪要，我给他们用相机合了个影。

12　营业执照

次日上午，我正在准备办理营业执照所需要的资料，张旭东打电话告诉我，滴灌生产厂家送货来了，直接送到了冷库。

我去冷库看时送货的车已经走了，滴灌用的薄膜、管带、管子、连接件都卸在冷库的台阶上，不时有村民开着电动三轮车来领这些东西，六哥让领过东西的村民在一张表上签字按手印。张旭东苦笑着告诉我，货没有送足，按涨了后的供货价格算，薄膜、管子、连接件数量都不够，缺得太多。我说，这个企业怎么这样？诚信放哪里去了？与老板联系了吗？张旭东说，已经联系了，他说核实后会补发货。我又说，滴灌这件事情搞得你还得自己花钱去买器具，你又得吃亏了。张旭东说，初算了一下，买够还得花近万元，吃就吃点亏吧，也总算是把货发过来了，要是再晚，误了农时，那就麻烦了，先让村民们领够。我说，半面井村的书记就是高尚，吃亏在前，甘愿吃亏，自己多种点菜把钱挣回来。说完，我电话告诉闫拥军，滴灌农资送来了大部分，还差小部分，并建议让税收管理员征求一下厂子老板的意见，按照农业生产资料增值税免税政策，如果他能提供质监机构出具的产品质量技术合格报告，就可以为他办理增值税免税手续，愿不愿意由他自己选择。

营业执照申请材料准备充分了，一个周五的上午，我们与闫拥军一同前往县工商局企业股审核申请营业执照材料。企业股具体办事员是闫拥军在县一中当老师时的学生，学生很热情，但告诉我们因停电，所以当天办不了。他说，申请资料可以放在他那里。又过了两天，周一的上午，我们来就到工商局企业股，闫拥军的学生审核申请资料，帮助我们把章程里的业务范围做了修改，然后让我们去政务中心办理营业执照。

康坝县城不大，政务中心与县工商局离得不远，开车几分钟。政务中心集中了县所有部门行政事务的办理窗口，县税务局的服务窗口也在那里。到政务中心，工商审核人员接过张旭东递过去的资料，翻阅后，友好地指出缺失发起人所在户口的户主户口复印件，需补充。这是我们所没有想到的，原以为只要发起人户口复印件就行了，没想到还要户主户口复印件。我们马上回到半面井村取发起人户口本，下午复印后又赶到政务中心。营业执照申请材料的其他小问题，也一一作了修改。

合作社的名字最后采用"晋升"这个名。带着"康坝县督垦乡晋升养殖专业合作社"名字的营业执照打印好，盖好章，总算让我舒了口气。我让许振村给我、张旭东、闫拥军三个人在工商办证窗口照了一张三人手捧营业执照的照片，我们的脸上都洋溢着喜悦的笑容。

我对张旭东说，阳原县驻村工作队帮助贫困村成立种植合作社，营业执照跑了一个多月才办下来，咱们的营业执照一个礼拜就办下来了，很是庆幸。

办完营业执照后，我们马上赶到县农牧局动物检疫站咨询检疫合格证办理手续，并委托乡干部查询半面井村东的一块土地当作牛舍用地是否符合土地规划。

　　拿到营业执照后的当天晚上，蜷缩在床上，我上工商企业信用信息查询网站查询晋升养殖专业合作社，还真查着了，成立日期就在当天。我把营业执照照片发到微信朋友圈，立即引来许多对养殖合作社的祝福。我心里在说，以后半面井的养殖合作社就可以与别人有生意往来了，半面井村摆脱贫困的步伐已经迈开，下一步就是建牛舍、买牛。

13 记者再访

自四月中旬，半月谈网记者李主任一行来半面井匆匆见上一面后，与他的联系一直未断。李主任时刻关注我的微信，经常给我在微信朋友圈发的有关脱贫攻坚的内容点赞。五月下旬，李主任来电话说，近期计划再进行一次采访，这次准备得很充分，还是四个人去，开车直接到半面井村，不跟县里、乡里打招呼。我说，非常欢迎李主任光临，采访什么内容呢，需不需要准备？李主任说，以你们工作队的一天作为采访内容，计划待两天，第一天早点去，争取上午就到你们村，下午开始采访，第二天工作完毕我们就撤。晚上，我按照李主任发给我的采访提纲作了简单准备，并把那两天我们工作队的作息安排发给了李主任。

第二天早上五点多钟，李主任一行就从北京出发。到了张家口市，他微信告诉说，十点左右就能到半面井。李主任已经来过一次，又有导航，我就相信他的判断了。上午我们工作队在地里转悠，看村民热火朝天、忘我地忙着干农活。有铺地膜的，有在地膜上给花菜扎眼的，还有挖沟修水管的，我们偶尔帮一下忙。村西边埋在地里的水管坏了，通电试水时发现的，但不知坏在哪一段，村民挖了八十厘米深、十多米长的沟才找到坏的位置。村民们费劲地把坏水管从沟里抬出来。有村民告诉我说，水管埋得浅，管内有存水，冻裂了。我想帮他们的忙，却帮不上。村民们都穿着雨鞋、戴着手套，我们都没有，他们不让我们干，怕伤着我们。

十点李主任一行还未到。我打电话问，他说是按照手机导航走的，但不知道走到了哪里，从地图上看已经距半面井不远。一直到快下午一点，他们的车才进村。李主任说，进入康坝县，导航导出来的路怪异、难走，道路坑坑洼洼、一截一截，有的地方导航还没有信号。我笑着说，幸运的是，还是顺利到达半面井，只是晚了两三个小时。

简单吃了饭，休息片刻，李主任一行就开始工作了。

李主任招呼了一句，开工。他的同事就把车门、后备厢打开，摄像机、长镜头照相机和一个铝合金箱子相继被拎了出来。铝合金箱子令我好奇。李主任说是无人机，专门用于航拍。

李主任让同事把无人机拿出来在院里试飞，风有点大，飞行得不太稳当。同事说，电够，风还扛得住，可以航拍。

我们开车带着器材去村西边地里了解村民农活情况。菜地在村子西南渐高的坡上，整理得井井有条，一垄一垄的，长达上百米。黑色的地膜泛着光泽，黑色的滴灌管在地膜下面穿行，顺着地膜延伸方向看过去，菜秧子已经每隔尺许整齐地栽到地里，一眼望不到边，看起来非常舒服、壮观。

郜书彬正在自家地里安装调试滴灌系统。李主任指挥他们的人马对郜书彬进行采访。郜书彬说，现在是种菜的季节，膜下滴灌能很好地节水，还能方便施肥，肥料直接通过滴灌系统精准到达菜根，工作队为村里滴灌立了功，要不是他们，滴灌器具就不能按时到村，就会耽误农时。张旭东赶紧把滴灌事件向李主任作了介绍。李主任点了点头说，这也算是科学种菜吧。李主任让他的同事把无人机升起来，拍下种菜情况。无人机与手机相连接，航拍的影像能实时传送到手机屏幕上。无人机拍摄的农事视频非常清晰。村民们对无人机非常好奇，一下子聚来好多人看热闹。

雪沃公司的土豆种子半个月前拉回半面井，张旭东把种子分给张庚午、崔连长、萧祚几户试种，都已经种下，还没长出地面。

张旭东的育苗大棚隔得不远，他正要给菜苗喷雾浇水。他合上机井电闸，喷嘴立即喷出水雾。我们猫腰进了他的大棚，蹲着查看菜苗的长势情况，李主任与张旭东攀谈起来。我向李主任介绍说，张旭东是村里种菜最多的，还租种邻村部分水浇地，近几年每年种蔬菜近百亩、土豆七八十亩。张旭东是村里好多方面的第一人：第一个把牛卖掉买来铁牛耕地的人是他；第一个打机井开发水浇地的人是他；第一个买来甜菜点籽机的人是他。他当仁不让是村里脱贫攻坚的带头人。张旭东只有初中文化，年轻时曾在外面打工闯荡，历经了几年磨炼，深刻体会到打工之不易，后来回到村里种菜，当会计，再又当村支书。张旭东在村里的威信非常高，公正无私，附近村民也信服他，邻村没村支书，他去当代理支书，直到邻村选出支书为止。

接着，我们带着李主任去参观晋升养殖专业合作社的牛场用地，我给他描绘牛场的蓝图、前景，还带着他们去参观冷库，向他们介绍冷库的由来、冷库对半面井脱贫致富的重要性。

晚上召开村民代表、在村党员参加的会议。半面井村党员共有二十三名，在村住的有八名，大部分出门在外打工。这八名党员是半面井脱贫攻坚的重要力量。李主任旁听，并指挥摄像记录。会议室节能灯的光线不好，影响拍摄效果，我们把工作队三个人的台灯都拿过来用上。会议研究讨论养殖合作社牛舍用地及合作社支付村集体每年三千元的用地租金方案。会议上，我给村民代表、在村党员讲授了第一次党课。

　　会后，我们开车带路，把李主任一行带到县城的一家宾馆住下，我们则住在县税务局宿舍。次日一大早，我们与李主任一行回半面井。途经汽车站对面的超市，门口聚集着许多村民，在卖刚从地里挖出来的苦菜。我告诉李主任，我们工作队经常去地里挖苦菜，苦菜在翻过的菜地里很好长，并且喜欢成片扎堆长，它的根茎与洋姜的根茎很像，只是按比例缩小了尺寸，弄个小铲子，不一会儿就能挖回来一塑料袋，本地人不吃，看到我们挖苦菜都觉得稀罕，后来也逐渐加入了我们。苦菜收购后都卖到北京、张家口。村民挖个苦菜也不容易，起得早，天还冷着呢，赶到县城卖给收购的，早一点的能卖个好价钱，一斤能到三十元，晚一点的价格二十元、十元、五元不等。

　　上午，我们先在村会议室召开支部大会，通报三个月来工作队的工作情况，开展"两学一做"学习教育。支部大会结束后不久，乡里主管扶贫的郭副乡长领着县土地局的工作人员来村，给计划用来建养殖场牛舍的土地测方。我们都赶到村东头。张旭东向测方人员介绍，这块地足有近二十亩，原来就是村集体的牛羊养殖场，后来牛羊分到户，养殖场闲置，若干年风吹日晒，没人管理就塌陷了，村里人挑选塌陷养殖场能用的东西搬回盖房用，没用的木头也弄回去当柴火烧，现在这个地方干净得很，啥也没有，只零星长点草。我恍然大悟说，不怎么长草，又没人种粮食种菜，离村子远不远、近不近，张会计跟我讲是荒地，原来是这个原因。接着，我问，张书记，养殖场与村子中间还有一大片不规则、不一般深的大坑，这些坑是怎么来的？张旭东说，王处，你看村里住房，以前全是土坯房，这些大坑就是取土盖房的结果，村子东西南北好些个呢。

　　土地测方就是测定土地的位置、形状、面积。工作人员手里拿着测方仪——一个POS机一样东西，围着要测量的土地边界走一圈就搞定了。测方仪利用卫星定位，测量准确，方法简单便捷高效。把测方结果与遥感地图进行对比，就知道这块土地是什么性质的土地，能否用于某项规划。我国土地资源十分珍贵，土地法规定，国家实行土地用途管制制度，编制土地利用总体规划，规定土地用途，将土地分为农用地、建设用地和未利用地。国家严格限制农用地转为建设用地，控制建设用地总量，对耕地实行特殊保护。各项建设用地必须得到审批许可、符合国家战略发展规划。从渊源看，晋升养殖专业合作社的牛场用地不是农用地，曾经是建设用地，当前应该是未利用地。

　　土地局的工作人员测完地便离开了，郭副乡长留了下来。一个羊倌赶了一群羊远远地过来，在未来牛场所在地的东头吃草。

　　羊倌背着一个口袋，挂着粪铲，挥着羊鞭，吆喝着他的羊，看着一只羊跑远了，他就用粪铲铲起一块小石子扔过去，羊就听话地回近一些。

　　我喊了一声，老张，你把羊赶得再近点，过来一下。

　　老张过来了，背着收音机放着二人台，穿着一件绿色的棉军大衣，头上戴着一个旅行帽，铜褐色的皮肤，满脸是皱纹。一条狗从羊群中钻了出来，在我们面前不时跳跃，亲热地扑向他。老张问，王处，啥事？我说，没什么事，看您过来，跟您打个招呼。我向李主任介绍说，这是咱们村里的羊倌，叫张福满。老张放羊非常辛苦，一年四季，没有特殊情况，早出晚归。老张说，这些羊每天要放，放得最远的地方得有七八公里，禁牧的草地，都知道哪块是，一不留神羊就会走进禁牧区，放羊也要集中注意力。放羊每年能有点收入，一只羊五毛。

老张随羊过去后，我继续给李主任介绍，张福满是村里的三个羊倌之一，每天带着一条狗与羊群为伴，行走在野外，看起来比实际年龄四十五岁大得多。张福满放羊二十多年，周围山坡、丘陵、沟坎、大道、小路、树林，甚至一块石头的位置和大小都存储在他的脑中，闭眼都能摸索得到。村里家家户户都养羊，多的二十多只，少的五六只，除了小羊、哺乳期的母羊，一般都交羊倌统一放牧，放牧时间是秋夏早七点至下午七点，冬春早九点至下午五点，每天早晚两次满村是羊群集合或各回各圈的咩咩声；放一只羊每天工钱五毛钱，一年按三百六十天算，若放一百多只，则收入近两万元，比种地要强，比出外打工要差点。

接着，在我的建议下，我们准备到郗书彬家去看看。老郗的家很干净，农机具摆放得整整齐齐。我介绍说，他的两个儿子都已在外地定居。老郗兄弟姊妹七个对父母很孝顺，老人这个月在这家住下个月在那家住，轮着来。老郗在半面井村有三个要好的异姓兄弟，在老郗的带动下，为人口碑都不错，做什么事情要是能够得到他们四人的支持，就能成功一大半。

下午，采访提纲里原计划走访"1+5"联系户。"1"是一名驻村工作队队员，"5"是指五个特殊身份的村民，包括村"两委"干部、党员、群众代表、致富能手、生活困难群众各1名。"1+5"联系制度是省委组织部对驻村工作队提出的一项工作要求，1个队员联系5个特殊身份的村民，便于工作队比较全面了解情况和开展工作。

选哪一户呢？我对李主任说，现在正是农忙季节，村里白天找不到这些人，如果找他们回来，会耽误农活。

　　李主任说，王处，不必非得按采访提纲来，咱们这两天见到的人都有一定的代表性，加上你们提供的书面材料，已经了解不少情况，下午我们的摄像在村里再补拍些原生态的东西就够了。上次来，你们说要给村里安太阳能路灯，情况怎样，怎么没看到？

　　我解释说，太阳能路灯还没安，七零八碎的东西还没到齐，我还着急上火呢。蓄电池、控制器、灯杆基座从四月份就陆续收到了，但灯杆、灯头、电池板等大家伙还没来，厂家说近期送到，与技术员同来。技术员通过QQ把安装图纸发给我，我们已经考察好路灯的安放位置，并安排村民做了许多必要的前期工作，如按照安装图纸要求挖好灯杆埋设坑、把蓄电池安放到坑里，坑边都用水泥抹好，做好用来封盖蓄电池安放坑的水泥预制板，确保防水抗塌等。

　　下午三点多，李主任一行完成采访任务，考虑到路途遥远，路况不好，就想早点离开半面井回北京。我说送送他们，至少把他们领到大路上，李主任执意不让。

　　李主任一行回到北京已是晚上十点多，他说次日还要去唐山，那里也有一个脱贫攻坚的采访任务。

14 县志难寻

转眼到康坝已三月有余，随着对康坝县、督垦乡、半面井村人文情况了解的增加，我渴望了解关于康坝县、督垦乡、半面井村更多的信息。网上资料极为有限，县网站只略微有些介绍，康坝吧里一些与康坝存在血脉、乡情的人发表的也只是只言片语。手头的县志涉及半面井的篇幅不长、内容不多。我向半面井村上了岁数的老人们讨教，老人们也说不清楚，只知自己的祖籍在外地，爷爷那一辈人为讨生活而来到半面井村。

五月最后一天的上午，我来到康坝县图书馆。县图书馆在县全民健身中心的一楼。全民健身中心大楼很"魁梧"，立在县城里唯一的一座山上，成为县城里偌大的康坝公园的一个重要组成部分。健身中心北门不远处安放着一座几米高的台子，台子上面立着一个二人台标志性雕塑，一对青年男女摆着 Pose，男人右弓步、左手执灯笼，女人右手执灯笼、左腿单立在男人右大腿之上。雕塑往北依山势而下有一个大广场，早上、晚上群众在此自发地开展如街舞、鬼步舞、太极拳等体育运动，县里重要活动也常在此举办。广场西北角上立有一块硕大的液晶显示屏，每晚播放《新闻联播》、康坝新闻。广场在东西大街的路南，其对面是县委县政府。健身中心一楼已深入到山体的地下，很阴冷。

进到图书馆，所有的门都紧闭。寻到馆长室，有人在里面说话。

敲开门，有位李姓馆长在打电话。我说明来意，欲看县志、县史之类的书。他很热情，问明我是督垦乡半面井的，给我打开藏书室的门，说县志、史均无，借走还没还回来。藏书室有些简陋，总共三四排书架。一本《可爱的河北》封面已经脱落，还没我在旧书摊上淘来的好。我有些失望。馆长从他屋子里的书橱找了本《河北经济史（第四卷）》给我。我说，这本里面能有康坝几个字就不错了。康坝县图书馆没有康坝志、史，这怎么行呢？李馆长说，县党史办应该有，可找他们。半小时后，我离开了县图书馆。看来，必须得去张家口市和河北省图书馆，还得从察哈尔省志中寻找康坝、半面井村的蛛丝马迹。

下午午休过后，在县税务局宿舍，我打开笔记本电脑联上Wi-Fi进入张家口市图书馆。正忙乎时，竟然听到雷声隆隆，这是我首次在康坝听到雷声。雷声渐近，骤炸。这是迟到的春雷吗？显然不是，明天就进入六月，怎么能算春雷呢？这雷声预示着什么呢？康坝缺水，这是自然对康坝的恩赐。不一会儿，雨滴打在窗台上，声音渐大，且携小指甲盖大的冰雹而来。约一刻钟后，雨止，雷声渐远，天益明亮。再过一会儿，又雨，这次不小，但无雷声了。又一会儿，雨住天晴。我从张家口市网上图书馆里挑拣出八本与察哈尔、张家口、康坝有关的书，各书出版时间不一。我把书名记下来，以备查阅。准备哪天途经张家口时去张家口图书馆一趟，河北省图书馆则必须专程去一下。我拥有省图书馆读者证二十多年，年轻时常去省图，后来渐少，感觉都有些惭愧。

后来，七月份的一个上午，张家口市税务局李科长带我去张家口市图书馆。图书馆正新建，书暂时放在五一路一民办医院院里，多数书都打包，无法查阅。这一天是周四，图书馆上午开例会，闭馆。我说明来意，图书馆工作人员同意查阅。我查阅了《察哈尔主席和都统》《察哈尔纪事》《康坝县文史资料（1—5辑）》等相关资料，并拍照留存。

为查阅康坝资料，我曾去过省图书馆两次。一次赶上只开几个库，志史类书库恰巧不开放。另一次，志史类书库开放，寻到康坝县志两个版本，这两个版本我手头都有，细细翻了一下，我手头的第一版县志缺县城地图，还查询了张家口、河北志，收获甚微。

我还查过察哈尔志之类的书目，也几无收获。

15 化德串门

一个周五的晚餐时间，我对我的两个队友说，明天咱们休整一天，我有个想法，咱们到康坝已有三个月，按理应该对康坝周边的县有所了解。内蒙古自治区乌兰察布市化德县是离半面井最近的邻县，在康坝的西边，距半面井村只有四十公里，咱们明天去化德县城转转，行不行？

欧阳说，行啊，考察学习不能只局限在本省，就近的外省邻县也应该去，就当去邻居家串个门。许振村说，要是有人问咱们，康坝比邻的县有谁、比康坝怎么样，咱们总不能回答说不知道吧。

第二天上午，我让六哥把省税务局干部职工一对一帮扶半面井村的贫困户名单公布，然后我们就动身前往化德。走水泥路段与沙石路段混接的村村通，从半面井往北，钻过正在修建的秦二高速，就汇入了康坝至化德的县级公路上。这时的公路是油路，但油层脱落、坑坑洼洼，极为难走。再往西见到路边一个不大的淖子，里面有鸟类游弋，淖子西北是一个村庄，走近了，才看见"三面井村"牌子。许振村打趣说，三面井比半面井好，三面都有水。三面井村南面马路对过是一个牛场，引起我们的注意，我们准备进去看看。去推牛场门，大铁门、铁门中的小门都锁着，敲门、喊话均无人应答。四处望望，无人可问。往村里找一户人家问问，才找到牛场负责人家。

82

牛场负责人姓崔，是村里的会计，家里开着小商店。隔着帘子看，他正准备吃早饭，得知我们来自半面井，特意来看他的牛场，就让家人先吃，自己领我们去牛场。我们看了他的牛圈、活动场所、草棚，进入牛圈时惊飞好几群麻雀。崔会计热情地说，村里 2014年成立合作社，从忻州买的牛，当年水土不服死了十五头，当年、去年都给贫困户分红，现成牛一百一十多头、小牛四十多头，预计明年赢利，村里打算扩大规模，再盖一个牛圈，再买点牛，还想搞肉牛育肥。我说，说明你们对养牛还是充满信心。等我们牛场建好，有了牛，到时请崔会计给我们指导。忻州在坝下，忻州的牛到康坝来，肯定水土不服，可见从哪买牛相当重要。崔会计认可我的说法，还告诉我们，三面井全是旱地，没有水浇地，村东南那个小淖倒是有水，但是是咸水。

从三面井牛场再沿坑洼不平的公路往西不远，进入宽阔的柏油马路，路边立有一牌——"欢迎进入化德"。继续前行，途经一个村容村貌整洁的村庄，一看就做了好的建设规划，建筑全是用砖与水泥堆砌成的，院落整齐有序，房屋干净明亮，村部广场国旗飘飘，道路干净平坦，路边还有商店，远处是连绵起伏的山丘。村部广场上有该村的介绍，村子属于化德县朝阳镇，村名叫赛不冷——一个怪异的名字。我们三人都说，这应该就是社会主义新农村的发展方向吧，半面井村的未来建设应该是这个样子，就以它为模板了。

再往西行，途经一个大型环保砖厂，停车询问，得知砖厂做的是广场、装饰用砖，不是建牛场需要的。又途经化德的工业区，高大的厂房、烟囱从眼前不断闪过，让人感觉化德经济有力量，而康坝几乎就没有工业。

继续行驶，远远看到火车通过。路况开始变差，大型货车、翻斗车开始增多，我们减慢车速。许振村突然说，看哪，一辆河北的车。一辆工具车停在路边，离前方铁路桥涵洞不远，车厢里有半车瓜，车旁边立着一块上面写有"甜瓜"的硬纸牌。我让欧阳兴把车停下，我下了车，走向甜瓜车。甜瓜车驾驶室里有两个小伙子，一人正在看手机，一人正在阳光下打迷糊。我问看手机的人，河北的？我也是河北的。怎么跑到这里卖瓜来了？看手机的说，是老乡啊，我们一年四季到处跑，最远跑到离外蒙古很近的地方。交流得知，瓜从山东贩来，在这里卖的价钱不低，是坝下的两三倍，拉一车基本上一个礼拜就能卖完。选这么个地方卖，一是因为这是个下坡过铁路桥的地方，开车的、骑车的都要减速，二是城里不能乱摆，城管要管，会撵着跑，还要罚款。我们买了几个瓜走了，价钱便宜一块。

进化德县城，用手机导航定位县政府，过几个红绿灯、熙熙攘攘的市场、几条车水马龙的宽敞街道，总体印象是化德县城比康坝要强。到县政府后继续往前走，出了县城，即见化德西山生态公园。公园恬静自然、简洁大气。山上有现代长城建筑、苏式中式各种火炮，漂亮、宽敞的公路在山丘间穿越。这个投资可是大手笔，非康坝能比。

原路返回康坝，在铁路桥口看见卖甜瓜的还在，与其打个招呼。路上，我们寻了个化德砖厂了解砖价，黏土砖每块五毛八，到半面井约五十公里，运费每块一毛二，合起来每块七毛。

回到半面井不到下午三点。我们告诉张旭东我们去化德的收获。张旭东说，砖价有些偏高，从化德买砖不划算。

16 路灯照亮

给半面井安几个太阳能路灯确实费劲。康坝的物流比较稀缺，半面井的邮政快递，收件人会被电话通知到乡政府南面街上的一个摩托车修理厂自取。其他快递公司只递到县城，收件地址在县城的快件会送上门，收件地址不在县城的快件则会通知请人代收。货运物流都只送到县城，电话通知收件人自行提货，且还有钟点限制。给我们配送货运的物流公司在进县城的街上的一个小胡同里，很难找，附近全是车辆修理修配厂。益民公司将太阳能路灯的零部件通过货运物流公司陆续发过来，收件人写的是我，我每次不是在半面井就是在石家庄，都要让县税务局办公室主任吴军在合适的时间点去提货。有些零部件如蓄电池、灯杆基座分量都不轻，把小车压得底盘降低很多，小车都得慢速、谨慎驾驶。吴军把零部件拉到县税务局，我们再用我们的工作用车把零部件转拉到半面井。

路灯安装的前期准备比较烦琐。路灯安放位置需要考虑，主要街道、核心位置要安，十个灯不能安得太集中也不能太分散，还要考虑以后再安。村部大院里也要安灯，张旭东说安两个，一个在进院的门口，一个在锅炉房、卫生间前。我说，安一个就够，另一个安到别的地方。张旭东说，院门口必须安一个，晚上进出院方便，锅炉房、卫生间离院门口太远，起夜不方便，也要安一个。灯找好位置后，挖灯杆基座坑、蓄电池安放坑也不让人省心。四月中旬以前不能动土挖坑，土还冻着呢。但从四月中旬起，进入农忙时节，村民们都在地里忙着，找不到壮劳力挖坑，因此壮劳力挖坑都得挤时间。把壮劳力集中到一起可不容易，所以断断续续一周才把十个坑挖好。五月中旬，再按技术员发来的图纸要求，埋设灯杆基座、穿线管，在村部大院用水泥、钢筋制作十个盖蓄电池坑、防止土方塌陷损坏蓄电池的防塌板。

进入六月，技术员说计划来半面井，要我们准备安装工具。张旭东说，内六角扳手、十字改锥、一字改锥、剥线钳、大活动扳手、开口扳手、万用表、电工胶带我们都有，不需要购买。

过了两天，技术员王伟来了。但他没有与运送灯杆、灯具的车辆同来。直到下午五点，像盼星星月亮似的才把运送太阳能灯杆、灯具的货车盼来。货车把东西卸下来，我们马上开始安装路灯，这个时间忙农活的村民已陆续回村，张旭东叫来几个人在技术员的指导下安装。

安装过程不太顺利，连接各种零部件的电线不够。埋设灯杆基座时，绝大部分连接基座与灯杆的螺栓在地上部分留得过长，紧固用的螺母拧在螺栓上，拧到没有螺丝扣了，灯杆还不能固定。张旭东赶紧去乡里买来若干大垫圈、螺母、电线。村民们在技术员的指导下起初安得慢，慢慢熟练后，就分成了两个安装小组。最麻烦的安装环节是穿线。路灯像树，灯杆是树干，灯杆上的几根细管是树枝，细管既用来加固灯具，又用来走线。细软的电线要分别从灯具、太阳能板处的细管中穿到灯杆上，并一直顺着灯杆下到半人高的地方汇合，那儿是安放控制器的地方。这样走线曲里拐弯不大好穿，村里的能人们找来有韧性的铁丝，用铁丝协助完成穿线。

天色渐黑，张旭东把他的面包车灯打亮，几个村民从家里拿来手电照着安装。第一个灯安在街口——村民聚会聊天最多的地方，安好时，它还不亮，到八点多时突然亮了，有人连声说亮了亮了，村民们一阵欢呼。这时发现，帮着安灯的村民有十几个，看热闹的村民也有好些，净是些岁数大的。到了晚上十点多，共安了五个，全都亮了。有一个灯，由于村民把灯具、太阳能板的电线互接错误，导致试灯灯不亮，好半天，技术员才发现原因。在异常明亮的太阳能路灯底下，我对大伙说，大家辛苦了，明天还要干农活，今天先安到这里，技术员王师傅今天也特别辛苦，坐那么远的车，没有休息就指导安灯，连口水都没有喝、晚饭都没有吃，非常感谢王师傅。其实我们都没有吃晚饭，辛苦已经把饥饿赶走。我、许振村、王师傅回到村部，欧阳已提前回村部做好饭，正等着我们回来。当晚，我让王师傅就睡在公共浴室外屋的那张床上，村部还烧着暖气，被褥都是新的。

第二天早上七点多，我们就吃完饭开工了。昨晚就与张旭东说好，剩下的五个灯由我们工作队来安，考虑农活正忙，村民早出晚归，便不叫村民，也不叫张旭东帮忙。我们工作队三人与技术员做了分工，王师傅安装控制器、接关键部位的线，我们仨穿电线、安灯具、立灯杆、放蓄电池、盖防塌板，一个一个来。我们干得满头大汗，后来干脆也像村民那样坐在地上干活。防塌板是水泥预制件，里面有钢筋，很沉，我们两个人抬起来都比较费劲。昨晚，村部大院之外的八个路灯所用的防塌板全是王铁虎一个人开着电动三轮车从村部大院里拉过去，并盖住五个蓄电池坑的，他双手端起一块来一点不费力。直到十一点，我们才在村部院里安装好最后一个路灯。这最后一个路灯就在锅炉房、卫生间前面。近旁有几棵高过房顶的杨树，枝繁叶茂，我担心挡住阳光照射太阳能电池板，询问要不要给杨树去去枝或把电池板的倾斜方向由正南改为稍微偏西一点。技术员观察了一下说，坝上光照强度大、时间长，树荫遮盖电池板是局部、短时间的，正常安装就行。终于，路灯全部安装完毕。我坐在灯下的水泥台阶上，欧阳顺势坐在地上，许振村蹲在地上，都久久不愿站起。

正坐在地上时，村部院里进来一辆小车。我赶紧站起来。省税务局稽查局郜副局长来康坝县办理案件，顺便到村里看望我们。郜副局长在村部大院挨个屋从东看到西，对已经开花的榆叶梅、丁香和自留地里已经出苗的蔬菜赞不绝口。他跟我说，王处，你们水桶里的水有些问题，里头有沉淀物，能饮用吗？我说，善于办案的郜局长观察细致，挺关心我们的生活，非常感谢。现在是种菜季节，浇地用水量大，导致地下水位下降，从井里抽出来的水含着泥沙，有的人家已经抽不上水了，我们去水务局好几次，希望尽快帮助我们解决村里饮水安全问题，水务局局长说已列入计划，近期会派人来打口深井，给村里通上自来水。

中饭后，我对安装不放心，邀请技术员、郜副局长一起去检查路灯，逐个灯杆摇摇看晃不晃，逐个螺丝拧一下看松不松。

检查到街口时，街口竟然同时停了三辆零售大篷车，陆续有村民来买东西。郜副局长很诧异地说，大篷车的生意不错，难道这个村子连个商店也没有吗？

我说，大篷车流动售货，用的吃的都有，挨个村子转，每天都来，生意好着呢，一年净挣个两三万元不成问题，村里离了它还真不行。今天真赶巧，三辆大篷车竟然碰到一块儿来了。

看了看大篷车里的东西，水果当中有苹果、香蕉，还有稀罕的小西瓜，郜平生买了两个小西瓜。检查完毕回到村部，郜平生让欧阳把西瓜切了，大伙儿一块吃。郜平生说，大篷车里东西应有尽有，这里的生活还真不比城市差。欧阳说，现在物流发达，城市有的，这儿也都有，只要有钱，都能享受得到，只是这里还很穷，消费不起，估计买西瓜的没几个，村里人谁在这季节吃西瓜呀。歇息片刻，郜副局长开车回张家口，我委托他顺便把技术员送到张家口火车站，省得技术员从康坝到张家口还要坐长途汽车。

上午安装时，我曾问过技术员，灯什么时候亮，什么时候灭，是怎么控制的。技术员说，控制器用来控制路灯的工作时间，相当于一个定时器，到亮的时间就接通电路，到灭的时间就断开电路，这需要事先设好，一般是让冬春季节亮得早、夏秋季节亮得晚。坝上的阳光好，蓄电池充足电后，多余的阳光就浪费了。我接着问技术员，太阳能路灯零部件怎么是别的厂子生产的，不是华光的？技术员说，太阳能路灯有个生产链，零部件大都由外部厂家按照我们的要求生产。此时，我才明白保定电谷的含义：大厂子带动小厂子，形成产业链、产业集群，大厂子在产业链中居核心地位，其产品、创新与该产业的发展休戚相关。同理，要是能依托外地或本地大菜商经营半面井冷库，就可带动村民种菜，当然，大菜商必须能挣钱，村民才能挣钱。

晚饭后，我忍不住到村里的街上来溜达，夜深时还起来透过窗户查看村部大院的路灯。我心里牵挂，路灯有没有坏的，路灯几点亮、几点灭，远看、近看路灯亮的程度。路灯最终都亮了，没有坏的。到村口看，半面井略微有点灯光，像在告诉人们夜里半面井的存在。这一夜，我的心情很舒坦。

17 惊蛰康坝

这天上午，阳光很好，我搬个凳子坐在村部大院的台阶上，手里拿着刚呈报省税务局领导的《关于省局给予半面井村脱贫攻坚配套资金支持的请示》《养殖项目建设可行性报告》《养殖项目预算》《自来水项目预算》《村民服务中心改造提升项目预算》。郝晓磊说，近期省局党组要专题研究帮扶资金的事情。这下可好了，如果帮扶资金到位了，我们的工作就会有底气，工作进程就会加快。

我们已到半面井三月有余。气温在上升，贫困村在变化，村部大院也在变化。欧阳正拉着一根长长的黑胶皮管给院里的树、花、菜浇水。看着院里的太阳能路灯、榆叶梅、丁香、松树、出苗的菜，我有些兴奋。

这几个月进出这个大院，我竟然对这个大院有了感情。大院是小鸟的天堂，牛羊猪的玩所，也是我们工作的场所、休息的港湾。

村部大院里尚有九棵杨树。其中大院北部八棵，南部靠墙仅有一棵。南部还能看见几个并排的杨树桩子，可见大院里杨树原来更多。北部的四棵杨树树梢上有喜鹊窝。喜鹊并不让人喜欢，甚至很让村里人烦。据村民讲，喜鹊残忍地啄食庄稼地里的鸟蛋、刚孵出来的雏鸟，还把播在地里的种子翻出来吃掉。

大院里的杨树悄悄变化，树叶从下往上一层层渐渐开绿。阵阵清风袭来，像化作一树绿蝶，或伏或舞或抖，一直在那里不知疲倦。在半面井，能强烈感受到，雨是绿的最大魔幻手，可以控制树、草、花、菜的生长速度，但雨对康坝很吝啬，光顾得不多。风是雨的最大魔幻手，可以决定雨在哪里发生、发生多久，但风对康坝很无情，总是把雨逼成匆匆过客。我感叹：坝高以叨计，五月孟春始；树大层层绿，惊诧扶贫人；雨催叶绿树，风过把人欺。

麻雀的窝就做在大院屋檐里。每天早晨五点多，麻雀就开晨会，讨论一天的活动安排。以至于手机闹铃未响，我就能估计大概时间。数不过来的麻雀一群群，不停地在杨树上、屋檐下翻飞，在电线上稍息。每当看到麻雀在屋前杨树枝上跳跃，我就在下面跺脚、吓唬，麻雀竟然若无其事。浇水时从水管漏到地上的水，要是积成一小摊水，无人时，麻雀会飞去警惕地啄饮。有一次，我站在凳子上，用手机对房屋后面的远山、夕阳、风电、蓝天拍照，正凝神屏气按下按钮时，一群麻雀突然从房后掠过来，叽叽喳喳、防不胜防闯入我的照片。

村里的牛、猪、羊偶尔光顾大院，狗猫则经常来。村里原先牛多，后来少了，现在仅有六头。村部邻居老皮家有两头，距村部二百米左右的一家也有两头。牛来村部的次数极少。有一次来，是老皮家院门没关，他家的牛到村部串门。另一次来，是一户养殖家畜品种与数量都最多的村民家的牛拉肚子。牛被拴到村部大院南面杨树上输液，一人用铁钩钩住鼻子、一人用绳子绊住腿、一人举着输液瓶，输液针粗得惊人，输液管上的流量控制开关开得最大，液体直接流进牛的脖子里。兽医站站长借用小轿车打开的后备厢配液，麻利地用金刚石圆片给针剂脖子划拉一下，用手指掰拉一下，针剂脖子就掉了，再用粗针筒把针剂吸到输液瓶里。

地上扔了一堆针剂空瓶，输了七八瓶，输到后来，牛都忍不住叫唤，困兽般挣扎。包括兽医站站长在内，全乡兽医仅两个，经常开车流动工作。

院里的草在不经意间长出来，长在榆叶梅中间、菜地里、大院平地上。冬天化雪，大院泥泞，张旭东拉了数车细石子把院子盖了盖。此时，草也从细石子底下冒了出来。只有车子经常碾轧的地方，还没有草绿。

周五下午我们回到县城休整。晚饭后，金色的夕阳正当时，我们三人与吴军一同散步。工人们正在给街道两边的树做四四方方的低矮、白色防护栅栏。广场舞暂停，文化广场正围起来装修，换地砖，做排水系统，工人们抢着施工。公园里的花都已盛开，三三两两的人们漫步而行。吴军介绍说，热闹喧嚣的康坝美丽季节即将到来，风筝节、诗歌节、汽车拉力赛、国际马拉松、自行车赛……都即将举办。漫长的冬季为康坝短暂的美丽绽放积蓄着力量，厚积薄发的美丽值得期待。

次日上午，我去买双鞋垫。寻到县城原中心地段，有一小广场，广场里和路边集聚数家厢式三轮车改造的移动摊位，售针头线脑、日用杂货或修修补补。广场里，坐着几个人在拉着二胡。

我在一个摊位前站定，一位正在拉二胡的老师傅掂着二胡小跑过来，问我要什么。买了鞋垫后，与老师傅攀谈起来。老师傅姓张，六十二岁，二胡爱好者，识简谱，会拉二人台调，每天风雨无阻来此，已十多年。旁边摊位的鞋匠也会拉，但不识谱，全凭感觉成调。我笑称张师傅生意与爱好两不误，请张师傅拉一曲赛马。张师傅应允，当即自信地拉起来。突然间，我面前出现奔腾激越纵横驰骋的骏马，赛马场面热烈，草原辽阔美丽，牧民们喜悦欢快。拉毕，张师傅翻开歌谱，又断断续续拉了几首歌曲。这应该是康坝的民间文化，亦属美丽康坝一景。

我仔细打量张师傅的家当，一辆加了车厢的三轮车，一面展开的车厢门上挂满了针头线脑、鞋帽袜垫；车厢里能坐人，冬天太冷，人坐在里面还能惬意地拉着二胡；车上有液化气炉，饿了能烧火做饭；冬天有蜂窝煤炉，可取暖。

这时，一位老先生提了个新二胡向张师傅请教拉法，张师傅耐心地讲解，再画了个指法图给老先生。老先生走后，张师傅说，已经八十多了，是个机关退休人员，今年天气转暖后迷上了二胡，孩子特意给买了把好二胡，比他的强多了。

18 文化食粮

这天晚饭后，我们仨出去遛弯，正好遇到羊倌赶羊回村。进村的大路口，村民手里执鞭，老远来候接他家的羊。羊们离家越近越回家急迫，急行军似的。羊们认识自己的家，高声"咩咩"地直奔自家院落，院里早有小羊们"咩咩"回应。自家院落若是没有开门，大羊与小羊就在门口伸脖触脸亲昵。偶尔一只羊跟进别人家的羊群，主人、羊倌也会马上识别出来一鞭子把它轰回来。我纳闷，上百只羊，大体上长得差不多，他们怎么就能认清谁是谁家的呢，真是火眼金睛。

回到村部大院，院里多了辆面包车。有个人正在往车下卸箱子，这个人叫邓君，是乡里的电影放映员。邓君每个月巡村放二十多场电影，一场能挣一百元。电影下乡是政府文化下乡的内容之一，定期给村里送来文化食粮。到半面井来放电影的时间，大概是每月二十几号。邓君很辛苦，农忙时，白天要种地，晚上要放电影。冬季，不管多天寒地冻也要放。每次放两个片子，从晚上八点放到十二点。好在督垦乡就这么大，路熟，放完后，把东西收拾装箱，不到一点准能到家。县文化部门对电影下乡管理很现代，放映机自身带有 GPS 定位，能定位放映地点，放映员要用手机上传正在放映的即时照片，每过一个小时上传一次。放映机也很现代，片子存在专用 U 盘里，不再用传统的胶片放映机播放，而是用投影仪。

　　第一次见到邓君比较意外。那时还是冬天，十分冷。那天，我们去别的扶贫村串个门，晚上二十一点才回到村里。进村部大院，还以为走错了地方。一辆面包车，一部放映机，一张银幕，一个四十多岁的放映员，再没有别人。正在播放的是部抗日战争片，里面正炮声隆隆。邓君既是放映员，又是唯一的观众。我搬了个凳子陪邓君坐下，跟他聊天。正在放的电影名字是《烽火长城线》，另一部还没放的是豫剧电影《布衣巡抚魏允贞》。他告诉我，天冷，村民有早睡的习惯，加上人人有手机、家家有电视等因素，来看电影的村民越来越少，有的来了，最多跟他聊几句就回去了。两个片子，全乡各村要轮着放一遍，这是市里统一规定的。他天天放、天天看，这两部片子放上一个礼拜，看到剧情就知道放了多少了。聊了一会儿，我觉得冷得扛不住，就回了屋。去开电视，没信号，估计又是大风把卫星天线刮动了，得把天线调回来。我出来调试卫星天线，发现调不了。电影银幕的上角把天线压住了，除非动银幕。电影正放着，怎么能动银幕？我想去伙房盛壶水来烧，也不行，门打不开，银幕完全把门挡住。邓君以前放电影都在这个位置，固定银幕拉绳的钉子就钉在那里，已经有了年头。他不知道银幕后面的屋子现在已改成伙房，可能也没注意到卫星天线的存在。后来他再来放电影，就把银幕往旁边挪了挪，不再挡住伙房和影响我的卫星电视天线。

　　这一次，我们帮着邓君拉银幕、摆放映机架子。我去会议室里熟练地打开广播，向村民们喊话三遍，请大家来村部看电影。倒是来了四五个，但一会儿就走光了，只剩下我们工作队三人和邓君。邓君见怪不怪，我倒有些尴尬。不过，我倒是能理解村民，正是农忙季节，明天还要早起干活呢。看着银幕，我很有感触，真与小时村里放电影大不一样，小时村里放电影要占座，要走五六里路，要看跑片，甚至刮风下雨也得去，那可真是文化的饥渴。现在村里，家家户户有电视、有 VCD，个别的还有网络，对露天电影已不感冒。第二个片子是关于农村科技的片子，讲述了山东、东北的农业科技，我把片子的后半部分看完，希望有助于我们的工作。

邓君走后，我躺在床上，好半天没有睡着。每个村一个月放一次电影，满足农村文化娱乐需要，初衷是好的。每次放两个片子，一个是主旋律革命题材，另一个是农业科技或戏剧题材，内容搭配挺好，可是无人观看。第一书记微信群里，别村的工作队曾经发过放电影的照片，情况大体差不多。

刚来半面井，到单身汉贺旺财家时的场景历历在目。农村的文化娱乐活动甚寡、单调，精神食粮匮乏。在漫长的冬季里，贺旺财家是村里娱乐中心、消息中心。户外零下二三十度，户里炕上六人打扑克牌掼蛋赌两盒烟，炕上围观者五六人，炕下唠嗑者五六人，男女都有，多数人吞云吐雾，好不热闹。掼蛋是村民参与人数最多的娱乐活动。经常见到几个要好的女人们不一定凑在谁家，边打打掼蛋、玩玩麻将，边唠嗑。

象棋是村民们常用来打发时间的又一娱乐活动。天气暖和、阳光普照时，村民们便自带象棋在阴凉的墙根下棋，众人支招，你看漏了车我忘了马，谁也不服谁。还有更简单的娱乐，就是捡根树枝在地上画几根线作棋盘，找几块小石子或烟头作棋子。欧阳与村民下过几回象棋，他说村民们下棋图的就是个乐和，并不求输赢。

二人台是康坝的文化代表，已列入国家级非物质文化遗产名录。我曾在网上尝试了解二人台，速览过几部二人台视频。二人台，又称"二人班"，是流行于内蒙古中西部及山西、陕西、河北三省北部地区的戏曲剧种，因其剧目大多采用一丑一旦二人演唱的形式而得名。

半面井人对二人台还是情有独钟的。第一次去老皮家，老皮硬让我们看了二人台讨吃调，流浪艺人组团讨喜要饭。好多村民的手机铃声就是二人台戏曲。六哥打开村部广播的声音就是二人台。附近村子办丧事，要请二人台班子，村民再忙也要做伴去看。

上个月，二三公里远的邻村有丧事，请了邻县商都县三草原二人台剧团。六哥说，三草原在附近几个县名气很大，一般的家庭很难请到。傍晚，村民们相邀去看。开拖拉机、电动三轮车、摩托车去的，走路去的，都有。晚上八点多，把手中的事办完，我特意开车去看，我还没有现场看过呢。台子就搭在大路边，其实就是一辆专门下乡演出的改装汽车的车厢。看的人多，都把路堵了。身着孝服的人坐一起，看热闹的人散乱着，坐板凳的、坐地上的、坐车上的、站着的，穿棉衣的、羽绒服的、大衣的，都有。见到好多半面井熟悉的面孔，郜书彬招呼我与他一起挤坐在他的电动三轮车驾驶座位上。

我去的时候正演《瞎子拐子观灯》，我听不明白、看得勉强。瞎子与拐子在戏中是两口子，互相捉弄，幽默中见辛酸、穷乐和。三草原的两个年轻女儿作为演员也上台表演二人台，有人起哄三草原女儿有婆家没有。后面的节目还有用脖子把钢筋卷弯数圈再解开的硬汉杂技，可见这剧团节目比较杂。后来有位声音洪亮、气势厚足的女人出场。郜书彬告诉我，她就是三草原。三草原唱了好多，大都为孝顺内容。我想听一段传统的二人台，三草原一直没有唱。天更晚，气温下降厉害，我被冻得直哆嗦，又坚持了一会儿，最后还是提前离开了。

　　我曾经问村里好多人，谁会唱二人台。都回答说没有人会，但都很喜欢听、看。我有些失望，至少有能哼个调的也行啊，才不枉为康坝人。

　　酒也是半面井村里的文化食粮，很多人爱喝酒。家里一买就是一整件，一件几十元钱。有几个喝酒多的村民，基本上一天一瓶，就着咸菜疙瘩。村民遇到高兴的事儿，也会去乡里仅有的两个饭馆喝，高兴地开着拖拉机去，回来时可能也高兴地开到路边沟里——每年开到沟里去的拖拉机酒驾要发生几起。我们去村民家里，主家的男人就会跟我们说，王处，别走，一起喝一杯吧。

　　烟文化在半面井不太盛行，抽烟的比以前少了许多。好些个村民年轻时基本都抽，甚至烟瘾较大，后来陆续戒掉。个别的村民烟酒均沾，理由奇葩，说什么烟酒不分家，人的命天注定，连烟酒都不沾人活着还有什么意思。

　　从一个地域范围看，文化的形成与该地的地理、气候、资源、经济、习俗有关。脱贫工作的内容，还应包括文化。工作队得帮助村民物质脱贫，再引导文化脱贫。

19 怎么种地

在村里各种蔬菜长势很旺、土豆正处于关键的生长期时，雪沃公司的王总在察北区税务局局长的陪同下又来半面井了。他对半面井试种雪沃公司的 4 号土豆品种非常关注，希望不枉费察北区税务局局长的一番好意，希望我们脱贫工作有效。

上午，我们开车去地里查看雪沃 4 号生长情况。十一亩土豆种子，张旭东分给三个人种，分别是崔连长六亩、萧祚一亩、张庚午四亩。我们先去崔连长的地里，他的试种地在村西边，垄高沟深，土豆秧长势很旺，白花点缀其间更是喜人。王总点评，这种种法长得挺好看，但不能期待收成好，种得太密，需要间掉一半。萧祚试种的地离得不远，长得可以，密度也可以，就是面积有点少。

张庚午的地在村东南，需返回村子穿过街口。像往常一样，街口立着一群人，宫妇联在其中。我让张旭东把车停下来，下车告诉宫妇联，专家说了，你家试种的土豆需要间株，至少要间掉一半，赶紧去做，不要觉得可惜。宫妇联像平常一样笑眯眯地看着我们，疑惑地说，长得这么好，还要间啊？王总说，一块地，肥料就这么多，不间掉，都争肥，就都长不好，要学会忍痛割爱。

张庚午试种的土豆与甜菜挨着，叶子有点泛黄，密度稀松，明显肥料不足，而且得了病害，需追加肥料并打农药。张庚午一直跟着我们，让王总点评得有些不好意思。

我对张旭东说，王总非常重视咱们试种雪沃公司的土豆品种，咱们一定要按王总的技术要求去做，不能王总的品种在别的地方很成功，在半面井失败，咱们失败就等于砸王总的牌子。

张旭东在邻村租地种了三十亩夏波蒂土豆。垄高沟深，密度合适，长势不错。张旭东邀请王总去看他种的土豆。王总对张旭东的种植评价很高，他说，种地是一门学问，既需要经验也需要理论，经验不能代替理论，但理论肯定能够解释经验。种地必须科学务实，来不得半点马虎，不能投机取巧，如果种地偷懒耍滑，收获肯定会打折扣。坝上以前种地，把种子撒下后，就任由庄稼生长，不除草、不浇水、不施肥、不打药，根本不做必要的投入、管理，完全靠天吃饭，靠运气种地，收成怎么能好得了？现在旱地种小麦、莜麦、胡麻，还是这样种，亩产二三百斤算高产。看张书记种的地，我觉得张书记也是个讲究科学种地的人，种植面积几十亩太微不足道，操劳辛苦却一点也不少。

王总的土豆种植基地，张旭东是见识过的，一眼望不到边，成千上万亩，最大马力的拖拉机耕种，全机械化作业。张旭东憨笑言是。

近两个月，我见识了张旭东的辛苦，一点不夸张地说，张旭东才是真正的勤劳致富。再通过张旭东看没有规模、技术、资金支持的庄户小农经济，村民们挣的都是辛苦钱。张旭东的拖拉机功率小、幅宽小、速度慢、效率低、强度大。从四月中旬起，他就开始忙着地里的活，整菜苗地、扎大棚、安大棚喷灌系统、播种。进入五月份，上午开大棚透风、给菜苗喷水，下午关大棚保温、耕地、铺膜、下滴灌，一个活接一个活，一个也不能少。他像是被钉在地里，想与他见一面都难，遇到工作上必须与他商量的事，便只能给他打电话，经常电话打通却无人接听，他可能正开着拖拉机呢。

相比以前，农活的强度、辛苦已经大幅下降。家家都有小型拖拉机，与拖拉机配套的小型农具也都齐备，驱牛务农已经成为过去。但农时是个催命的主，农活必须在农时内干完，村民们在农时期间忙得焦头烂额并快乐着，至于农活完成质量如何则成为另一个问题。如果能进行土地流转，在规模、技术、资金等方面都有保障的情况下，农业就会上到另一个档次，产量、品质、效益都会大幅提高。土地流转必须得搞，我盼着明年的早点到来。但是张旭东等几个种植大户的这种忙碌，让我多了一份担心，张旭东怎么样才能自家利益、公家利益都顾得上呢？康坝人有句流行的话："儿子是建设银行，闺女是招商银行。"按康坝习俗，儿子结婚花钱多了去，在县城要买套房，要置辆小车，没有几十万结不起婚。张旭东的家已安顿在县城，他有两个儿子，大儿子技校毕业，目前已就业，小儿子正在读小学，老婆无工作，专门陪读，其未来的负担可想而知。种菜是张旭东的主要经济支柱，他如何能无条件地支持水浇地流转呢？除非流转到他的名下，他是最大的受益者，村里其他几个种菜大户与张旭东的情形差不多。以脱贫攻坚的名义进行土地流转，让所有贫困户受益的想法会遇到的阻力可想而知。

王总走后，我让张旭东督促崔连长间株、张庚午施足肥，争取试种成功，为明年水浇地流转做准备。

张旭东从察北把雪沃公司的土豆种子拉回来后，选择这几户试种是有考虑的。张旭东当时跟我说，他自己是不种的，反正是试种，就十一亩种子，不够他一个人种的，同时张旭东地里已种了别的品种土豆，且数量大，若种在同一块地里，一方面怕影响试种效果，另一方面也怕影响他自己所种土豆的生长。张庚午、宫广桂是村干部，萧祚是党员，让他们三家试种，也好给村里人交代。我觉得张旭东的话有道理，同意了他的想法，只强调了一下，让张旭东督促这三家严格按照雪沃公司的要求操作，只许成功不许失败。

今天，王总的到来，让我重新思考张旭东的试种方案。按理说，张旭东自己可以弄一块地专门试种雪沃品种，但他不种，应该还有别的想法，只是不好意思跟我说透。张旭东有多年的土豆种植经验，他认可雪沃公司的土豆种子，但更相信自己的经验，他种的品种曾经达到每亩七千斤，每亩能给他带来至少两三千元的纯收入，比种王总保证的雪沃品种至少五百元高得多，即使风险大些，他也愿意执着去干，这或许是他的真实算盘。

崔连长种土豆、白菜全是照着张旭东来，每年张旭东种什么，他就种什么，张旭东要是赔了，崔连长就跟着赔。这种紧跟行为，让崔连长一家十分省心。这次雪沃品种的土豆，张旭东没种，崔连长种了，还种了六亩，应该是听了张旭东的。至于为什么种这么密，有一种可能，那就是他这块地面积不到六亩却种了六亩的种子，只好种得密一些。

萧祚种一亩，可能因为就他自己在家，老伴平常在北京带外孙，只在农忙时回来帮衬几天。还有一点，张旭东关照他，让他种一点，既试种，又自己家吃。

张庚午种四亩，考虑了他和老伴岁数偏大，他又要顾及村里的工作，包括会计、卫生室工作。但是张庚午的种地属于粗放型种植，施肥少、打药少、管理少，可能有种子不花钱、少投入能差不多收点的心理在作怪。

王总的到来，还让我强烈地感觉到，虽然半面村村民种地已经讲究科学，但是因精力、资金、技术没有过高要求等原因，种地水平还有更大的提升空间。

我们工作队三人都出身农村，对农村农业农民有深厚的感情。我曾经有一年搞过一个关于我国农业产业化的税收政策的研究课题，对国内外的农业生产水平有过了解。给半面井村民召开试种雪沃公司土豆的会时，我说雪沃公司要求严格按他们的技术种植，很多村民都笑了，他们都说会种，都种了好几辈子了，庄户人家就会种地。我很惊讶于他们的自信。据网上资料，国外农场种地，小的几百亩，大的成千上万亩，耕地、育苗、栽种、浇水、施肥、打药、收割等各个环节都是全机械化作业，各环节由专业化的产业公司完成，而且从事种地行业需要资格证书。我曾经在半面井微信群里发过这类的文字与视频资料，想让村民们对科学种地有个认识，但无人回应。

我曾经惊叹村民的能力，能下地里干活的男人们、女人们都会开拖拉机，熟练得很，而我们工作队还不会呢。我想他们的学习能力很强，只要有人有耐心地教，他们肯定能学会怎么种地。

20 逆天土豆

到了坝上后，我曾经看过一份资料，坝上各种经济作物的产出效益，由高到低排列的是土豆、杂豆、胡麻、燕麦、小麦，土豆的产出效益是杂豆的五倍、小麦的十四倍。所以，坝上种得多的是土豆，人们种植其他的作物仅仅是自家食用，并不外卖。

王总到半面井的短暂之行又让我开了另一个眼界。他说，国家十分重视土豆，已经上升到粮食战略地位。

王总走后，趁村里人们脑子里都还装着土豆，我们组织召开村"两委"、党员、村民代表会议，主题是土豆与土地流转，宣传科学种地、土地流转的好处，宣讲国家马铃薯主粮化战略，观看网上搜集的土豆资料视频、雪沃土豆产品生产视频，现场讲评张旭东、崔连长、萧祚、张庚午的土豆种植。

会议形式比较特别，我从县税务局借来一个投影仪，把想让村民直观了解的内容投影在会议室的白墙上。

科学种地、土地流转的好处，大家都知道，不需要多费口舌。国家马铃薯主粮化战略，大家都不清楚。我向大家展示了一些资料。资料显示，土豆在中华饮食文化圈之外的地方几乎都是主粮，唯独在中国人的饮食习惯中拿它当菜，"不当干粮"。土豆粉不含面筋蛋白，不像小麦粉那样可以轻易做成馒头、面条，更不像稻米那样可以做成米饭、米线，顶多做成粉条当副食。而在西方，土豆泥、薯片甚至是未经加工的土豆块直接蒸煮熟，都是大众喜闻乐见的主食。中国粮食连年丰收，高产水稻、小麦品种研发成功，但粮食缺口依然很大，市场需求倒逼中国把土豆主粮化作为一种战略来抓。

按国际通行说法，主粮有四项标准：种植规模大、产量高、储存时间久、营养价值大。用此标准衡量，土豆的表现没有一项不优秀。土豆经脱水干燥后磨成粉，称为土豆全粉，一般能存七八年，远远超过米、面和玉米。不起眼的小土豆"浑身都是宝"，跟三大主粮比，碳水化合物含量低，膳食纤维含量高，多种维生素和钙、硒、铁、锌等矿物质含量高。全国土豆种植面积已经超过八千万亩，亩产能够高达四吨以上，但还有很大提高空间。

马铃薯主粮化在中国具有重要现实意义。土豆具有耐旱、耐低温、耐盐碱、生长期短、高产等多项特性，能开辟保障国家粮食安全的新途径，能缓解中国水资源不足、耕地资源缺乏等资源环境压力，推广空间极大，有利于推动实现农业可持续发展。

目前中国农科院已经开发出土豆粉与小麦粉 3∶7 配比的复合馒头、2∶8 配比的复合面条，百分之三十土豆全粉复合馒头，百分之二十土豆全粉复合面条能够兼顾矿物质、维生素、蛋白质等营养成分，成本也不至于过高。

接着，我把一份有关土豆产业发展具有巨大优势和广阔前景的资料呈现给大家，向他们详细阐述了我国土豆的种植优势、营养消费优势、粮食安全优势等，结论是积极发展土豆产业正成为农业种植结构调整、增加农民收入的一项战略选择。

观看雪沃农业公司视频时，因为曾经到这家公司参观过，大家一下子话多了起来。我看大家情绪很高，干脆直接打开该公司的网站，让大家观看。

最后，我播放张旭东、崔连长、张庚午、萧祚的土豆种植照片让大家比较。

讨论交流时，大家反响很大，想不到土豆这么厉害。有人提出意见，康坝东边有国家级农业产业化龙头企业、西边有乌兰察布把土豆产业搞得这么好的典型，咱们要是种不好土豆，都对不起这片土地。同时，也有人表达意见，我也想试种一点，怎么不给我种子？我解释，当初想让村干部、党员带头，种好后再推广成立合作社种。这时，又有人说，咱们庄户人家种了一辈子的地，还是种成这样，你说到底是会种还是不会种？大家一阵大笑。

我说，我让大家看半面井试种情况的照片，不是看笑话，而是要大家反思，种植要讲科学，要严格按科学要求执行，老崔、六哥还有改正机会。只有科学种地，土地流转才有意义，土豆产业在半面井才有价值。咱们省里有农业大学、农科院，市里有农学院、农科所，土豆种植方面的科技力量强劲，研发的土豆种子在全国已经叫得响。可以说，咱们种土豆，东边有雪沃公司作市场保底，西边有乌兰察布作示范，既有技术支持，还有工作队作后盾，只要肯干，就肯定能干好。

最后我说，全世界的土豆种植已经形成这样一个格局。世界土豆看中国，中国土豆看内蒙古，内蒙古土豆看乌兰察布，康坝就挨着乌兰察布，近水楼台先得月，半面井可以先行一步，明年进行土地流转，把规模种植土豆作为脱贫产业的战略来做。

经过我们的鼓动，大家兴致都很高，仿佛全村八百亩水浇地都已经种上了土豆，土豆丰收的喜悦已经洋溢在脸上。

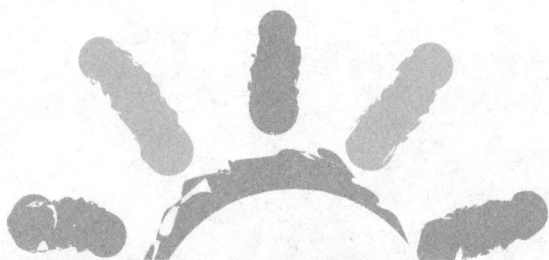

第 三 章

快乐与痛苦的夏天

21 长接师傅

天气很好，一早我和许振村坐着县税务局孙师傅的车去张家口市火车站接丁丁绳艺公司的丁总。丁总是我请来的重要客人，她负有一个重要使命，就是教会半面井村民手工编织。

半面井冬季漫长。进入十月份到来年的四月份，将近七个月的时间对半面井来说都是冬季。村民没事可干，只好打牌小赌、串门小唠、喝酒小醉消遣度日，村民的这些时间就白白浪费掉了。要是能把这漫长的冬季时间利用起来，哪怕是挣个小钱，积少成多，对村民来说也是件最好不过的事。

三月上旬，我偶然从第一书记微信群阅读到一条手工编织助力脱贫攻坚的信息，这条信息是驻阳原县的一个工作队发布的。手工编织正是半面井村急需的好东西。我立即联系该工作队，得知该公司是来自石家庄市桥东区的丁丁绳艺公司。我联系桥东区税务局，请他们帮助联系。过几天，回石家庄市休假，我特意登门拜访了丁丁绳艺公司的丁总。我与丁总谈得很投机，得知她已经有几个编织基地，还想扩大规模，培养新的编织基地。她有慈善之心，愿意帮助、培训半面井的村民学手工编织。尽管事务繁忙，她还是答应尽早亲赴半面井促成手工编织在半面井落地生根、开花结果。

此后，我多次与丁总微信、电话联系，邀请她来半面井参观，向她传达村民对手工编织的渴望。我们让妇联向村民介绍情况并统计愿意学习编织的名单，有近五十个，绝大多数是妇女，意想不到的是还有五六个男士。宫妇联数次问我，老师什么时候来，村民们盼着哩。

直到前几天，丁总意外地告诉我，她已订好前往张家口的火车票。

我们的车到达张家口火车站时，丁总已经在出站口等候几分钟，我充满歉意，她却并不在意。

从张家口到半面井的路上，丁总一路直说空气好、风景好、心情好。我说，草原天路就在这里，现在来得正好，不负坝上的黄金季节，心情最愉悦。

中午一点左右，车到康坝县与化德县的分叉口，右手边往康坝，左手边往化德。司机孙师傅说，往化德方向走不远，有路往北，直通督垦乡，比走康坝方向近一些。孙师傅是县税务局的司机，本地人，对本地道路比较熟悉，我们就按他的建议行驶。

往化德的路是油路，很好走。车辆行驶几公里后，往北进入经督垦乡至康坝县城的公路，又走了几公里，道路开始变得千疮百孔、崎岖不平。导航显示有路可行，看到的却是断头路、障碍路、没有路，我们只好不时停下来问路、不断地掉头绕道。再行至忠义镇，已毗邻督垦乡。忠义镇里至督垦的道路中间堵了一个人为、不可思议的土堆子，掉头寻别的路，在一个路口又被堵住，这次不是修路被堵，是被卖菜的拖拉机挤占道路所堵。大杨树底下的阴凉处，十多台拖拉机满满当当、摇摇欲坠地装着娃娃菜、白菜，一堆人围在一起打扑克牌，等着菜贩子的到来。此时，我才注意到，地里有人在采摘蔬菜。我很纳闷，这菜，半面井还没长好，忠义怎么就开始卖了呢，差别真大呀，难道上天也不眷顾半面井？有菜农从人堆里挤出、过来开拖拉机，挪出一条路来，让我们通过。此后，路面开阔起来，是沙石路，车辆所过之处，后面腾起一股尘土。

进入督垦乡督垦村，我略微烦躁的心才有些平静下来。一辆内蒙古牌照的小车停在路边，几个人在旁边拍照。孙师傅介绍说，这里有个金长城，王处、许处、丁总可下去看看。我们下车后，看到路两边有两个略高于地面的土堆，土堆上匍匐着小草，东边的土堆上有一块石碑，上刻"金长城遗址"，周围除去几棵树再无其他。这个遗址十分普通，开车经过，要不是有人提醒，很容易被忽略掉。刚到半面井时，乡党委书记王三军曾介绍，督垦乡有金长城，离乡政府不远，以后可以开发旅游。有一次，我上网搜索金长城资料，发现金长城横贯康坝县东西，绵延数十公里，在督垦乡长度不短。当时，我心里还说，什么时候有机会瞻仰一下这个金长城。现在看见，不过尔尔。

下午三点终于回到半面井。进了村部大院，张旭东、张庚午、宫广桂热情地等候丁总的到来。县税务局的食堂大师傅对手工编织有兴趣，听说后，竟然也出现这里。丁总也不休息，要求立即组织村民来学编织。宫妇联像张庚午一样熟练地打开村里的广播，一召唤，很快就来了好几十人，男女老少都有，把大院都挤满了。我说，今天人挺多的啊，不忙地里的活了？宫妇联说，这个时间，半面井的农活不忙，浇水、施肥、打药的活儿不多，还得等几天才能卖菜，到卖菜的时候就不好找人学编织了。今天恰逢周六，在外地上学或随父母看望祖辈的孩子们回来了一些，这下都集中到村部大院来了。

三点一刻，丁总正式传授编织技艺。我做了简短的开场。我说，丁总年纪不大，才三十多岁，但却是河北省手工编织工艺大师，名气很大。丁总昨晚坐了一晚上的火车，上午又坐汽车，到了村里，根本就没休息，就要把大家拢过来传授编织技艺；丁总后天就回石家庄，已买好回程火车票，这次在半面井也就待一天半的时间，希望村民珍惜机会，虚心向她学习，争取尽快学成受益。

丁总带来一书包编织样品，样品式样不同、美观漂亮，令村民大开眼界。丁总说，编织的基础手法有几种，任何一个编织产品都是由几种基础手法编成的，不管多么复杂的编织产品都这样。我们先从最简单的开始，学习粽子编织，十组绳，每组三根。

开始，丁总在会议室授课。后来人太多，会议室盛不下，好多村民不得不站在外面。我建议把课堂由室内挪至户外，丁总就在村部大院的台阶上讲，院里摆上桌子、椅子。

村民们学习热情很高，起初坐在椅子、拖拉机、电动三轮车上学习，后来有的索性在树荫底下席地而坐。大家互相探讨经验，我们则给大家打气：不要怕编不好，不要不好意思问，岁数大不怕，只要多练、多问就一定能行。男人们比女人们学得快，席前进、萧祚、孙进福编得紧度合适、像模像样。

老皮编了一个几行的小东西，随意丢在窗台上。小东西刚开个头，四根绳子交织在一起，就有了一个漂亮、奇妙的造型。丁总看到，大为吃惊，她说半面井藏龙卧虎、真有能人，皮大爷就是能人。女人们是年轻的学得快，几个外嫁闺女很快就能协助丁总传授基本方法、纠正村民的错误。外嫁闺女中有妇联的大闺女，她每年夏天都要回半面井避暑一个多月，已回来好几天。我大致数了数，五十多人来学习编织，也注意到有几个人看了看就离开了。

赵明玉不学，手里拿着绳子，就是光看不编，说这是娘儿们的活计，大老爷们儿不干这个。张贵枝手里拿着几根绳子，到处凑，好像她是专门来监督村民编织的。但大多数村民执着的学习态度非常令人感动，直到晚上六点半，还不肯散去。丁总带的几个样品被传着看，后来竟然找不到了。丁总很宽容，说找不到了没关系，说明有人喜欢，晚上她还能编几个出来。晚上，丁总在会议室里教宫妇联编织，很晚才到浴室外间的床上休息。

第二天仍然是好天气，上午八点半，村民准时来村部继续学习编织。很多村民来时，手里都拎着昨天晚上的编织作业，让丁老师检查好赖。丁总看后，啧啧称奇，直夸半面井村的大妈、奶奶们太厉害，照这学习毅力、能力和速度，下午就能编出成品来。

我给丁总提个建议，村民的学习能力受文化、年龄影响相当大，他们太不容易了，咱们搞个比赛鼓励他们一下，上午继续学习，下午正式编织，看谁编出来的粽子又好又多，从中选取六名优胜者给予奖励。丁总说，好，奖励什么呢？我把欧阳叫过来，让他看看前一阵来人看我们时带的两箱黄桃罐头还有多少。欧阳说，还有八九罐。于是商量后决定，奖品为六个黄桃罐头。

村民学习编织时，丁总把我、张旭东叫到大院的东墙边。她指着院外东边的一片空地说，这里清风习习，视野开阔，如果能在这里建一片富有当地风格情调的民居，体验乡村生活，那该多么好呀。张旭东说，这片空地原先就是村民的房子，2008 年奥运会期间，突降暴雨，北面山洪冲来，这一片土房子被淹泡，发生倒塌。政府帮助塌了房子的村民在村西盖了八套砖房院落，旁边的住户看到这块地闲着也是闲着，就开了荒，种了一些土豆。我说，等到康坝交通方便、基础设施完善、脱贫了，就能开发乡村体验旅游，还需要几年时间，丁总可以先谋划好，旭东书记帮助你实现这个梦想。

下午五点多时，颁发奖品。院子里挤满了人，男女老少，脸上都挂满笑容。阳光从西边斜照过来，金色一片。我、丁总与手提粽子成品的获奖村民合影留念。

丁总发言，肯定半面井村民的能力，她表示有信心能把半面井打造成丁丁绳艺的生产基地。她对村民编织有一个要求，就是编织必须讲究卫生、要洗手，不能手脏兮兮地就去编，不要把编织材料扔到地上，编织产品脏了，会影响品质和价格。

最后，我对村民学习手工编织情况进行了总结。我说，手工编织适合咱们半面井，手工编织对村民、场所的要求不太高，只要求咱们有时间、有毅力、有信心就行。学习编织之前及刚刚学习时，很多人都觉得编织很难，可是短短的一天半时间，编织成果就能得到丁总的肯定，说明在这个院子里的各位都有能力学会、学好。丁总这次来，只带来少量的绳子，刚够大家学习，大家要充分利用好这些绳子，互相学习，互相帮助，在家里编了拆、拆了编，做到熟能生巧，争取早日把这门技艺学到手。丁总已经答应，尽快通过物流把编织材料运送过来，让咱们能够开展正式的编织生产，咱们就能通过编织挣得劳务费，劳务费每个多少，这个得由丁总和村里商量。最后，我们工作队在这里有两个感谢，一是感谢半面井村民的实际行动，你们没有让我们失望；二是感谢丁总，尽管事务繁忙，仍不辞辛劳地到半面井来，给我们带来生活的希望和对美好的未来憧憬。

我的话音刚落，就响起掌声，都说感谢丁总，还有说感谢王处感谢工作队的。张旭东说，感谢工作队，感谢丁总，我们村民一定要好好学习、练习，不负工作队、丁总的期望。

次日上午，我陪丁总考察康坝风情。其实，康坝县能称之为风景的地方，绝大部分我们工作队都没去过。我们去的地方都是贫困村，主要去看人家怎么做，学习学习经验。我建议丁总到康坝淖尔湖、南湖公园看看，就在从南面公路进入县城的边上，我们还从来没有在正点上班时间去过。

康坝县因县城南面的康坝淖尔湖而得名。湖区面积不大，据说，这里因常年涌泉而形成康坝淖尔湖。湖里有鱼，湖心岛上有一种鸟叫遗鸥，是国家一级保护动物。我递给丁总一个单筒望远镜，请她观看遗鸥。墨绿的湖面上，数不清的遗鸥像精灵一样在水中游弋，湖水泛起的波纹像是精灵奏出来的旋律。

康坝淖尔湖西面，一路之隔处是县政府开辟的南海公园。公园很大、很美。据说，修建这个公园时，全县所有机关事业单位的职工都曾捐资。路边的公园入口处，有小片广场，摆摊售卖康坝奇石——肉石，形状、纹理、颜色极像猪肉的石头，瘦肉、肥肉、带皮的五花肉都能找到。丁总对肉石充满好奇，又是抚摸又是询问。我说，一会儿带你到肉石一条街上逛逛，那里集中了好多肉石店，石头多得你花多少钱都买不完。公园最高处立有三面观音石雕，观音手持法宝，俯视四周，甚是慈祥。在观音像下面的平台上，游人聚集，凭高倚栏环顾，视野开阔，心胸舒畅。

肉石一条街就在县城顶西边的一条街上。一排门面房，二三十家肉石小店相连挨着。小店一层为柜台，二层为手艺加工坊。每个小店看起来都很精致，奇石多多，看不过来，恨不能多长几只眼睛。路边还有几个肉石一样造型、颜色的小房子，也是肉石小店，成堆的肉石就搁在地上、盆中。丁总高兴地挑选了几块小石头，说是带给闺女。

我说，据资料介绍，肉石是康坝的特产，出自内蒙古与河北省康坝县接壤的草原戈壁滩。大自然鬼斧神工，一块顽石看上去完全是一块五花肉，"肉"的肥瘦层次分明、肌理清晰，有肉皮、肥肉、瘦肉，精美逼真，以其天然的质、形、色、皮令人叹为观止。康坝发现肉石有个传奇故事，20世纪90年代，一个走村的羊贩子开车收羊，行至一个村子，偶然发现一家砌猪圈用的石块极像猪肉，于是从猪圈墙上抠出，花了几元钱买下作为玩物，此后不断有人来该村打探、收藏这种奇石，渐渐红火，极盛之时，附近几个村子的猪圈被拆、翻个底朝天，附近山头不时有人开车来寻石，一寻就是一整天。现在县里成立了肉石收藏协会，肉石藏品在全国各地都有展出。

下午，我让县税务局孙师傅把丁总送到张家口火车站，并再次嘱咐丁总回到石家庄后尽快通过物流寄来一批手工编织原材料。

送走丁总，我去了趟乡里，见到王三军书记，向他报告半面井村民学习手工编织情况。我说，对教村民手工编织，我有几个考虑。一是给老弱病残村民创造创收的机会。手工编织，挣手工费，按数量、质量计量，熟练了，能正常揽活了，一天能挣二十至三十元，很适合老弱病残较多的半面井。二是改变村民在漫长冬季聚众打牌的陋习。一年当中，半面井村农活从四月中旬开始，七月中旬至九月中旬收获，之外有七个月以上的时间天气寒冷，不宜户外，绝大部分时间只有打牌度过。三是让村民深切感受脱贫攻坚工作的务实。通过劳动致富脱贫是村民的愿望，也是脱贫攻坚工作的初衷。从村民对手工编织的热情中，可以看到村民对美好生活的憧憬、对劳动的热爱、对脱贫致富的追求。以前只是缺乏项目，缺乏致富带头人，缺乏走出去请进来的信心，所以资源匮乏的半面井还在贫困当中。有了村民这种热情和干劲，我们对脱贫工作的成功充满信心。

王三军对我们的工作给予肯定，说手工编织非常适合半面井，当然也适合督垦乡，半面井先抓好经验，在合适的时候推广到全乡，并提出下次丁总来半面井时，与她见上一面。

22 遇见贵人

丁总走后的第二天上午，我们工作队、张旭东和闫拥军一同去县里的相关部门办理牛场土地使用手续。

到了农牧局，工作人员在电脑里查了查土地测方数据，说半面井牛场计划用地不在农牧局草地备案范围内。随即，负责在土地申请报告上签字的农牧局领导不经意地在申请报告的土地坐标上用钢笔画了个圈，然后告诉我们，无须农牧局审批，找土地局审批就行。到了土地局，得知负责人下乡了，下午再去，负责人看了看土地使用申请报告说，农牧局应该在申请报告上签上意见并盖上公章。我说，农牧局说这块地不是草地，不归他们管。土地局负责人说，那也得有个意见呀，我们土地局可以给你签字盖公章，但是没有农牧局的签字盖章，牛场、养牛的相关财政补贴手续就办不了，迟早你还得找他们签字盖章。土地局负责人考虑了一下，在申请报告上签了字，把申请报告交给一个工作人员去加盖公章。

我们又前往农牧局。在路上，我接到一个电话，一位朋友已经从石家庄到了内蒙古的太仆寺旗，他想来看我。我曾经告诉过他，太仆寺旗是康坝的东邻，开车六十公里左右。我说，现在正忙着筹建牛场与养牛的事，每天琢磨建什么样的牛场、怎样建才能省钱，帮助村里的合作社跑办各种手续，欢迎你来看我，但我没有时间陪你，可不要怪我。朋友说，他的一个熟人在太仆寺旗是一个养牛大户，我可以去看看，说不定能取得真经。

到了农牧局，那个领导下乡了，打电话给他，他坚持说那块地不是草地，不归他管，他不能签字。我们又顺便向农牧局咨询了些别的事情，得知牛场补贴向农牧局的畜牧站申请、养牛补贴向扶贫办申请。我有些郁闷，牛场土地用地申请报告上的签字、盖章缺一个都不行，否则会影响牛场开工，如今都已经七月份，再耽搁时间，今年还能把牛场盖起来吗？牛能进圈吗？相关补贴事宜也是我们工作队要考虑的事，牛场建设、运营都需要资金，争取一点是一点。我把农牧局不签字的情况电话告诉了王三军。他说他去协调。

下午，我们工作队与张旭东同赴太仆寺旗。去太仆寺旗的路比不上去化德的路。康坝段是薄薄的柏油路，路面已经掉皮，颠得车辆不能开得太快。进入太仆寺段，成了沙石路，跟化德的宽阔柏油路完全两样，但看着像要铺柏油。宝昌镇是太仆寺旗政府所在地，直到进入宝昌，才变成平整的柏油路。路上发现太仆寺种植土豆的很多，也有种植大户，宽垄深沟，土豆秧子长得很喜人。晚上，见到朋友一行和他的熟人。朋友一行有四个家庭，都带着孩子，特意开车从石家庄到草原上来避暑。太仆寺旗出产草原白牌子的白酒，方圆百十公里内的人们都知道草原白，它还有一个响亮的名字叫"闷倒驴"。若干年前我就知道闷倒驴白酒，知道是内蒙古生产，但不知就在离康坝几十公里的太仆寺旗。朋友的熟人中有宝昌镇六福村牛场的吉总。吉总告诉我，草原白酒厂的酒糟是喂牛的上等饲料。我问宝昌有没有合适的饲料厂，等牛场建好有了牛以后，我们还得买饲料。吉总说，宝昌饲料厂没有张家口万全的多，我的喂牛饲料不够也从万全拉，你们就从万全买。

次日上午，我们前往考察吉总的养牛场。牛场就在从康坝到宝昌公路边的六福村，村子正在搞路面硬化。在牛场门口，吉总按了按喇叭，里面房子里出来一个人把铁栅门打开，让我们的车开进去。牛场门口挂着吉宝养殖专业合作社的牌子，牌子上的字是金色的。合作社牌子旁边还有一个"养殖示范基地"的牌子。合作社的名字似曾相识，但一时想不起来在哪里见过。牛场原是一所学校，原来的校舍已经成了办公场所、仓库，吉总指着每间屋告诉我们用途。刚刚下过一阵雨，偌大的牛场有些泥泞，有的地方还有积水。牛舍里有上百头成年母牛，看起来非常俊朗、精神、健康。小牛们稚嫩、漂亮、活泼。吉总说，一些养殖的设备必须购置，如饲料搅拌机、秸秆粉碎机、翻斗三轮车等；草棚、青贮窖必须建，其中青贮窖要注意建得方便饲料出窖。牛场深处还有许多树、荆棘，已经超过原来学校的地盘。吉总说，这里可以建农家乐。我们正兴致勃勃时，又下起了小雨。

离开牛场返回宝昌，坐在车上，我还想着吉总合作社的名字。我拿出手机，翻看手机里的一份资料，这份资料是一个养殖专业合作社的肉牛繁殖项目可行性报告。前一阵子，我从网上搜罗了多份养殖可行性报告，供起草半面井村肉牛繁殖可行性报告做参考。我赫然看到所参考的一份可行性报告就是吉宝养殖专业合作社的，真是不可思议！我一时乐了，我对吉总说，咱们算是真有缘分，两个月前，我写我们的养殖可行性报告，从网上搜集好多资料，其中的主要参考资料就是您的，当时我真不知道太仆寺旗在哪里。吉总也乐了说，缘分真不浅，太旗与康坝是邻居，他祖籍河北蔚县，祖辈来的宝昌，算是河北老乡。

下午，我们随同朋友一行访问太仆寺旗一个大型农场。农场数千亩，主要进行种植、树苗培育。农场到处可见一种白色的小花，跟狗尾巴花高度差不多，一簇簇长着，瘦弱朴实，看着像塑料花。几个小孩雀跃着向这些小花奔去，一会儿手里就捧了一小把。朋友告诉我，这是干枝梅，插在花瓶里能保持很长时间。在单位，有的女同志的办公室里，就能见到干枝梅的点缀，都说是自己采的。听她们说，干枝梅一般野生在坝上荒漠草地、沙丘、草甸草原及山地，喜欢光照性强的环境，特别耐瘠薄、干旱，能耐零下四十度的低温，抗风暴能力强。

晚上，与朋友一行、吉总、六福村杨书记一块儿吃饭。一张大桌子，石家庄来的、康坝来的、陪客的"地主"们，近二十个人围坐着。房间按蒙古族风情装饰，金碧辉煌，房顶成天穹状，墙壁四周间隔贴着各种曲线直线组合图案、草原美景图片，主位挂着成吉思汗头像。点的菜品主要是蒙古族草原风味，奶茶、奶豆腐、手把肉、烤羊腿、烤羊排、烤羊肉串等，非常诱人。

六福村杨书记听说来了石家庄、康坝的朋友，特意从村里赶来，还埋怨吉总不把康坝朋友考察六福村牛场的事告诉他，当时他就在村里。杨书记非常活跃，能说会道，嗓子很好，唱着祝酒歌、草原歌助兴。

不一会儿，饭店的歌手被请来给大家唱歌、敬酒、献哈达，一时间马头琴旋律悠扬、歌手献唱热烈、银碗美酒难拒、蓝色哈达情真，好不热闹。

随后，大家聊天交流，互相敬酒。我们康坝一行适时同时起立敬酒，对宝昌朋友的热情款待分别感谢，邀请在座的各位朋友有机会到康坝看看，特别邀请吉总到半面井进行肉牛繁殖项目指导。

我个人还特别向吉总敬了三杯酒，第一杯感谢他发布在网上的可行性报告给我们提供了很好的参考，相当于书面指导；第二杯感谢他上午陪我们考察参观他的牛场，相当于实习指导；第三杯感谢他答应近期到半面井实地指导我们养殖项目建设。我说，吉总是我们工作队、半面井的贵人，有了吉总的帮助，我们就能快、好、省地把牛场建设好、把牛养好。吉总说，半面井是贫困村，六福村也是贫困村，一个张书记一个杨书记两个村书记碰到一起也算缘分，可以互相敬一杯。我说，是啊，六福村也是贫困村，以后，两个村可以成为兄弟村，互相学习，共同脱贫，共同发展，我陪两个书记干一杯。后来，我还了解到，吉总还有个建筑工程队，不但能设计牛场，还能做牛场工程预算。

当晚，我们从宝昌赶回半面井。吉总挽留。我说，今晚必须回去，刚才我们的张旭东书记告诉我，半面井的早期白菜已经可以卖了，有人给他打电话，约定后天来收购菜，明天一早他还得找人到地里把菜收到冷库里去打冷。

23 美丽乡村

上午，天公不作美，日藏云乌，小雨淅沥。白菜淋了雨，这样的白菜不能收摘。村民们眼巴巴地盼着小雨早点停住、太阳出来。白菜收不成，村民们就挤在村部会议室里切磋绳艺。宫妇联和一些妇女都在问，丁总啥时寄绳子来。我说，绳子材料已经通过物流寄出，已经在路上，康坝物流慢一些，得耐心等等。

我到冷库转了转，冷库已全部租出去。冷库压缩机运转的声音很大。六个冷藏间，有四个是一个广东人租的，两个是一个江苏人租的，每个租金六万元。冷库院里存放了好多保温泡沫材料、纸箱子、塑料袋、网袋，一辆大货柜车停放在院里的阳棚下，十几个操着南方口音的人正在收拾着临时靠北墙搭建的简易房。

冷库管理员小齐是冷库青岛老板雇的，也来自青岛。小齐忙里偷闲，租种了四十亩水浇地，既管理冷库又种菜，两不误。小齐说，每年四月，他就来半面井待半年，直到九月底之前半面井不再有蔬菜为止，他老婆在青岛也种菜，他们那里的人都种菜。小齐很壮实，说话的时候，脖子上的大金链子随着喉结耀眼地晃动，手上的金戒指随着抽烟、端茶耀眼地晃动。一举一动都显示着他种菜确实成功、管理冷库只是他的副业。小齐昨夜为冷库运转调试，凌晨还起来查看运转情况，未休息好，此时显得很疲倦。小齐的儿子很高大，已经上大学了，目前在放暑假，前两天过来给他爸爸帮忙。

正跟小齐聊天时，接到一个电话，是大学同学易波打来的。易波要和另外一个大学同学徐宏来看我，已经从涧源往康坝走，估计一个小时能到康坝。这两位一个是我们班的班长，一个是团支部书记。易波现在是北京一所知名大学的教授，自由时间多，四处讲课也多，经常见他在同学群里晒美景。易波的另一半肖惠是他高中同学，上大学时经常来我们学校找易波，现在是北京一所专科医院的儿科主任医师。徐宏是北京一家公司的经理，他的另一半张红是我们大学的同班同学，已经在一个大型国有企业的特殊岗位上退休，现在协助徐宏管理公司。两家两辆车，昨天下午一块儿从北京往张家口来，一是来避暑看景旅游，二是如果我在康坝就来看我。我赶紧用微信给易波发几个关键地址，让他严格按照关键地址一段一段地导航，省得走冤枉路。

刚挂断电话，县城的物流公司来电，说编织材料到了，上下班时间内自己提货。我赶紧安排欧阳、许振村去县城提货。

上午十点多钟时，易波、徐宏到了半面井村部大院。天阴沉着，还下着毛毛细雨，天气有些凉。他们从车上下来，都穿着长袖，显然早知坝上气温比北京至少低十几度，有备而来。易波、肖惠下车，跟我打个招呼，看到院里各种各样的花草，异常欢喜，马上拿出相机、手机拍照。徐宏从车上搬了一箱酒、两桶云雾茶给我说，我和易波早就想来看你。

易波、肖惠走到哪里就拍到哪里，随时寻找美，尤其是肖惠更善于发现美。院子里好多不知名的小花，五颜六色，一个也不放过地被他俩近距离拍照。肖惠手里带着一瓶矿泉水，不时给要拍照的花草洒上水，说是要拍出带露水、青翠欲滴的效果。这些小花，经过肖惠灵巧的摆布和独特视角的选取，在手机中变得超凡脱俗。

这些小花让我非常震惊，让我觉得不可思议，我之前怎么就没发现呢？

肖惠跟随着小花拍照，不自觉就走出村部院外。院外的小花更多，墙角边、土堆上、小桥下、草丛中、小沟里都有神奇的小花俏立。我们几个跟着肖惠，都在寻找小花拍照。不知何时，马惠贤出现在我们旁边，她帮助我们找花，并告诉我们花的名字。

马惠贤说，她家的院里好多花，去看看吧。她家院子干净整洁，院子西边用篱笆围着一分多地种菜，有七八种菜，均是供自家吃。每一种菜都有一种花，马惠贤一一给我们介绍，要是不介绍，我们之中谁能知道这些可爱的花就是白菜、萝卜、香菜、羊角葱、西红柿开出来的呢？

菜地里，有蝴蝶、蜜蜂扇着翅膀出现，有时停在菜花上，有时停在菜叶上。肖惠突然屏住呼吸，招手示意我们过去。很神奇的一幕，一对翅膀为白底绿印的蝴蝶，头尾相拥，停在一株羊角葱的叶子上，蝴蝶细长的腿紧紧抱着葱叶的顶端。我们生怕惊散这对恩爱蝴蝶，小心翼翼地靠近拍照。我对马惠贤说，蝴蝶产卵，卵孵化成幼虫，幼虫吃白菜呢。马惠贤说，就让它吃一点吧，不打药。

后来我不再稀罕这对相拥的蝴蝶，把目光转向西墙边两棵枝叶稀松的小树。小树已经结了青色的小果，像小苹果。马惠贤说，这不是苹果，是沙果。我说，在别的院里从来没有见过这样的树，你家怎么就会有呢？马惠贤说，几年前，乡里给村里每户免费发放两棵沙果树，我们管理得好就成活了，别人家不管不顾就都死了。这种树喜欢阳光，耐寒、耐旱，也耐盐碱，适应坝上环境。我陷入沉思，要是家家户户的院子里都有几棵这样的果树，半面井将是何等漂亮！现在村里没有小树，已经多少年没有人种树，谁有那份耐心天天护理小树呢？

易波、徐宏到马惠贤的家里拍了几张家居照片。马惠贤的老汉老钟正合眼躺在炕上，见到我们进屋，赶紧起来。我们询问了马惠贤一些家里近况，马惠贤开始诉说慢性病、左乳腺切除、没有水浇地之类的话，请工作队多关照。马惠贤家院外西边开了几分地，种着土豆，长得不错，白色的土豆花吸引了肖惠的目光，其中一株土豆，群花成球，让人不敢置信。

离开马惠贤家，我告诉易波，马惠贤给我的印象一直不好，婆婆八十多岁，行动不便，生活困难，住着危房，她都不管，就等着村里、工作队去管。三月份，入户核实慢性病去过她家，两口子同时窝在炕上，都说病了，一个精瘦、哮喘，一个微胖、乳房切除，均不能劳动，连自己都顾不过来，更无法顾及老人。干不了大活、重活，所以家里没有水浇地，只有旱地，因此没有多少收入来源，基本靠政府各种补贴生活，比如耕地补贴、退耕还林补贴、草地补贴、满六十岁的养老补贴，一个人一年所有的补贴加起来能到两千五六百元，稍微有点脱贫力度，就能脱贫出列。村里讲究干净整洁的家庭不多，一般是人畜共院，羊、鸡、人都在一个院子里，个别家里还有牛、驴，院子里乱糟糟的，她家里倒是干净整洁，院子里小菜也种不少，家旁边的空地还开出来种土豆，看起来倒也勤快。前几天，组织村里人手工编织，她参加了，从县城回来看她的闺女带着孩子也去学了，闺女学得挺快，后来还教其他人；她的闺女倒是孝顺，知道带孩子回来看父母。

这时，雨已停，我当向导，让易波、徐宏开车，带他们到别的地方转转。

先到半面井标识水泥碑处，我们几个围着水泥碑转来转去，想选个角度与水泥碑、村庄合影。一辆面包车恰从冷库钻出，往我们这边驶来。看车牌号码是张旭东的，我叫住他，把他与易波他们互相介绍，让他给我们几个与水泥碑、村庄合影。易波说，半面井尽是美景，都把他媳妇迷住了。我说，小惠是个摄影大师，村里的花呀，草呀被她一照，都美得不行，天要是不阴就更好了，咱们以后可以搞个半面井寻美摄影展，宣传半面井，吸引外地人到半面井来，小惠的作品肯定能获奖。张旭东说，那敢情好得很，阴天下雨，搞得菜也卖不了，估计下午会晴天，天气预报也这么说。张旭东要去乡里买包装蔬菜的物件，攀谈几句之后就离开了。

我们驱车继续前行，途经一个缓坡时，一片矮树林显得非常特别，引起了我们的注意。树很矮，也就一人多高，几棵树从地里长到一起，半人高时又突然水平地往四方分叉，各分叉再往上交叉，见空延伸。远远地看，这些树的枝丫成型，长在绿意盎然的草坡上，似人有意为之。

一群羊正散落在矮树林下安静地吃草。一个羊倌偶尔甩动一下鞭子，鞭尾在空气中抖出清脆、急促的爆裂声。我向羊倌走过去，打了个招呼。我告诉易波他们，羊倌叫张福满，是我们村的，放羊非常辛苦，早出晚归，风雨无阻，收入还可以。老张有个智障媳妇，还有个闺女已经十六七岁，没上过学，不识字，啥活也不会干，吃着低保，智障媳妇也吃低保。羊倌看到肖惠对羊群感兴趣，主动把羊群往一块拢了拢。易波让肖惠给我、他和羊倌合了个影。照片中，天空苍白，羊倌在中间，身后为羊群与草地，三人都在笑，但反差强烈。张福满身着米色油污夹克，夹克只扣中间一扣，头戴带檐的帽子，面如赤铜，手拄粪铲，斜挎布袋，脚穿长筒雨靴；易教授身着夹克，戴着眼镜，脚穿旅游鞋，学问满满；我穿着天蓝色冲锋衣，头发湿漉成绺，面色苍白。

半面井地处坝上，海拔一千四百多米。从海拔高度看，属于高原。从眼前看，却到处都是丘陵。绵延的缓坡上，时常能看到一棵杨树站在那里，孤独守望着那片土地。我很纳闷，这样孤独的杨树为什么会很多？我的这个纳闷，易波他们也都在想，百思不得其解。徐宏说，有一种解释，这孤独的杨树是曾经的土地所有者立的地界标志，几个人都说有理。杨树现在立在一块地的中间，可以解释为，这棵杨树周围的土地历经沧桑，曾经经历过不同的主人，杨树可以作证。

坡上一块旱地的农作物引起肖惠的注意。这片农作物混在大片小麦、莜麦当中，一尺多高，其茎如芝麻之茎，绿色的茎上节节有叶，有的茎上顶着淡蓝色的花瓣、白色的花序，有的茎上顶着方形果实，风吹花果摇摆似浪。我说，这是胡麻花，据说每天清晨开放、下午凋谢，胡麻属于高寒地带作物，耐旱、耐寒、喜欢凉爽，是坝上特产，产量非常低，种的人不多。肖惠尽可能趴下身子给低矮的胡麻拍照。我笑着说，肖大夫这是要把胡麻拍出高大上的感觉来，新疆有胡杨，坝上有胡麻，胡杨之名扬天下，咱们坝上胡麻之名也能名扬天下吗？肖惠说，以胡麻为主题，搞一个观赏性的创意，或许能够。

在一条乡村公路旁，一捧捧紫白相间的花伏卧，花儿美丽醒目，肖惠诧异。我告诉她这是狼毒花，剧毒，牛羊不食，生命力超强，根系扎地数米。易波用手机查询后说，这东西太不一般，认识它算是长了学问，确实有毒，可做药用，其根系大、吸水能力极强，能适应干旱寒冷气候，周围的草本植物很难与之抗争。

到中午，欧阳、许振村取绳子还没有回村。我准备带着易波一行去乡里吃饭馆。易波说，就在你们这里吃，自己做不好吗？我说，地里能吃的只有白菜，别的菜还没有长好，还是去体验一下乡里饭馆吧，我还从来没有去吃过呢。

到乡里打问，乡里只有两个饭馆，一个在进乡的路口，一个在乡幸福院的旁边，比较好一点的是幸福院旁边的那个。乡里就一条主街，这条街是一条县级公路的一部分。这条县级公路经过五六个乡镇，是县里一条非常重要的交通要道。这两天蒙蒙细雨，整条街从北到南都泥泞难行。幸福院旁边的饭馆关门未开，很幸运，另一家饭馆没有闭门谢客。饭馆里已有三人在一张小桌上吃饭。饭馆比较简陋，就两间屋，一间小的做厨房，一间大的摆了四张桌子。老板娘是一个中年妇女，主厨、跑堂全她一人。菜单上菜品不多，主要是家常菜。我们随便点了几个菜，简单吃了点，就结账离开。

我们想去县城，但道路泥泞不堪，无法开车。老板娘说乡里正在建迁移房，大车拉土方，把土路轧得不像样了，要去县城，得绕道。我就把易波他们先带回半面井，再从半面井去县城，绕道不多。回到半面井，欧阳、许振村已经把绳子拉了回来。宫妇联正组织几个村民在分绳，五颜六色的绳子在半面井村女人的手里甚是好看。我叮嘱宫妇联，要注意卫生，不要把绳子弄脏，影响辛辛苦苦编织出来的产品的品质。宫妇联说，王处，我们都注意着呢。我从食堂冰箱里找出两袋冷藏的苦菜，从村部大院地里摘了四棵白菜，给易波、徐宏。我说，苦菜是野菜，不会打药，我们自己种的白菜绝对没有农药，半面井没有别的，苦菜、白菜绝对绿色，你们带回北京尝尝。

稍作停留后，我们出发去县城。我准备带易波他们去看肉石和康坝淖尔湖。徐宏买了大大小小好几块肉石。徐宏说，既然来到康坝，怎么也得给康坝做点贡献。买肉石时，易波指着肉石店对面的一家羊肉店对我说，羊肉很便宜，头、尾、前腿、后腿、前腱子、后腱子，都分部位卖，还有羊皮，才几块钱一张。我说，康坝羊价跌了好几年，已经跌入低谷，羊皮都没有人收购，春秋时，百里奚就值五张羊皮，也就二三十块钱。易波听我一说，哈哈一笑说，那是卖者不识货，古时候的羊皮书能够传下来，除了羊皮耐用、好保存外，敢情还有羊皮便宜这个原因？说完去了对面，很快就扛回四条冻得硬邦邦的大羊腿来，准备一家两条带回北京。随后，我们顺道去了康坝淖尔湖，天阴沉沉的，没有游人，只有水鸟或游或翔，偌大的康坝淖尔湖显得有些冷清、孤寂。

24 悲喜白菜 1

易波几个离开康坝后的第二天是晴天。这个七月中旬的晴天，对半面井来说，可是好日子的开始。

上午，我和张旭东、闫拥军去农牧局找林局长，林局长未在，一大早就下乡了。我们找到畜牧站负责牛场补贴的工作人员高晶，被告知要遵循实行层级上报制度，村报到乡，再由乡报到县，合作社不能直接申请。

我在畜牧站接到郝晓磊电话，得知省局党组已经开会研究批准给予贫困户的扶贫资金六十万、开办费五万元，要求工作队用好扶贫资金，另外给康坝县税务局拨付五万元，补助康坝县局给予省局驻村工作的一些费用支出，省局财务处正在办理拨付手续。我很高兴，连声说非常感谢晓磊告诉这个好消息。扶贫资金到位，意味着牛场建设可以正式启动，牛场建好后，就可以买牛进圈，养殖合作社就能正式运营。开办费有了，意味着工作队可以更加主动做点事了，省里承诺的五万元工作经费到现在还没有影子，目前工作队的所有开支都是个人垫支或信用赊账，还从乡组织委员靳南拳那里暂时借了两万元。给予县税务局的经费补助，虽然金额不多，但对县税务局可谓是非常有用，县税务局会更加支持省局驻村工作队的工作，并在后勤方面给予充分保障。

我对张旭东说，省局已批准给咱们村六十万元扶贫资金，估计过两天就能给咱们，合作社开立账户了没有？张旭东说，还没呢。扶贫资金到位，最终要转到合作社的账户上。我把闫拥军送回县税务局后便和张旭东去了乡信用社，咨询办理合作社在信用社开立基本存款账户手续。信用社工作人员告知，需取得县人民银行的开户核准书，然后带上三证合一营业执照、法人代表身份证、业务办理授权书、经办人身份证到柜台按相关流程办理。我嘱咐张旭东，早日去县人民银行办理开户许可证，早点把在信用社的基本账户办下来。

回到村部，听欧阳说，白菜已经开卖，不过不是半面井，是马三巴，行情不大好。

我对欧阳、张旭东说，今天咱们工作队与村干部一起开个小会，把近期工作情况通报一下，再把下一步要做的工作做个安排。

趁村干部们还未来，我让欧阳把他了解的白菜行情讲讲。

欧阳说，马三巴比半面井早下菜，马三巴村口已经收菜了，半面井冷库还未正式收菜。马三巴收购不打冷的、做泡菜的白菜，一毛一斤，扣百分之十的损耗，雇人每袋工钱两块五，毛利一斤挣五分，合一亩地能挣一千多块钱，这一千多块含着村民从四月份就应该算起的各种人工费。

我说，这下可苦了种菜的，咱们有什么法子能保证种菜肯定挣钱？旭东怎么看？

张旭东说，种菜挣不挣钱要看市场、菜贩子的良心。市场因素包括周边种菜面积、产量以及菜卖到的那个地方的行情。菜贩子为了多挣钱，就会使劲压价，咱们卖菜的渠道单一，就靠他们收购，他们把菜价压低了不说，还说咱们种菜的庄户人家都要感谢他，他不来，咱更没法活。

我说，康坝人如果成立自己的农产品销售公司，能够自己定价就好了，县里应该张罗这个事情。

正说话，会计、妇联到了。

小会就在我屋子里开。我说，咱们总结一下驻村以来的工作情况并对下一步工作进行安排，趁现在半面井还没正式开始卖菜开个小会，开始卖菜后，咱们村干部白天的时间就紧了。张旭东插话说，是啊，下午我就开始卖菜，别的人也在准备卖菜，哪里有时间开会？我说，旭东，你就多雇几个人，电话指挥。旭东说，不行啊王处，卖菜后，我要每天早上五点钟开车到县城劳务市场去拉人，晚上还要送人回去，必须亲自去，今天早上已经拉了一车人在我地里干活，一人一天一百元。我说，咱们上午去县农牧局之前，敢情你老早就把拉人的活干完了？！张庚午说，是啊，菜长熟了就得卖，不能长在地里存着，会长崩的，所以这期间旭东赶紧雇人干活。

我继续说，进驻半面井，已经四个多月，从熟悉情况到制定规划再实施规划，通过咱们的共同努力，做成了几件事：一是改造村部大院，让大院好看了、有生机了，让村民们能洗澡了；二是成立养殖合作社，拿到营业执照；三是解决滴灌纠纷，避免贻误农时；四是安上太阳能路灯，让村子夜晚亮堂；五是争取到省局扶贫资金六十万元，正在拨付；六是落实上级安排的几件事，如贫困户基本情况填表、慢性病核实、"两学一做"学习、省局与半面井一对一帮扶名单落实等。

正在进行的几件事：一是自来水项目，我们与旭东一起跑好多趟水务局，已立项，答应很快就要来打井；二是牛场用地申请，只差农牧局签字，农牧局的人说咱们东边的那块地不是草地，不归他们管，所以不签字，乡里王三军书记、县局闫局答应与农牧局协调；

三是牛场设计，我们参观过三面井的牛场、宝昌朋友的牛场，吸收了不少牛场建设的经验，此外宝昌朋友答应帮助咱们设计；四是雪沃土豆试种，十一亩地中，妇联种得过密，六哥的缺肥，我希望按照雪沃公司的技术要求试种好；五是手工编织项目，已请丁总来村教过，材料也已发到村民手中，希望村民按照要求自己找时间编织，丁总还会再来的。

下一步要做的事：一是牛场设计，咱们得请宝昌的吉总亲自来一趟半面井，赶紧把牛场建设方案敲定下来；二是牛场施工，旭东找三家牛场建设公司，竞一下标；三是买砖，我们看过化德的砖，太贵，还是从本地找，我已经让县局闫局帮忙联系几家，比较一下价格；四是电力增容，计划向电力局申请将变压器由五十千瓦的换成一百千瓦的；五是省局扶贫资金怎么用，我想全部用于村部大院改造、太阳能路灯、自来水、牛场四个项目上，村部大院改造花了四万多，路灯花了两万多，路灯公司表示愿意无偿捐赠，自来水预算六万多，余下的四十多万就用于建造牛场，牛场占大头。大家对下一步要做的事讨论一下，提提建议。

大家都表示没有异议。

散会后，我问宫妇联间株的事，她说没有间，崔连长舍不得，长得好着呢。我"啊"了一声，真是无语。我又问了张庚午施肥的事，他说那天下午就浇水施肥打农药了。宫妇联走后，我深想了一下，到底是舍不得长得那么好的土豆秧子还是不愿意费力呢？

接着，我和许振村准备去卖菜的地方转转。先去马三巴。在马三巴的村口，停着多辆载重四十吨的大货车，有的正在装车，有的在等候装车。村口有一个小商店，商店旁边有一个给大车称重的地磅。半面井的王铁虎正卖力地给一辆货车装车，他轻松地把一袋袋白菜从拖拉机或农用车转移到大货车上。这些白菜用网袋装成一袋袋，每袋十棵，从地里运来就直接装到货车上，用来做泡菜，不用去掉黄、腐的菜叶子，不用经冷库打冷处理，只需没有泥土。马三巴是个自然村，就在半面井北面不到五百米，人口比半面井少，水浇地却比半面井多，所以比半面井要富。据张旭东说，县里统计核准各村水浇地时，半面井选错了方向，他们看到西面地多开阔，就决定在西面打井，结果打了好几口井，都出水少甚至不出水。而马三巴在东面打井，打出来的井出水多，结果小村比大村的水浇地面积还多。

离开马三巴来到半面井的冷库，见到承租冷库的菜商的一个经理，与之攀谈。经理姓周，听口音像是广东人。周经理的公司来自甘肃兰州，总部在深圳前海，专门四处收购蔬菜卖到南方去。周经理的公司在半面井有一个收菜团队，包括周经理、一个比周经理级别高的老总、经纪人、总管、质量监督员、若干精包装工。经纪人是康坝县一个村里的老支书，已经七十一岁，熟悉当地情况，专门为周经理牵线搭桥，干这行已经多年。总管来自康坝县城关镇，负责处理收菜具体事务。质量监督员是半面井村嫁出去，但还在村里种菜的一个妇女，负责对进入冷库的蔬菜的外观把关。精包装工负责清理每棵菜的黄叶、腐叶，抽查菜里面有无虫卵。这些人非常年轻，均来自贵阳，已来三人，一女两男，女的为熟练工，男的都听她讲授工作方法、注意事项，其余的因暴雨延误了几天，现已到县城。周经理正安排面包车去县城接精包装工。总管私下里向我发牢骚，这些精包装工没有及时到位，已经影响老板收菜、发车的进程，影响了他的收入。一车菜给六百元劳务费，由经纪人、总管及质量监督员三人分，原先计划三天发一车菜，但目前一车也没发。

　　这会儿已陆续有人给冷库送菜。拖拉机、农用车都拉着严重超载的蔬菜开到冷库大院，拖拉机装四千公斤，农用车装八千公斤，都超载一倍，颤悠着要倒。去年，张旭东的一车菜，到有点小坡度的地磅上称重，上不去，翻了。

　　质量监督员没什么活，就在菜出入库的时候粗略把把关。我从质量监督员那里了解到，半面井冷库的菜价比马三巴的菜价要高一些，每斤一毛八，扣除百分之三十的损耗，合每斤一毛二分六。高就高在人工费上。按照惯例，谁的菜谁自个儿送至冷库里码好，白菜从地里开始，进入冷库之前所有环节的人工费都是卖菜者负担。白菜从在地里砍倒、装车需要人工；转运至冷库大院后，卸车，剥掉外层黄腐烂叶子变成净菜，再转至冷库里码好也需要人工。大户菜多，需要雇许多人工。小户，种个十亩以下，都是乡里乡亲互相帮工。粗略算一下，一亩地产两万多斤，扣七八百元种植成本，扣人工费，大户只能保本，小户能挣一千五百元左右，挣的是辛苦钱。整体看，今年白菜的行情开始就不好，不挣钱，得过几天看看行情咋样变化。我说，那就等几天再卖。质量监督员笑了笑说，王处，这菜可不能等呢，它在地里，已经长熟了，放在地里不砍，还会再长，再长就要长开了，就没人要了。我问质量监督员她家的菜什么时候能卖。她说她种的不多，也就十几亩地，早、中、晚期的都种了几亩，早期的还得等几天，希望等到她卖菜的时候菜价能长点。

　　一辆装满白菜的农用车在冷库的地磅上称好重后开进冷库大院，萧祚坐在农用车副驾驶室里。他跟我打了个招呼后从车上下来，指挥农用车把车厢朝向冷库前面的台阶。等车停好后，他从台阶上拉过一个带轮的铁筐，开始把农用车里的白菜一棵棵卸到铁筐里。装满白菜的铁筐被推进冷库，然后再被有序地码放到冷库的地上。每棵从农用车卸到铁筐里的白菜，都需接受质量监督员和精包装工的检验，不能有黄、腐、烂叶，不能有泥土。剥掉的菜叶就扔在冷库台阶底下，已堆成一座小山。一台新铲车停在菜叶堆旁边，是张旭东花了三万元刚买的，专门给菜贩子清理烂菜叶子。

萧祚在给马三巴的小姨子帮忙卖菜。我问他，卖菜程序烦琐、人工成本太高，有没有一种机器能把毛菜从地里弄到冷库时就变成净菜？老萧说，没有听说过，真要有，人可就都闲着了，王处发明一个吧。我说，要是有这么一个机器，不仅劳动强度能大幅下降，效率还能大幅提高，村民们就不会这么辛苦了。

我又问老萧，为什么精包装工不用康坝人、半面井村民？要是都用本村人，让本村人也能多挣点钱，不好吗？老萧说，唉，雇的本地人，都是老油条，糊弄雇主，偷奸耍滑，搞小聪明。按装袋数量算工钱的话，一个大网袋本应装十棵白菜，他会给你装八棵，运到老板的大货车边，装车一数，不合一袋十颗的要求，老板会说你不诚信，会要你补装，甚至不要你再送菜过来，搞得你还要挨袋检查白菜数量合格不合格，反而费时费力费事。按时间算工钱的话，他就在那里磨洋工，把你气得不行。所以，大户雇人装菜，一般按白菜面积算工钱承包给所雇的人。

又来了一辆车，装的是娃娃菜，从南面几十里远的忠义镇送来的。几个人从车上下来，和萧祚一样忙着。娃娃菜按棵卖，大娃娃菜五毛一棵，小娃娃菜两毛一棵。大的二十棵一袋，小的五十棵一袋，合一袋十元。这辆车拉来的是大娃娃菜，装袋不合标准，

十八、十九、二十棵的都有，周经理要退货，让拉回去。送菜的央求着，质量监督员也过来调解，说忠义镇路途太远，人家是慕名找来的，不容易，要求送菜的人把菜分类堆放，好算账，周经理才总算同意。送菜的人告诉我说，这已经不是首批娃娃菜，忠义的首批娃娃菜早卖完了。

正吵吵嚷嚷时，督垦村的书记、马三巴村村民相继来冷库询问菜价行情。他们对行情极为失望，却又无奈。

25 悲喜白菜 2

次日上午，我认真抄了几页党章。下午，再去冷库了解收菜情况，冷库的人一下多了许多，从贵阳来了近四十人做菜精包装。经过这两天的工作，预计今晚半面井冷库能发出今年的第一车白菜，大约二十八吨。我又去六哥地里查看雪沃 4 号生长情况，长势松垮，显然肥料依旧不足。在六哥的土豆地旁边，有一块胡麻地，胡麻长得挺拔、壮实、喜人，部书彬正在给胡麻拔杂草，我帮着拔了几行，杂草有带刺的，被扎了好几下，还不小心误拔了几株胡麻或拔杂草带出了胡麻。我对老部说，你这胡麻长得这么好，比西边别人的都好。老部说，浇水了呢，虽说胡麻耐旱，但缺水也会长不好，有水怎么也比没水强。

晚上，丁丁绳艺的丁总到村。这是丁总第二次到半面井村，距上次也就十天时间。丁总的到来，再次点燃了村民的热情，村民们晚上集中到会议室里听丁总讲授编织技艺，白天卖菜的辛苦仿佛一扫而光，他们都带着十天来的编织成果，争相让丁总点评。宫妇联说，为了这些编织品，村民们付出得太多了，他们白天要种菜，晚上搞编织，一刻不得休息。丁总接过村民手中的粽子，逐一点评。她说，已从宫妇联发的微信图片中看了村民的作品，都非常好，好得让她震惊。宫妇联把村民手里的粽子收集起来，有一百六十多个。丁总说，这次来半面井，还有一个任务，就是教大家学编新产品。为了方便交流学习，丁总建了一个微信群，邀请大家加入。微信群里面有教学视频，可以反复观看、学习。另外，这个微信群还会不定期与群成员分享中国传统编织品，共同品味富有魅力的中国文化。

第二天上午，我们工作队、村干部和村里两名党员到乡里农村党员培训中心参加县"两学一做"专题学习教育培训。我顺便向乡党委书记王三军介绍了近期工作情况，并带丁总与王三军见面。王三军对半面井的扶贫工作予以肯定，对丁丁绳艺落户半面井充满期待，想将半面井的牛舍建设、手工编织作为近期县扶贫工作流动现场观摩点，希望丁丁绳艺能从半面井扩大到全乡近二十个村，把督垦乡培育成绳艺之乡，乡里可以提供物力、人力、财力方面的支持。丁总乐呵呵地说，我先把半面井做好，然后会考虑乡领导的想法的。我说，过几年我们国家要承办一届冬奥会，不少冬奥会项目就在张家口，如果搞成绳艺之乡，到时候就可以编织冬奥吉祥物，丁丁绳艺就走向世界了。

离开乡政府，开车回半面井，在村子东面老远就看到一辆满载白菜的拖拉机正往村外开，走近了才发现拉的不是白菜而是白菜叶子。我问张旭东，这白菜叶子要运到哪里去？张旭东说，找地方倒掉。这时我才看到，附近沟里、路边、山坡上已有好几堆倒掉的白菜叶子。我说，这白菜叶子倒了多可惜，就一点用也没有吗？牛羊不能吃吗？六哥说，白菜叶子水分大，牛羊吃了会拉稀，白菜晒干了就没什么东西了，当不了饲料。

下午，我特意去冷库看半面井发出第一车菜。一辆大货车停在冷库正中台阶的下方，精包装工们正把塑料筐、泡沫保温箱从冷库里搬到车上。塑料筐装白菜、娃娃菜，一个塑料筐只装一种蔬菜。

白菜一棵一包，保鲜膜上印有"高原夏菜"字样；娃娃菜五棵一包，保鲜膜上印有"耕也高山娃娃菜"字样。泡沫保温箱装花菜，每棵花菜都套着泡沫网袋。这些蔬菜在冷库中已经打冷二十四小时以上，长途运输，为了保持低温、保护蔬菜，货车车厢全部用棉被裹上，缝隙中塞满棉絮。

"高原夏菜""耕也"的名字，很有创意，叫起来多么响亮、气势。质量监督员告诉我，"高原夏菜"是兰州的牌子，"耕也"是云南的牌子。为什么半面井的菜卖到南方去要打着他们的名字？为什么没有康坝自己的名字？我上网查了查，真是长见识。

夏季，在气候冷凉地区生产的蔬菜叫冷凉蔬菜，也叫喜凉蔬菜。这样的蔬菜包括甘蓝、大白菜、萝卜、西兰花、洋葱、南瓜、莴笋、娃娃菜、生菜、芹菜、甜玉米、土豆等。冷凉蔬菜在不同的地方有不同的别名，在宁夏、甘肃、青海叫高原夏菜，在内蒙古、河北叫错季蔬菜，而在云贵川则被称为反季节蔬菜。

顾名思义，高原夏菜是高原夏季产的蔬菜。高原一般具有无霜期短、多风少雨、夏季短暂凉爽、冬季漫长严寒、昼夜温差大等气候特点。在高原的背景下，高原夏菜具有农药含量少、营养丰富、口感好的特点，为消费者所喜爱。兰州海拔一千五百到三千三百米，所产的蔬菜当然属于高原夏菜。兰州的高原夏菜在政府的倡导、支持下，经过二十多年的发展，已经形成规模和产业。

"耕也高山娃娃菜"特指高山上的荒野生产的娃娃菜。云南地处云贵高原，海拔两千到四千米。高山上的荒野生产的娃娃菜品质不输高原夏菜。搜索"耕也高山娃娃菜"时，发现网上有多个定做这种塑料包装袋的广告，每个三到四分钱不等，上十万个起定，也就是说，谁都可以去定做。

康坝海拔一千五百米左右，气候与兰州、云南极为相似，其所产蔬菜符合兰州高原夏菜、云南耕也高山娃娃菜的品质要求。

大货车装好后，黄昏时开出半面井冷库，驶往南方。我目送着装满半面井"高原夏菜""耕也高山娃娃菜"的大货车，想起了工业产品的贴牌生产，隐隐约约感受到市场经济体制下落后者对先进者、弱者对强者的屈服、依赖。

菜的行情走势诡异。近几天，半面井冷库的白菜价格又落了，到了一毛五分钱一斤；花菜由七八毛一斤涨至两块一斤，但没有稳住几天，又落为五毛一斤。村民们的心情随蔬菜的行情起伏。花菜价钱涨起来时，恨不得地里的花菜马上就能卖。没有花菜的，恨不得白菜马上变成花菜。质量监督员告诉我，村民们的地都分着种菜来规避风险：一是种不同品种的菜；二是分早中晚三期种同一品种的菜，错开时间，避免同一期种得太多，遇到低价格。

七月份，孩子中考结束，我休了几天假，带着孩子回了趟乡下老家。一周后，我返回康坝。途中与张旭东商定到康坝邻县的牲畜交易市场集合，先去看那儿的生产牛，再途经乡里回半面井。

离半面井还有三公里左右时，遇到一起事故。一台小型拖拉机翻到沟里了，几个人坐在路边。再走近，发现是半面井的人。他们已经打电话到村里，让村里来辆拖拉机，带上钢丝绳，把翻了的拖拉机拉到路上去。

翻车的是村里的贫困户张前。白菜价格涨到两毛钱一斤了，他上午拉了一车白菜卖到乡里的冷库，卖了点钱，非常高兴，碰到几个熟人，中午就一起在乡里的一个饭馆喝了点酒。喝完酒后，开着拖拉机回村，结果就翻了车。翻车的时候，张前跳车了，人没有什么大碍。

一会儿，半面井的村民到了，席前进、赵明玉各开了一辆拖拉机，上面坐了七八个人。怎么才能把拖拉机拉上来？大家你一言我一语出谋划策，最后按席前进的意见，把车厢和车头分开，先拉车头，再拉车厢。拉车厢时，有点费劲，几个人扶着、把着方向，路上的拖拉机一使劲，就把翻了的车厢拉正了，再一使劲，车厢就被拉到马路上来了。

拉拖拉机的时候，张前非要参与，嘴里嚷着没事、没醉、清醒着呢。他浑身酒气，说话舌头已经不会打弯，走路东倒西歪。我担心，翻车人没受伤，要去拉车，可没准磕碰一下就麻烦了。我硬拉住他的手，把他拉得离现场远一点，最后干脆把他按在地上坐着。

拖拉机被拉上来后，我们的车送张前回半面井，留下张旭东想办法把拖拉机弄回去。在张前家里，张前的媳妇也刚刚得到消息从菜地里回来，当着我的面数落张前。不时有妇女进来嘱咐张前可不敢喝酒了。张前应承着。我问张前有哪儿不舒服，要不要去医院检查。张前执意不肯，连说没事、不用。等到张旭东把张前的拖拉机拉回来了，我才回到村部。拖拉机基本没什么问题，只是前面竖着冒烟的排气管被碰坏了，需要换个新的。

晚上，我整理一天的工作日记，感慨万千。今年地里的蔬菜继续丰收，但菜价不由人，菜贱伤农。好在半面井人历经多年蔬菜价格的起伏，对各种蔬菜的行情已经心态平和，反倒是我们工作队替村民着急价格的起伏。前几天在石家庄的菜市场买菜，我发现，地里菜才一毛多一斤，而菜市场近两块一斤。菜商说，从地里进入菜市场经过环节多，各环节人工费用高。我想，如果多个环节没有了，半面井的菜直供市场，那么村民收入就可得到保证。

正整理日记，张旭东来村部找我，要借我们的车送张前去医院。

原来，张前感觉肋部有点不适。稍晚一点，张旭东把车开了回来说，做了个检查，右肋断了两根，医生说只需要休息，没有别的大碍。张前回忆说，是跳车时方向盘顶了他一下，当时觉得没什么。我说，万幸，好不容易卖点菜，有点钱，高兴了去喝酒，结果喝酒开车开到沟里，这下还要看伤。张旭东说，村里开车到沟里的事故发生好多起，每年都有。村里人人都会开拖拉机，但都没有驾照，在农村的马路上酒后开拖拉机，没人管，不像城里有警察管。我说，没有人管，那咱们就宣讲，以张前为教训，宣讲酒后开拖拉机的危害，让六哥在大喇叭里喊喊，要村民们开车注意安全。

第二天，我们工作队先去张前家看望张前，嘱咐他好好养伤，有困难跟工作队讲。然后我们就去了县保险公司，拜访保险公司经理，询问有无农作物价格保险。答曰，无。有自然灾害险种，如由冰雹、洪水、地震等自然灾害导致农作物无收的险种。我们又问，能不能设置一个针对农作物价格的新险种。经理说，不能，从来没有这样的险种，政府对粮食收购有保护价格，但对蔬菜没有保护价格。与保险公司经理的谈话最后延伸到如何保护农业方面，我们一致认为，保护农民种植蔬菜有两种形式，一种是依托大户，由大户按保护价格敞开收购，这种形式要求大户讲良知、讲道义、有实力，保护价格要高出种植成本费用一定空间；另一种形式是由县商业部门组织蔬菜行业协会成立蔬菜销售公司，建立自己的蔬菜销售渠道。

一个礼拜后，张前已经能忙乎地里的菜了，只是干活时需要慢点、轻点。他有个儿子，已经外出打工多年，长年不回村，完全指望不上儿子回来帮一点忙。

26 帮扶资金

郝晓磊告诉我省局拨付半面井帮扶资金六十万元的消息后，我即刻与财务处处长联系，从财务处处长那里得知了省局拨付这笔资金的流程：省局拨付到张家口市局，市局转拨至康坝县局，再由县局拨付至帮扶村。考虑到几个环节的衔接需要时间，我请财务处处长务必在省局拨付后立即告诉我，我好去督促市局。

省局帮扶资金到了市局后，我与市局财务科科长联系，他说已收到省局资金，但不知道这笔资金的用途，在等省局文件明确。我说，这是省局专门用于脱贫攻坚的帮扶资金，请尽快拨付到县局，急用。财务科长表示，收到省局文件就让人办理，资金不会在他那里耽搁的。我又给主管财务的局长打电话。主管财务的局长说，资金下拨快，文件由于要经历起草、初核、复核、审核、签发等多个环节，所以下发慢，我让财务科与省局财务处电话沟通一下，沟通好就给县局拨过去。没一会儿，主管财务的局长给我回电话说，已经确认，省局文件正在办理中，已指示财务科长将这笔资金拨付到县局，特事特办，急脱贫攻坚之急。稍后，我又跟县局局长薛强联系办理相关手续。

我从张旭东那里要来半面井村委会的账号给了薛局长。不一会儿，薛局长来电说已经拨付，去查收吧。我让张庚午与欧阳到乡信用社核实款项，他俩好久才回来。欧阳告诉我一些见闻：信用社窗口有三个，就开了一个。在窗口排队办事的人不多，有七八个。这七八个人的业务，大都是涉农补助、养老金取现。因为有不认识字要请别人代写单子的，有反反复复说不清楚的，所以轮到张庚午办理时，已经等了近两个小时。信用社窗口工作人员说，督垦乡第一次见村里有这么大一笔巨款。在后面排队办理业务的邻村会计与张庚午非常熟悉，得知帮扶资金有六十万元，并且是一次性打到村委会账户上，不无羡慕地说，半面井真有福气，帮扶我们村的单位是市里的事业单位，他们没钱，就组织搞些文化体育方面的活动。我们村什么时候能有这个福气呢？

欧阳的见闻让我感叹。一是感叹这里离现代社会确实很远。农民跑一趟信用社，仅仅为取几十到二三百元钱，很不容易。开或搭拖拉机可去，骑摩托车可去，步行可去，开电动三轮车能不能去得看情况。步行去信用社，就要花上半天的时间，来回走路要时间，排队要时间。开电动三轮车去，坝上丘陵地区，公路随地势起伏，电动三轮车的电瓶容量不够大，远一点的村民要是去乡里，经常是能去不能回，去的时候是车载人跑得欢，回来时就要人推车累得慌了。张庚午以前去乡里，一般是骑烧油的摩托车，骑坏了好几辆。现代社会的便利在这里有很多是见不到的，信用社里没有 ATM 机，没有听说哪个村民用上手机银行。要是村里、乡里能普遍用上手机银行、支付宝、微信支付，买东西不用现金，那就好多了。可是，这里的村民很多不识字，手机银行、支付宝、微信支付在这里属于天方夜谭。二是感叹邻村会计的话。他的话确实有道理，贫困村的运气确实存在。全国各级都在脱贫攻坚，中央、省、市、县各级单位都有脱贫攻坚任务，各级单位的级别差异客观体现在资源动用能力上，级别高的能够动用的资源多，级别低的能够动用的资源少。各单位之间还存在部门差异，效果自然存在很大的差异。

　　正感叹时，县税务局闫拥军来电话说，联系了几家砖厂，选了一家觉得还行的，想定个时间去实地考察一下。

　　下午，我们工作队三个人、张旭东开车到县城接上闫拥军，一块儿前往砖厂。砖厂在县城的东南方向，离县城三四十公里，路也不太好走。快到砖厂，不时有大车拉着满满的一车砖迎面而来，马路明显让大车压得揭了路面。到了砖厂，看门的听说我们是来看砖的，马上开门让我们的车进去，还主动告诉我们砖的价格。砖厂老板不在，我们简单地看了看砖，砖是环保砖，是矿渣压制的，张旭东说这砖不错。我说，这砖不是土坯烧制的，环保，符合国家政策，就看价格怎么样了。找了个管事的问问，砖价不便宜，每块三毛一分，运费视路途远近，到半面井至少每块加九分钱。跟管事的商量，要二十五万块砖。管事的表示，价格如果想要再便宜些，需要和老板联系。临离开砖厂，张旭东拿了几块砖放到车上，说让村里人看看。回县城的路上，闫拥军跟砖厂老板手机联系说，买砖建牛场，希望能价格再低一点，算是为扶贫做点贡献。老板说，不能再低了，爱买不买。闫拥军不温不火地说，那就算了，我们再看别的厂子的砖。

　　闫拥军打电话时，我的手机响了一下，收到一条微信。我看后自言自语道：真是事儿都往一块儿赶。欧阳问我，咋啦，又来紧急的事啦？我说，丁总在微信里说，她现在在阳原，希望咱们明天把她接到半面井，并给我发了一个位置。咱们时间紧着呢，养殖合作社的一揽子事务、牛场设计、牛场施工招标、去哪里买砖，都还没定下来，明天还要观摩县里的国际马拉松赛。尽管这样，还是得挤出时间去接丁总，丁总对半面井很重要。接着，我们又去了另外一个砖厂，这个砖厂在县城的东北方向，做的是黏土砖，属于国家限制使用的，砖的价格也不低。我对闫拥军说，还得跟第一家砖厂的老板做工作，咱们的扶贫资金就这么多，能便宜一分是一分。

晚上，我组织召开村民代表会议、养殖专业合作社发起人会议，介绍前期养殖场筹办工作、省局帮扶资金、合作社入股方案等情况，再由发起人自己开会讨论入股方案。这时候，闫拥军来电话说，好消息，砖厂老板主动给他打了电话，每块三毛五，含运费，这个价格行不行？我赶紧把这个消息告诉张旭东。张旭东说，这个价格好啊，能省一万多块钱呢，二十五万块砖，数量有些多，现在送来没地方放，等咱们牛场动工后，再让砖厂分批送吧。

27　三头六臂

　　第二天，我们工作队三个人做了分工：我和许振村开车去阳原接丁总，欧阳代表我们工作队去马拉松现场助势。

　　去阳原起得早。到了张家口时，乌云压顶，狂风骤起，大雨滂沱。张家口到阳原的高速公路，平时车辆就少，这种天气下车辆更加稀少。我们轮换着开车，上午十一点左右，在大雨骤停的时候，顺利到达丁总所在位置。

　　丁总所在位置是阳原的一个贫困村子的村委会，村委会在一个镇子里，旁边有一个热闹的菜市场。车开进这个村委会大院时，水泥地面的院里已停放了两辆小车。丁总从一个屋子里走出来，迎向我们，并把这个贫困村的第一书记吴处介绍给我们。吴处领着我们进入一个会议室，五六个青年妇女正在做手工编织，三个七八岁的小姑娘正在玩闹，几张桌子上摆满了五颜六色的手工编织品。丁总说，她们编的是转经幢、金刚，蒙古族、藏区的人们比较喜欢。我心里暗自"呀"了一声，半面井可没有一个这样年轻的妇女，有了年轻人，工作就好干得多。我问丁总，转经幢、金刚与粽子，哪个好编。丁总说，都差不多，手法略有不同。丁总喊住一个浓眉大眼的圆脸小女孩，说这是她闺女，放暑假了，在家没人看管，就带来了。小女孩应了一声又继续与其他女孩去嬉戏了。吴处领我们参观了他们的办公室兼起居室、伙房，向我们介绍他们工作队的工作情况。考虑到路途遥远、天气不好，在吴处这里吃完午饭，我们便返回康坝。吴处说近期将带着村支书到半面井去学习、取经。

路上，丁总告诉我们，她已经有从阳原撤离的念头。我大吃一惊，问她怎么会有这样的念头，贫困村的村民学会手工编织很不容易，她撤离，这个村的村民怎么办？吴处怎么办？丁总说，吴处这个村相对半面井经济上要好得多，好多贫困户们嫌工钱低不愿意干，村支书与村主任掐架，不积极推动，妇女主任不积极带头，编织的东西好多不合格，吴处已经尽力了。我说，不合格怎么办？你就卖不出去了。丁总说，不合格的我也都算了工钱，都带来了，装在车子后备厢里，日后做样品送人。我笑了笑说，敢情半面井墙上挂的样品都是不合格品呀。

回到半面井才下午四点多钟，村委会院里已经来了许多妇女，她们正在会议室里切磋编织技艺，一直在盼望着丁总的到来。正值暑期，村里一下子回来许多稍微年轻一点的女人、年龄不一的孩子，女人都是外嫁的闺女或半面井的媳妇，孩子都是贫困户们的孙子孙女或外孙，她们都是来半面井看望长辈兼带避暑的。丁总的孩子与这些孩子很快玩成一片。

见到欧阳，他把马拉松赛的见闻向我们讲述了一遍。县里将马拉松经过的几段坑洼不平的公路、街道用土垫平了，所以车子开过去已经比较平稳。马拉松早上七点就开始了，主会场在康坝广场，广场人山人海，运动员很多，还有几个外国人。少男少女们争相与外国友人合影，外国友人非常大方，来者不拒，欧阳也与一位帅气的美国男主持人合影留念。马拉松分设迷你、半程、全程几种，供爱好者根据自身能力自由选择。全县各单位组织职工陪跑，大人、学生、小孩都有参加，争先恐后，气氛热烈。康坝广场上临时搭建了几排简易小房，用作展厅，专门介绍康坝的地理、文化、经济、特产。康坝特产，有白酒、胡麻油、莜面、杂粮等。康坝的白酒"花开富贵"非常有名，正黄色的瓷瓶上绘有牡丹图案，庄重大方，一斤三两装，是爱喝白酒者的最爱，据说曾经与太仆寺旗的"草原白"齐名。在一家公司的展示小房前，康坝空气被装在鼓鼓的透明塑料袋里，免费赠送给到访者，塑料袋上印有"干净""绿色""零污染"字样。半上午时，欧阳绕开马拉松路线回半面井，远远看到马拉松路线沿途两边插着五彩旗，山东、天津、河南、北京、辽宁等地牌照的车辆出现在康坝的公路两旁，车上的人们有的穿着彩色的运动服，前胸后背还别着号码。

晚上九点多，召开村民全体会议，动员贫困户入股养殖合作社。贫困户现金入股养殖合作社，每股四千元，入股数量多少不限，加上帮扶单位的帮扶资金、生产牛补助资金、牛场建设补助资金、发起人认股交纳资金等，构成养殖合作社的实有资本。帮扶资金、补助资金的股权分别由集体、贫困户按一定比例享有。每股四千元这个数，让村干部、合作社发起人纠结很久，多了贫困户交不起，少了不能拴住贫困户心系养殖合作社的心。合作社分红是县扶贫办特别注重的，也是我们工作队、村"两委"干部关心的大事，谁都不能保证合作社办起来后会有怎样的效益。合作社效益好好说，贫困户多少能从中分点红。效益不好甚至亏损，贫困户不能从中得到收益怎么办？鉴于这种效益的不确定性，乡、村、工作队就有了一致的分红方案，干脆每年对贫困户进行保底分红，按财政补助户均金额、现金入股金额总和的百分之十计算，分红款项来源由合作社筹措。合作社若有利润，则至少保证百分之六十利润用于集体、贫困户分红，合作社发展的公积金、公益金均按百分之十提取。

在村的五十六户贫困户家家都来了主心骨，有的家两口子都来了，在外的贫困户都打了电话，委托亲朋好友代理。乡领导来了两个，王三军做了具有鼓动性的讲话。大家齐刷刷地举了手，同意每股四千元和分红方案，贫困户自愿认领入股数量。

村民全体会议开完后是合作社发起人会议，讨论牛场设计、牛场建设议标、养殖基地平地、运砖、邀请太仆寺旗吉总来指导等事宜，议定第二天贫困户向张庚午登记愿意入股数量。开发起人会议时，还有很多村民聚在会议室外认真听着，渴望早点知晓与自己切身利益有关的消息。

最后，加开全体党员会议讨论张庚午入党事宜。大家一致同意张庚午成为预备党员。我们工作队对张庚午入党一事极为重视，我向王三军、靳南拳说明张庚午的情况：初中文化，是半面井村难得的文化人，入党申请书写过三次，党员骨干分子培训合格，思想上进，工作积极，任劳任怨，吸收为预备党员的时机已经成熟。张庚午对自己入党非常高兴，脸上堆满笑容、泛着光泽，行动起来也充满了年轻人的朝气。

几个会开完后，乡亲们散去，乡领导离开，喧嚣的村委会一下子沉寂下来，我如释重负，嘱咐许振村把会议情况整理成会议纪要。

次日上午，我把昨晚的会议纪要反复看了好几遍，边看边琢磨。这时接到吉总电话，他说下午就来半面井。我高兴得快要跳起来。这几天天气真好啊，半面井的阳光好像是工作队的亲人，真是关爱着这方土地。我嘱咐欧阳采购点食材，东边的重要客人、我们的贵人为了半面井的事要来，不能亏待。出了欧阳的屋子，我站在村委大院的东墙往东看了一会儿，脑子出现了许多有关半面井蒙太奇般的片断：蓝天白云绿荫庇护与土房陋院；广袤的冰天雪地与聚众打牌；牛羊成群与生活憋屈的羊倌；丰收的庄稼与可怜的市场菜价；清凉的坝上风光与稀少的避暑客人……半面井的美丽与现实并存，美丽需要我们发现、推介，现实需要我们改变，我们来了五个多月，现实正在稍稍、悄悄地变化，至少村民们在半面井生活的信心加强了。

下午，吉总一行四人来到半面井。昨晚议定邀请吉总来指导牛场建设后，找了个空闲工夫，我给吉总打了电话，请他最近几天来半面井。没想到吉总来得这么快，原以为怎么也得两三天后。吉总说，他急我们之所急，把自己的工作计划稍微调整了一下，挤出时间先到半面井来。我向他们介绍牛场规模，领着他们考察牛场地址。吉总对牛场布局、施工预算提出了许多建议。晚上，我留吉总在村里吃晚饭，欧阳使出浑身解数做了几个菜，喝着北京同学给我的白酒，丁总、张旭东和村里两个能喝酒的村民作陪，杨支书在我的鼓动下唱起了蒙古歌曲。当晚，吉总一行返回太仆寺旗，带着半面井村民们编织的五彩粽子。

第二天，按照乡里的要求，我们向乡里上报了养殖合作社分红方案，王三军对我们的方案非常满意，说这是真正把贫困户利益落到了实处。同时，王三军与丁总见面谈话，王三军再次要求丁总提供一个打造督垦乡手工编织之乡的报告。事后，丁总要返回石家庄处理事务，我们工作队已在康坝十多天，也需要正常休整，便与丁总一同返回石家庄。

28　项目开工1

　　石家庄的八月仍然骄阳似火，我们都惦记起坝上的凉爽来。总算挨过几天，约定回康坝。一大早，三辆车就出发了。一辆车是欧阳家的，他要带着老伴与外孙子上坝，外孙子幼儿园放假，正好去体验乡村生活。我坐在这辆车上，与欧阳轮换开车。另一辆车是丁总家的，丁总爱人开车，同车的还有许振村、她可爱的闺女和她公司的员工香香。还有一辆车是丁总的朋友组成的丁丁庄园考察组。考察组人员分别是省工商联的潘处长和工商联成员的三个企业老板。丁总去了半面井几次后竟然有了在半面井村建一个丁丁庄园的构想，以避暑、度假、体验乡村生活为概念。

　　下午赶到半面井。村子里有民间响器奏乐声。张旭东告诉我，死人了，快八十岁的贫困户关阳春死了，正办丧事，灵堂要设七天。我说，有什么讲究？我们要不要去一下？张旭东说，不用。

　　时间尚早，我领着丁丁一行人到村里村外走走。村西头，几头牛拴在一片空地里吃草，其中有一头卧着。他们中有人试图走过去摸那卧牛，快走近时，卧牛警惕地缓缓站起来走开。那人踩住钉在地上的缰绳一点点缩短与牛的距离，快接近时，牛突然扭头，踩住的缰绳猛地绷紧从脚下弹起，差点弹到人，真是危险，要是弹着，非得留条鞭痕。在西边地里，他们辨识着麦子、莜麦，发现了蚕豆、黄豆、土豆、甜菜等植物。菜地里已经起卖了部分白菜、花菜、圆

154

白菜，从根部砍了的白菜有的已重新长出细长的黄花。有羊群的蹄声从远方传来，从夕阳的方向腾起了灰尘，羊倌正把羊群往村里赶。我们这才发觉天色已晚，不能再往前走了。

次日上午，丁总的闺女、欧阳的外孙、邻居老皮的孙女已经玩成一团，在村委会一排屋子里捉迷藏，欧阳的老伴帮着做饭，我们工作队则领着丁丁庄园考察组去见王三军，畅谈打造编织之乡、建设庄园事宜。王三军再次问丁总打造编织之乡企划书的进展。丁总说，正在起草呢，这次主要为丁丁庄园的事而来。王三军说，庄园嘛，可结合贫困户的危房改造来做，你们好好考察、酝酿，若真能实施，乡里可按政策争取危房改造补助资金，每套六千五百元。交流了好一会儿，很快就到中午，王三军留下大家吃顿工作便饭，安排靳南拳下午陪着庄园考察组到全乡的贫困村去考察，看能发现什么亮点。

下午，收拾村委会的会议室做绳艺展室，丁总把一些绳子、挂钩钉在会议室的墙上，把各种植物、动物形状的编织样品挂在上面，五颜六色，煞是好看。我让张旭东组织村委开会，对半面井村的空置房及愿意出租给丁丁庄园的房屋数量进行摸底。丁总求助许振村帮助编写编织之乡企划书，希望这几天写出来。

次日，潘处长一车人离开康坝前往承德，丁总一家、香香继续留在半面井。上午，香香开始借助微信视频教学，教村民们编彩粽上的中国结，许振村到乡里街上买回钳子、锯子、改锥、电笔、锤子、剪刀、胶带等工具，村里的男人们帮助制作了几十个做中国结用的带钉子的四方木板。下午，在阳原扶贫的吴处长来访，带着一个编织小组长来观摩，吴处长惊讶于我们村村民编织的积极性。

第二天下午，宫妇联收集一批彩粽，丁总亲自验收，都合格。

丁总非常高兴，要给参加手工编织的勤快、充满智慧的半面井村民发奖品和劳务费。丁总来的时候，从石家庄购买了一批床单，她想把床单做奖品，每个参加编织的村民都有份。发劳务费是我临时提议的，我说，共收到彩粽二百七十三个，村民能赚到劳务费八百一十九元，干脆直接把劳务费也发了，不多，给村民一个甜头，激发他们的积极性。丁总同意了，我们正商量怎么张罗时，张旭东来了电话，他告诉我说，牛场建设一会儿动工，挖土机已经来了，问我要不要去看一下，或者等我去了再动工。我看了一下手机里的日子说，今天都八月十四号了，该动工就动工，没那么多讲究，动工是我们工作队、村"两委"干部、村民早就期盼的事，你们先动工吧，我跟丁总商量好一件事情后就去看看。

我们工作队三个都赶到牛场施工现场时，已有好多村民在围观，一个叫二宝的人正在指挥一台钩机作业。二宝是半面井的女婿，一直在内蒙古草原那边给人建牛场，我们刚来半面井时曾见过一次。选择二宝来建牛场，也是权衡再三的结果。原计划找三家牛场建筑公司议标，左盘算右盘算，一是正规的建筑公司报的价格过高，而且不愿接这样的小活；二是建牛场的经费确实有限，能省点就省点；三是二宝是本村的女婿，应该信得过、好说话，所以就选了二宝来做这件事。一个月前，二宝被张旭东找来谈这事时，其在内蒙古的一个工程尚未结束，二宝说大型机械都在内蒙古，还得等那边完活后才能拉到这边来，张旭东说可以等等。二宝问张旭东怎么结算各种费用，张旭东说可以商量。最后商定，工人工资合作社按月支付，钢筋、钢结构、角铁、砖、水泥等大宗材料由合作社购买，其余的二宝先垫付，合作社再不定期支付给二宝。我听了他们的商定后，表示同意，仅仅追加了一个要求，尽量找半面井的村民干活，除非他们干不了。二宝答应了。我对二宝说，为了半面井，你多辛苦一些，活既要讲效率也要讲质量，肯定会让你挣钱，你干好了，半面井的人会念着你的好。二宝说，可不，半面井也是我的家，我还得经常在这里走动呢。

牛场总算开工了，我心上压着的一块石头轻了许多。牛场用地手续跑了许多趟，就是办不妥，搞得一直不敢开工。一次，我碰到一个县领导，向他倾诉了一下苦衷，他指点说，这块地原先就是集体牛场，后来拆了，现在还原一个牛场并不违反什么政策规定，再说这确实是为民谋事，可先动工，再跑手续。我一下茅塞顿开，说的在理，要是等扯皮清了再动工，可能今年都完工不了，牛就进不了圈，工作队向谁都无法交代。我把县领导的话讲给工作队、张旭东听，大家合计了一下，达成共识，就在集体牛场的旧址上建合作社牛场，等二宝的机械运到半面井就动工。

回到村部，丁总正焦急地等我。她说，给村民发放劳务费的现金不够，现金都花在交高速公路过路费和加油上了，要到县城银行柜员机上去取。我说，这怎么行呢，来回近两个小时，那不得天黑才能发。正好许振村说他有现金，去房间拿了一千元给丁总。

听说丁总要给参加手工编织的村民按户发床单纪念品、劳务费，一下来了好多没有参与编织的村民，男女老少挤满了小院。院子里播放着欢快的音乐，丁总和我给大家发床单，香香、宫妇联坐在一张破书桌前给大伙发劳务费，每个人的劳务费多少不等，少的不到十块钱，多的有一百多块。拿到床单、劳务费的人和旁观的人都很高兴，像过节一样。我说，半面井村的人们有能力学好手工编织，现在能领到不多的劳务费，仅仅是开始，将来通过努力大家肯定能挣到更多的劳务费，感谢丁总，感谢咱们的村民不轻易言放弃。

发完床单和劳务费后，宫妇联把我叫到一边向我救助。宫妇联正在上大学的二闺女在学校糊里糊涂被人骗了一万二千块钱，一家人被搞得心情都非常糟糕，希望工作队想办法帮忙把钱要回来。这是典型的电信诈骗，经常在新闻里出现，今日竟让身边的人遇着了。打骗子的电话，已经停机。我安抚宫妇联说，放宽心，这件事已发生，着急也没有用，不要埋怨闺女，闺女还小，没经过事，已经很难受了，再要挨说，怕心理压力太大，再引出别的事来。面对这件事我们只有选择报案，通过正规途径把钱追回来，这两天我就与县公安局联系。

这一整天，香香教村民编中国结。中国结形状简明、美观、大方，编法看似简单，却还是难学，我让香香写下操作步骤，复印了数份，人手一份，强调大家要反复练习、仔细体味。

晚上，我和许振村宿在县税务局。次日一大早，香香就给我打微信电话，让我买一个圆轱辘和二十个挖耳朵勺回去。人工分绳非常费时费力，她打算做个分绳的纺车，要把圆轱辘改造成纺车，挖耳朵勺用来挑拨绳头，方便做中国结时各种方式的交叉穿绳。早饭后，我和许振村分头行动，许振村去街上买香香老师要的东西，我和闫拥军一块儿去县公安局报案。到了县公安局，被告知得本人来，我赶紧让欧阳开车把宫妇联的闺女送过来，带上身份证件、相关证据。半小时后，欧阳把宫妇联闺女送到公安局，宫妇联陪着。按照要求，宫妇联闺女独自接受了公安人员的询问，在打印的笔录书上签字按手印。临离开，公安局的同志说，他们会尽快处理，请在家静候消息，大学生社会阅历浅，吃亏上当在所难免，吃一堑长一智，要振作起来啊。

29 发生白事

上午，许振村把手工编织之乡的企划书拿给我看。我觉得挺好，就让他通过微信发给丁总。许振村为能在乡里推广手工编织，辛苦了好几个晚上写这个企划书。要是全乡推广了，真是善莫大焉。

隔壁屋子里，丁总、香香还在教村民们编中国结，已经有几个人编出来了。

我坐在屋子里想，半面井村民还是心灵手巧的，只是文化低些、年龄大些，要是都能认字、能写自己的名字就更好了，啥时给他们办个识字扫盲班，让他们至少都会认、写自己的名字。

正想这些时，发现院子里不时有三三两两衣着干净利索的人结队出入，他们都是来上厕所的。这些人是来参加关阳春的丧事的，都已经是在外的城里人，听说村部有厕所，就来了。这时，一个年轻的漂亮女子敲了敲门框进到我的屋里来。她很是大胆，看样子见过世面，说着标准的普通话，问了我许多问题：是扶贫工作队吗？从哪里来？给村里上什么项目？手工编织能挣多少钱……我不厌其烦地回答她的提问，也顺便跟她聊了许多。

这个女子叫金霞，现居北京。金霞的丈夫在北京开有一个机械加工厂，她弟弟在康坝县城有一个汽车修理厂。金霞高中毕业，在半面井小学当过老师，十几岁就当上了，什么课都教。金霞说，她参观了手工编织品陈列室，看到有人正在编织，手工编织挣钱太少，不如缝纫衣服，她弟弟修理厂旁边就有人缝纫衣服，一件二十元，比编织一个三元多多了。

金霞走后，不多会儿，又来了一个上了年纪但很精神的华发老人。我请老人坐下。老人是金霞的公公，六十六岁，户口在村里，现居北京，两年未回康坝，此次为逝者而回村数天。听说大队部有变化，昨日来访，恰巧我在县城帮宫妇联闺女报案，不得见，今日又来。言谈中可以感受到，老人对半面井极有感情，对离村长期不回、白事时日长熬人表达无奈。村生存条件差，谁愿意回？只有改变现实，富民强村，才可能有离家在外的人争着回家发展或年老回村颐养天年。

贫困户关阳春是前几天去世的。据张旭东讲，关阳春已经七十八岁，其老伴金珍比他小十岁，三个闺女全嫁在本村，都在外打工，关阳春是张旭东的父亲的舅舅、金霞的姑父。

按这里的习俗，灵堂要设七天，要热闹，要请响器，要请戏班子。所以，这些天村里白天黑夜响起悠扬的喇叭声、流行歌曲声。喇叭声是一个民间艺术团吹奏出来的，喇叭声的穿透力很强，过往行人老远听到喇叭声就知道这个村有人去世。

这是我们工作队驻村近半年来的第一桩红白事，我们极为关注。坝上丧事一般安排为五七九天，没有特殊情况，大都定为七天。算下来，灵堂设七天的花销可不少，每天都有讲究。请主管、阴阳先生的费用，民间艺术团的演出费用、亲朋好友的伙食费用，对本来就穷得叮当响的贫困户来说无异于雪上加霜。据了解，这种丧事一般情况是亲友参加。工作队可以不予理会。但工作队既驻村，就得考虑该如何做。

中午吃饭时，我与欧阳、许振村一起商量该怎么办。商量的结果是，工作队在村里提倡移风易俗还不是时候，先尊重习俗，以后择机会再跟村民讲移风易俗的事情。下午三点左右，我把张旭东叫来，说了我们的想法，想到金珍家去吊唁。金珍的家门口搭了一个简单的戏台子，几个吹鼓手坐在旁边。正屋窗户下扎了个灵堂，两边跪着孝子贤孙，三闺女、三女婿都在，身着孝服的闺女当中就有金霞。张庚午是村里丧事的主管，他在这个院子里主持丧礼，我们三个在他的大声主持下一齐鞠躬三个。我对金珍老人表达了问候，并表示如果生活有困难、有解决不了的事情，可以找村委会和工作队。

关阳春与张旭东有亲戚关系，张旭东与张庚午有亲戚关系，那么论起来，张庚午与关阳春也有脱不了的亲戚关系。此番白事遭遇，让我们感觉到村里人情复杂、民俗难易。驻村工作能回避吗？当如何做？我这个第一书记也不知道。

30 项目开工 2

晚上，王三军来电话说，明天袁副县长要来乡里调研，点名要去半面井。我说，好啊，袁副县长早就说要来，也说了好多次，终于要来了，需要我们准备什么？王三军说，他明上午先去我们村看看，一起合计合计。

次日上午，王三军早早就来到半面井，我和张旭东、张庚午陪着他考察村容村貌、手工编织、牛场建设、冷库运营，王三军盘问了一些细节问题，觉得差不多就回乡里了。

下午四点多，袁副县长在王三军、傅大江的陪同下考察半面井，同行的还有县农工委副书记。我们领着袁副县长行走在村子里，不时有村民跟他打招呼，他有时还能叫出跟他打招呼的人的名字。

袁副县长原是一个乡镇中学老师，一个偶然的机会进入乡政府工作，因工作务实、群众口碑很好，后来到督垦乡接连任乡长、书记十五年，每个村子都曾多次留下他的脚印。督垦乡的水浇地、膜下节水滴灌就是他力推发展起来的。督垦乡的经济发展在近三十多个乡镇中由后进跃为先进，督垦乡逐渐发展成为县委书记信得过的下乡工作联系点。

袁副县长极好辨认，浓眉大眼，眼神锐利，脸像涂过多遍桐油，额头、颧骨部位的桐油底下暗藏着不太好看清的高原红水印。他个子很高，目测得有一米八以上，讲着极具地域特色的康坝话，语调很硬。

袁副县长走在半面井街道上，边看边说，五年没来了，还是老样子，道路、房子、院子、人的衣着与行为都没什么变化，脱贫攻坚的任务还很重啊。

至牛场建设工地，一辆已经把砖卸了的大货车停在路边，三个卸砖的工人焦急地等在那里，张旭东走过去，一人给了二百元装卸费，把人和大货车打发走。牛场工地上，钩机已经挖好地基槽，几个村民正在打地基，有的垒卵石，有的来回运水泥，地基已经打了一百多米长，工地中间码放了一大堆环保砖。袁副县长说，成立养殖合作社，贫困户入股其中，集体与贫困户享受红利，养殖场日常工作由聘请的贫困户来完成，这个思路切合实际，是对的，工作队真是为半面井出真力，乡里可以组织不务实、等待观望、畏手畏脚的贫困村工作队来学习。接着，袁副县长感慨说，手里有两千多万元的扶贫资金苦于没有可行的脱贫项目花不出去，要是各贫困村在帮扶单位的帮助下都能谋划符合实际、具有发展前景的产业脱贫项目，那么这些扶贫资金就能发挥最大效益了。

在冷库，有两辆拖拉机正在卸菜，有一辆大车停在装菜口等候装菜。我随口问了问菜的价格，卸菜的人说，白菜涨了五分钱，花菜价格与之前持平。我向袁副县长讲述了冷库的建成史，并强调冷库对半面井的蔬菜种植及半面井蔬菜劳务输出的重要性。袁副县长对张旭东赞不绝口，说张旭东真有眼光，把一个招财猫给逮到半面井来了，半面井脱贫指日可待。

回到村部，丁总、香香还在会议室里领着妇女们编织。我说把丁总、香香介绍给袁副县长。袁副县长摘下墙上挂着的五彩斑斓的编织品仔细观看，用手指摩挲。听到手工编织特别适合半面井、督垦乡的实际情况时，袁副县长连连点头称是。袁副县长特意说了一句，送我一个啊，我好在县里给你们做宣传，至于怎么在全乡推广、发展，就得看王三军书记和傅大江乡长的了。

我领着袁副县长参观了村部院落，查看长势良好的菜地。袁副县长说，王处的工作队真是把半面井村当成自个儿家了，能生活好就能工作好，有备而来，值得别的工作队学习。

最后，我带着袁副县长到我的办公室兼起居室坐定，我说，走了这么一大圈，县长应该有些累了，先坐下来喝口水。我们聊着与脱贫攻坚有关的话题。我说，半面井目前最大的问题有三个：一是街道没有硬化，等到合作社办好、集体有收入就可以逐渐解决这一问题，这需要时间；二是饮水问题没有解决，近几个月我们往水务局跑了无数趟，对方答应并且说已经安排人来启动饮水工程，但我们至今仍在等待中，担心等到十月入冻，今年就搞不成了；三是电力增容，扶贫项目上了，电力需要增容，还得找电力局协调。袁副县长说，什么问题该找什么部门解决，王处你们先找，如果解决不了，再来跟我说，我去协调，我承诺大力支持半面井脱贫攻坚工作，为工作队搞好服务，争取半面井早日脱贫出列。

晚上，袁副县长与王三军、傅大江在我们这里吃晚饭，吃的是我们自己种的蔬菜熬的大锅菜、我们自己种的小黄瓜、大篷车卖的大馒头和烙饼。

31 项目开工3

袁副县长走后的第二天，下起了雨。丁总爱人一大早带着闺女开车返回石家庄，丁总和香香继续待在半面井教村民编绳子工艺品。丁总闺女与王爸、欧爸、许爸一个个告别，这就是丁总闺女在半面井的日子的成果，一下子认了几个爸。丁总爱人走后，许振村告诉我一件趣事，皮勇的闺女这几天跟丁总闺女玩在一起，也跟着丁总闺女叫他叫许爸。我笑了，说皮勇闺女爱看书，常来借书，还是个机灵鬼，有一次给我捡来几块石头，说王叔叔喜欢石头。这天上午，利用雨天不能外出工作的时机，我组织工作队抄党章。下午，协助丁总用微信视频教宫妇联等五六个村民学习编织更为复杂的十二个钉子十个环的中国结。

又一天上午，还是阴天，我们驱车去县里找水务局局长谈自来水工程事宜。我们走的是未正式通车的在建高速公路，高速公路路面高，视野开阔，我见识了康坝诺尔湖上空梦幻般的云。雨前的云，重峦叠嶂，像极了中国的水墨画，浓淡总相宜。但这水墨画是动态的，不经意间，已有些许变化。不一会儿，雨势渐大，密集的雨滴把挡风玻璃打得噼里啪啦乱响。

车程不到十公里，我还尚未体味够康坝阴雨天的云，车就下了高速。高速出口距水务局很近，车很快就进了水务局大院。水务局王局长说，任务已经安排下去了，施工队会按排队先后施工，如果要想提前，可以向水务局提交一份提前施工的申请，申请通过后会特事特办。我们当即写了申请，提交给王局长。这份申请非常管用，下午，水务局工程人员就送了一车白色的 PE 管到半面井村部。

次日上午，半面井村安全饮水项目正式开工。一下子来了四台钩机，两台大的两台小的。钩机按照张旭东的指挥挖沟，沟深三米，沟宽就一个铲斗的宽度。等人把 PE 管铺放到沟里后，钩机再用土把 PE 管掩埋好并压实。对水务局派来的工程作业人员，张旭东相当重视，安排村民派饭，保证他们吃得饱饱的，干活实在。

查看钩机作业、行走在村里的犄角旮旯时，突然发现八月的半面井风景独好，我便在午饭后，独自带上相机、手机，步行到村子西北的坡上去拍摄半面井村庄全景。红顶土房掩映在浓绿的树中，黄、棕、绿等各种农作物本色条块随意铺在阳光下美不胜收，天空纯净、淡云轻妆，起伏不大的山丘绿意盎然，羊群悠闲。如果这里的交通方便，如果村里的硬件设施建好一些，街道硬化，房屋修缮，上卫生间方便，这里确实是夏天避暑的好去处，甚至到了冬天、零下近四十摄氏度也会有人愿意来体验。正肆意照相，一群羊慢慢向我走近，张福满跟在后头。我让他把羊群赶到一个合适的位置，给半面井村子和羊群来了个全景。蓝天白云、油画似的田野、怡然自得的羊群、静卧树丛中的乡村，根本不会让人想到这里是穷乡僻壤、全县连高速公路都未通、村里百分之七十的人外出谋生。拍照片时，收到物流公司的取货电话，便又安排许振村到县城取回丁总爱人从石家庄发来的编织绳。村民在盼着编织材料的到来，他们已经学会粽子、中国结、金刚、转经幢的编织，早就按捺不住，就缺绳子大展身手，近几天一直在问丁总的绳子什么时候能来。

钩机的作业速度很快，两天时间，PE管就埋在要安装自来水的户门口。钩机挖沟、铺管的活儿干完了，又来了一个打井队。打井队打算在村东南方向打井，那里离村里的小庙不远，方便接电，结果打到五十多米深处的岩石层，钻头打不动了，也没有见到水。换第二个地方、第三个地方，打到冷库的西面，还是同样的结果。这个打井队的钻井工具不能钻岩石，便只好放弃了。停工了一周多，另一个打井队续接任务，他们的钻井机械能钻透岩石，但一天的费用比前一个打井队要高许多。

这几天我每天都到牛场施工现场、冷库、打井现场转两次，上午一次，下午一次。牛场施工现场，高出地面一尺左右的地基一天天增多，干活的人就七八个。我问二宝，干活的多上几个呀，离十月也就一个月了，到时冻了怎么干活呢？二宝说，都忙着地里的活，实在请不到人。进入十月，就只剩下地面上的活了，不动土，不影响施工的。冷库，一直正常运转，不管菜价如何，每天都有村民拉菜到冷库，每天也有大货车或冷藏货柜车拉菜开出冷库。打井现场，就在冷库西墙后边三四十米处，一台打井机在不停地转着。我问干活的两个人，速度能不能快点呀？他们说，这机械打井的速度，得看地下是什么东西，打石头比打土慢多了，不好打的，一天打个几米都算快，实在不能快了，快了机器吃不消。牛场建设、打井的速度都有些慢，我的心情有些沉闷。

正行走在牛场建设工地到冷库的路上，接到表弟一个电话，他的一个朋友牛剑是香樟百货的超市采购员，正在涧源收购蔬菜，如果有需要，我可以与这个朋友联系一下。香樟百货是衡阳市一个民营企业集团下面的大型超市，是衡阳的一面旗帜，在全国十几个城市开有近三十家连锁超市店，光衡阳就有十好几家，超市蔬菜实行集中采购供应。要是有香樟百货这么一个大超市做后盾，半面井的蔬菜就有了好的去处，村民们种菜就不会愁眉苦脸了。与牛剑手机联系，手机通了，他正在指挥装车，说不忙了再跟我联系。第二天，继续跟牛剑联系，他还是忙，顾不上说话。我在电话里诚恳地说，康坝就在涸源的西面，是邻县，车程一百三四十公里，两个多小时，真心邀请他和他的同事抽空来一下康坝，看看半面井的冷库、半面井的蔬菜，希望能有合作的机会。牛剑答应了。我就一直等着他的电话，直到五天后，我们工作队和丁总、香香坐上张家口至石家庄的火车，火车正在崇山峻岭中的山洞中穿行、手机信号时断时续，接到牛剑电话，说已从涸源出发、现在半路上了。我一时发愣，担心的两岔情况还是发生了。我告诉他，我已在回石家庄的火车上，非常遗憾不能见面，不过我会安排我们的村支书接待你，他会领你考察半面井的冷库、蔬菜、交通，并告知你想了解的东西。晚上，我给牛剑打了个电话，询问考察情况。牛剑说，参观了半面井冷库，当下就希望能发一车货，但已无空闲冷库，且收购也来不及，待明年租冷库吧，至于当地种什么菜，他们把订单交给村里，按订单要求种，期待明年的合作。

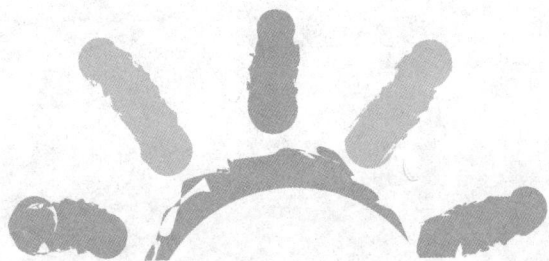

第 四 章

入冬之前

32　追赶九月1

　　几天后，工作队坐夜里的火车凌晨回到张家口，当天上午就返回半面井。回到半面井，直奔牛场工地、冷库、打井现场。牛场已经打好地基，围墙也砌了不少。冷库也在运营，只是没有以前紧张，花菜价格上来了，已经达到两块一斤，可地里的菜已经不多。打井现场，机器已经打穿岩石，已经出水，还要往深处打。我心里十分高兴。

　　回到村部大院，把厨房大水桶里的旧水倒掉，接上新的井水，用电热壶烧上水，坐下来与张旭东通电话了解一下这几天的情况，他正在地里监督工人起菜。进入九月，他家的菜还有几十亩未卖，土豆长势不错，我决定与张旭东一同，去看看另外几户试种雪沃4号的情况。先看张庚午的，秧子没有长开，营养不良，刨开一兜，一窝子土豆数量不少，但个头不大，歪瓜裂枣的，再刨一兜还是这样。张庚午说，是不是搞错种子了？宫妇联种的也好不到哪里去，土豆个头更小。再去看萧祚的，块头好一些，但也是歪瓜裂枣。我坐不住了，给察北税务局的董存文打电话，说准备下午想去雪沃公司看看。

　　下午，我们工作队带着张旭东前往察北区雪沃公司。雪沃公司的王总在公司，王总热情地把我们领到我们上次去过的种植基地。土豆种植基地，高高的垄、深深的沟、秧子茂盛，刨开一兜看看，一窝土豆挤在一起，大小都有，中等个儿的居绝大多数，足有六七两。我问王总，这个品种与我们试种的品种是一样的吧？王总说，绝对一样。我看了看张旭东，称赞王总的科学种植就是比村里的好，村里无论怎么科学种植最后总要打一定折扣。王总说，不能小农意识，管理要到位、投入要舍得，就能有好的收获。王总还让我们看了他们的土豆仓库，数十个仓库，恒温控制、通风良好，每个仓库能储藏上百吨，总共能储藏十三万吨。王总说，再过十来天，也就是九月中下旬，每个仓库都开仓储藏土豆，全部机械化入库，送土豆的大车一辆接一辆，场面壮观。听了王总的话，许振村向我提议说，到那个时候，咱们组织几个村里的明白人来参观，让他们长长见识，体会科学种地的丰厚回报，为土地流转做准备。好主意！口头上说科学种地容易，实际做到则太难。我们与王总约定，收土豆时我们带着村民再来。当晚，我们从雪沃公司返回半面井，明天省局有人要到村里来看贫困户。

次日上午，省局三人如约而来。按照省里要求，帮扶单位的职工与贫困户要按一帮一的形式结队，尽可能给每个贫困户以最大的帮扶与温暖。因此，省局经常来人开展一帮一活动。面对省局来人，我们一是向他们介绍村子基本情况、贫困户情况、来人一帮一结队帮扶的贫困户情况；二是介绍产业扶贫项目计划及实施情况、基础设施项目计划及实施情况；三是领来人参观村容村貌、去一帮一贫困户家探视送温暖、实地参观项目。省局来人要兼顾到康坝县税务局开展工作，因此在半面井、康坝逗留的时间有限，为节省时间又不流于形式，一和二通常在实施三时同步进行。这次省局人来的正是时候，我们自留地里的蔬菜长得很好，不打农药、不施化肥，绝对绿色环保。临走，给他们三个各捎带一袋我们种的土豆、黄瓜、白菜、茴香，还让给县局食堂捎去一袋茴香。茴香长得猛，不割都老在地里了，我们吃不完，给村里邻居也送了一些。下午，我们去县税务局帮扶的另一个村，特意送一点我们种的菜给他们。听县税务局的人介绍，该村条件相当艰苦，入驻该村时，村部没有围墙，被一个本村无赖占住多年。经工作队努力争取，村部才被收回。后来工作队又筹资建了围墙，把全村四千多旱地进行了流转。此后几天，相继又有涿州、邯郸、邢台税务局的同志来村里看望，给我们工作队送来米面油等必需品和问候。

许振村起草的财政补助养牛扶贫资金入股分红协议、贫困户个人资金入股分红协议、省税务局帮扶资金入股分红协议，交由村民代表会议讨论，获得一致同意通过。三个分红协议的内容很快传到贫困户的子女那里，好几个子女打电话咨询牛场入股事宜，一个贫困户的闺女、女婿怕老人翻话翻不清，专程从外地赶回半面井，当面咨询。这日上午，许振村把三个协议、出资证明打印出来，交给张庚午，由张庚午收取贫困户交纳的入股现金。交现金的同时，贫困户与养殖合作社签订三个分红协议，养殖合作社给贫困户填发出资证明。这时，传来消息，张权午肠梗阻住院。张权午是张庚午的弟弟，冬季村部烧锅炉添煤的活儿都是他干的，话语不多，干活实在。下午，我们抽空去县医院看望张权午，其在张家口工作的女儿、儿子都赶了回来，陪在病房，张庚午也在。张权午肠梗阻已是老毛病，三十年前做过阑尾炎手术，后来隔几年就会肠梗阻一次。张庚午作为村医看不了这个病，张权午便只好每次复发肠梗阻时都住院治疗，好在有新农合医疗做保障，自己负担并不重。

　　第二天上午，有四户贫困户到村部会议室找张庚午签订三个分红协议、交纳入股现金。一个上午仅签订四户，不多，但开了个头。下午，我陪着张庚午坐在会议室里等候签协议、交入股现金的村民，但一直没有人来，张庚午解释说村民还都忙着卖菜挣钱、顾不上来。张旭东兴冲冲地走到会议室，说水井已打好，井深一百二十米，明日水务局来验收。我连说，太好了，真不容易。打井选址三处，此处在六十米深处遇岩石，更换打井队、打井机械，才打透岩石层终见水。晚上，又有两户贫困户来交纳入股现金、签订分红协议。张旭东到村部问我，牛圈明日上梁，拟搞一仪式，行不行？我说，这事你们自己做主，简单一点为好。

　　第二天上午，我们工作队来到牛场工地，观看牛圈架放、焊接顶梁。两个工人爬上了房顶，通过吊车把钢结构顶梁架到房顶上，再用一长根铝合金把两个顶梁焊住固定。焊完后，系上红布条，在房顶上放鞭炮洒酒。

　　按照进度，上了顶梁后，要不了几天，就可以安彩钢顶，那时在半面井就能看到第二处大型彩钢顶房子了。仪式进行完，回到村部，部书彬等几个人正在打扫一片空地。张旭东说，这是在弄晒场，准备晒打下来的粮食。

　　我对张旭东说，村里人都在忙，忙得踏实，忙得有希望。张旭东说，九月份是半面井、督垦、康坝一个重要的月份，至九月底，所有的庄稼颗粒都要收割归仓，所有的露天蔬菜都要卖掉变成钱装入口袋，土豆也要从地里起出或卖掉或储藏，大规模动土的工程到月底基本上要停工。从农事上讲，九月份必须要忙，九月不忙到十月再忙，那就叫瞎忙。进入十月，坝上无霜期截止，天气骤然转冷、降温，夜间温度到达零下，未收的谷物颗粒会掉到地里，未收的蔬菜会冻坏，浅土中的土豆也会冻坏，表层土地已经入冻，要开工必须等到半上午地温升起来之后。我说，九月份对我们来说太重要了，打井、牛场等动土的活儿必须九月完工，不然就得等到明年五月份。以前只听你们说坝上工期短，现在才真切感受到。水井房、电力增容、牛场施工这几件事，一件也不能耽误，旭东，咱们抓紧督促，牛场那边，让二宝加快进度。

33 临时晒场

　　九月最忌讳下雨阴天，怕眼看到手的小麦、莜麦、胡麻等粮油作物沤在地里。这不，庄户人家忙得热火朝天，争相用小型收割机把粮油作物收割下来，再用拖拉机运回晒场。

　　村里没有专门的晒场。硬实的路面，如柏油路、水泥路，都可能成为晒场。乡政府门口的大路开阔、平坦，像个小广场，天天有小麦、莜麦在晒，旁边堆着塑料布、帆布。一旦天气转阴、下雨，就把粮食聚成堆，盖上塑料布、帆布。村里多数的路已坑坑洼洼，也不是柏油路、水泥路，村民们就有了别的法子。他们觅块儿方便车辆出入、不碍事的空地，把草铲掉，把地整平、弄光，就可用来晒收成。村民除草有绝招，把一车烂白菜叶子倒上去，阴几天，草便没了。这就是临时的九月晒场，随处可见，数量众多，可大可小，有的是多家合用一个，今年在这里有，明年可能在别的地方冒出来。晒场当年用完就弃，来年经历风吹日晒后又长出草来，草再长高一些，就分辨不出曾经是个晒场。

　　在村里建专门的晒场不划算。一是建水泥地面晒场要花不少钱，水泥、沙子、人工都是钱；二是水泥晒场需要维护，怕车子压坏，怕太阳晒崩，比不上临时晒场不需专门维护，用时只需简单压实地面、湿了多晒一会儿即可。

　　牛场上顶梁仪式的那天下午，我在交代宫妇联验收编织成品，做好统计，准备次日通过物流寄给在石家庄的丁总。妇女们编织速度很快，只要有空闲时间就编织，已经编织了好多成品，纷纷反映家里都堆不下，希望丁总赶快验收弄走。郜书彬和其他几户人家在他家西边的晒场上，晒场上拖拉机发动机的轰鸣声传到村部。我站在许振村住的那间房子的西墙边往晒场上观望，郜书彬正开着拖拉机拖着一个大石头碾子，来回碾压着晒场上的莜麦。我回屋里戴上帽子，带着相机来到郜书彬的晒场上。他的晒场是个每年都要用的固定晒场，四周打了一圈桩，绕着桩子围了几道细铁丝做成的网，防止牛羊猪随便进入、破坏。

晒场上有好几个人，各自有分工，一个开拖拉机，一个扬场，一个扫粮食上的浮物。他们边干着手里的活，边说些家长里短的话。今年雨水较好，我原以为收成也会好，莜麦正常亩收四五百斤没问题，然而事实恰恰相反，秕子较多，莜麦亩产一百多斤，胡麻亩产七八十斤。郜书彬说，温度高、刮风不及时影响粮食颗粒有效挂浆，直接导致减产。赵明玉家的五六亩地，莜麦收成连拖拉机车斗的一平斗都不到，只够自己吃，不卖。席前进用的是他兄弟打的晒场，听说产量也不高。

半面井的旱地一般都用来种粮食旱作物，五月份耕地，随即施肥下种，以后任由种子在风吹日晒雨淋雹打中发芽、长苗、结实，浇水、施肥、打药一概没有，纯属靠天吃饭。

西边晒场上庄户人家忙碌的身影，日复一日，年复一年。我给这些庄户人家照了几张逆光相片，场景中的人们辛勤、幸福、愉悦。如此光景，在农村如流水、平淡、反复。

我往西边走去，那里有几个小晒场挨在一起，村民们有说有笑地干着活儿。我跟他们打了招呼，拍了几张照片，准备顺着另一条大路回去。刚拐一个弯，发现不远处的地里有个戴着帽子的人在割野草，我好奇地走过去。我被眼前这人惊住了。这个坐在地上割草的人，是个老人，是王晶森。王晶森已经八十多岁，耳朵已经很不好使，他割得专注、迟缓，没有觉察到我就在他身后几米远。王晶森家里养了三头毛驴，草应该是给毛驴过冬准备的。我朝刚才走过的晒场看了一眼，王晶森的儿子王铁虎就在那里与人闲聊，村里数他有力气了。

来了一阵风，把晒场上的浮尘刮到空中，吹了过来。风渐大，天阴沉起来，太阳被乌云完全遮盖。我往回走，帮着郜书彬他们一起迅速把粮食扫到一堆，盖上塑料布，压上石头。很快雨来了，噼里啪啦，我赶紧大步快跑逃回村部。

宫妇联还在村部会议室清点收上来的编织品。宫妇联把每个品种都五个装一兜，每兜上面系着一张小卡片，卡片上写着编织者的名字。会议室里摆了几个本来装电脑、打印机、土豆的纸箱子，编织品准备装到这些箱子里，通过物流公司运回石家庄。欧阳、许振村帮着把编织品装箱，宫妇联把每个箱子里编织品的品种、数量做了统计，记在一张纸上，随着编织品一起封装在箱子里。

我问宫妇联，你家晒场与别人合用吗？她说，合用啊，哪有晒场一家独用的，谁家有那么多粮食可晒。我说，四月份育苗时，见过你们家与别人家共用育苗棚，现在晒场也共用，听说你家收粮食，也是几家互相帮衬着一起收。宫妇联说，互相帮衬的事，村里多着呢。因为村里劳动力有限，农忙时间紧张，所以耕地、晒粪、搭棚、杀猪、红白喜事、育苗、种菜、卖菜，种地、收割、晒场等，都需要互相帮衬。不需要互相帮衬的人，不是出外打工，就是已经一点农活都不能干了。

　　我回到屋里，想了许多。百年前，到处食不果腹，生存把讨生活的人们逼到气候恶劣的坝上开荒种地。同是天涯沦落人，互助是一种理性的必然，是半面井这样村子的人们得以生存的必然选择，是半面井这样的村子得以在坝上存续的基础。

　　这时，有人敲我的门，说要复印户口本。我一看，这人陌生，一问才知，是半面井长期在外打工的村民，姓赵，多年不在村，此次回来是为了补办遗失的身份证。多功能复印机在许振村的屋子里放着，此时许振村在帮宫妇联给编织品打包，我起身领着他到许振村的屋子里复印。

　　宫妇联来我的屋里，说编织品已装好箱，什么时候给丁总发过去？我说，明天上午发吧，我们替你发。第二天上午，我和许振村、宫妇联一起去了县城的一家物流公司。物流公司锁着门，打门头上留着的手机电话，对方说在处理别的事情，一时回不来，让我们把要托运的箱子、物流费用寄放在饭店邻居那里，物流单据回头再开。饭店邻居的门开着，里面正在打麻将，说明情况后，箱子放在前台，物流费用给了老板。我们一再向老板强调，就四个箱子，箱子上写明了地址、收件人、电话，搞得打牌的饭店老板都有些不耐烦。许振村说，康坝与石家庄的物流线路不多，太不方便了。下午四点多，天气甚好。从县城出来，西行在去半面井村的县道上，有粮食晒在途中，青黄相间铺满起伏甚缓的脑包，视野开阔，曲线起承优美。

34 人身威胁

两天倏忽过去。牛圈的北棚顶在一天的下午安上了红色的彩钢。我变换着位置、角度观察牛场的彩钢顶，太阳好像正在把内力贯注给彩钢顶，使得它耀眼地红。我越看越喜欢，甚至幻想着彩钢顶下的牛圈里正卧着休憩的牛群。观察彩钢顶时，我无意中向东望了一眼，一辆自动装卸车正从东坡下来，我突然想到还有一桩必须做的事没有做。

从半面井到督垦乡有两条路。一号路直接南北贯通两地，为水泥路面，约五公里，没有弯道，经过五个坡，中途路面有绷起、裂缝、坑洼、几小段裸露出沙石。二号路在村域东坡脚下，为平坦的沙石路，与一号路平行，相距约一里，南行与从县城至督垦乡的大马路交汇，交汇点离乡政府仅数百米。一号路与二号路相距甚近，可一号路有坡多个，二号路却平坦无坡。

沿一号路切一刀，把半面井的村子及土地分成东西两部分，东边土地的面积约是西边面积的三分之一。西边土地面积大，村里就把西边作为农业经济发展的重点。当年，全县发展水浇地种菜，村里就主要在西边打井。西边偌大的地方，打了多口井，竟然没几口井出水，水浇地也就少了。北面邻村马三巴面积小、人少，其西多为坡，其东亦无多少地，无奈就在其东打井，竟然井井有水，不经意间开发了两千余亩水浇地，让该村人乐开了花。

180

　　二宝给养殖合作社建牛场，还没有签合同，就凭张旭东手画的一张简易图纸、口头上的要求在施工。安上彩钢顶的次日上午，我催着张旭东与二宝签个合同，免得以后有事说不清。张旭东说，与二宝谈过，二宝让咱们起草一个，他只管签字盖章。于是，我安排许振村起草牛场建造合同，特意强调合同上要写明建造期限、违约责任、质量保证金条款，意在督促二宝保质保量按期施工。

　　安排许振村起草建造合同的下午，天气很好，我准备去做那桩必须要做的事。我走在一号路上，经过两个坡，走到半面井土地的南端。这南端是附近的一个高地，公路东边的地里有一个高高的柱子，像是手机信号发射基站。我站在这个高地向北拍摄半面井及上方的天空。从高地往四周看，小麦、莜麦、胡麻等粮油作物基本收割完毕，地头露着兜茬，秸秆散落着，等着打捆机来打捆成疙瘩。蔬菜已收获多半，烂菜帮子散落在裸露的褐色地里。

　　东坡及东坡一带的成片杨树林对我有着强烈的吸引力。在高地上能清楚地看到，不时有自卸装载车拉着满车的土从东坡上拐下来，沿着东坡旁边的二号路往乡里方向开，车速很慢，显然载土过重。也不时有空车沿二号路从乡里方向轻快地开回，在立着"半面井冷库"牌子的地方往东一拐，就开进东坡。土是拉到乡里易地搬迁房的施工地，那儿需要大量的土方。挖土方已经把东坡挖了一个不规则的大坑。年初刚来半面井，熟悉地形时，我就发现了这个坑，当时坑只有现在的一半大。到了五六月份，东坡的坑里出现大型钩机，陆续有车来拉土。发现此事后，我曾问过张旭东，这东坡是哪个村的？张旭东说，是咱们村的，东坡往东有一条土路，早些年，从咱们村去县城，走的就是那条道。现在有了车，那条路渐渐荒废。我说，那么这些土方属于半面井，不能随随便便被拉走。张旭东又说，以前修秦二高速公路也拉过，都是白拉，没给过半面井一分钱，这次拉也没告诉半面井村的任何一个人，更没给过一分钱。我说，这可不行，咱们得找乡里讨说法。我让张旭东测算一下，乡里易地搬迁工程从东坡拉走了多少土方，该值多少钱。我还向孙大军、吉总咨询土方的市场价格。最后，村"两委"与党员代表共同开会，议定东坡已拉走的土方保守估计值二十万元。为这事，我和张旭东跟王三军念叨过两三次，说半面井东坡上的土方很好拉，用钩机挖到车里，车不用拐弯，顺着路一会儿就送到工地，但东坡上有树林，挖土方已经影响树林，说严重点，这是在破坏树林，要受到处罚。王三军笑了，也不与我们争辩，起初说不清楚此事，后来答应与有关方面协调，给予半面井适当补偿。

站在高地上，北望村庄，想起水浇地故事、东坡土方风波，我苦涩地笑了。

我走下一号路，要去东坡拍几张照片留作资料。我准备从兜苴里直接往东穿过去。兜苴挡着我的道，秸秆、杂草、荆棘时不时隔着衣服刺痛我的腿脚，我小心翼翼地稳步前行。途经种胡麻的地块，我从散落的秸秆堆里和地里，拾到几根带胡麻球球的胡麻穗。我把胡椒大小的胡麻球球撸下来，在手掌里捻捻，吹掉糠皮，嚼在嘴里，像炒过似的，真香。地里，时不时冒出鸡蛋大的石头块，我很纳闷这土里怎么那么多石头蛋，心里想，要都是康坝肉石就好了。虽不是肉石，但放在鱼缸中也还不错。于是，我沿途捡了一些放在裤兜里。

途中，遇到一片青莜麦地，隔一条小路，东邻有户人家在收莜麦，莜麦已经收割好，一把一把地架成小堆，包裹着头巾的女主人正坐在路中间歇息，我打了个招呼，把她吓一跳，她完全没注意我的到来。正与她聊着，有一台拖拉机突突地穿越金色的阳光往这边开过来，已经开过村里的小庙，她男人来了。与男人说了一会儿话，得知旁边那块青莜麦地也是他家的。知道村里年底要养牛，到时肯定需要大量青饲料，所以就给这块旱地种上了青莜麦。我暗自佩服这两口子的远见。我用相机给他们照了几张照片，就继续往东走。顶着太阳，感觉衬衣有些粘身。

穿过田野、杨树林，路过几堆已经大幅缩水、颜色黑褐、味道馊酸的白菜帮子，爬到东坡上，我有些气喘。东坡的大坑里，有大小两台钩机正在作业，把土从上面钩下来好装车。高处坑边一两米处，一棵小杨树立在那里，似乎在注视着钩机，看你想要把我怎么样。我把这个场景从多个角度拍下来，然后，我绕大坑一周下了坡，回半面井村。

我慢慢地走，走了半路，一辆装土的车从坡上跟了过来，追上我。我给车让开道，顺着大路边走。车上的胖司机光着膀子，胳膊上露出刺青，问我拍他的钩机做什么，我说不做什么。他又问我是干什么的，我说什么也不干。他还问我是哪儿的，我说是半面井的。最后他说，你最好把刚才拍的照片删了。我站在那里，看着他，摇摇相机，平静地说，好不容易照的，删了多可惜。那个司机把车停下来，似乎想打开驾驶室的门下来，车里还有一个人把他拉住了。我不再理他，继续往前走，前面就快到牛场了，那里有我们的人，光天化日，朗朗乾坤，我才不怕他。装土的车也往前开，比我步行快。我盯着车子，看它往那边开，结果车子竟然拐进了牛场。我依旧不紧不慢地走，也进了牛场。

村里的泥工崔大平正在砌牛场门口的柱子，牛场南棚已装上了彩钢顶，南边院墙护栏待安。

　　牛场里，刚才遇到的那辆车就在空地上停着。我往里走，看到张旭东和刚才那个胖司机一边说话一边往外走。胖司机的车子出了毛病，好像要向张旭东借什么工具。我把张旭东叫住，问刚进牛场的装载车是哪儿的，怎么到咱们牛场来了？张旭东说，是从东坡上给乡里拉土的车。我说，拉土的司机很厉害，不让我在东坡上照相，还要我把相机里的照片删掉。胖司机吼起来说，照我的钩机，就是不让照。你是什么人？张旭东说，在我们村扶贫的第一书记，省里来的。我问，他是什么人，这样霸道？胖司机嚣张的气焰开始有些缓和。张旭东把我拉到一边，悄悄地说，乡里的小地痞，混社会的，别招惹他，咱们牛场所需要的土还要找他拉呢，免费的。听到张旭东这样说，加上我本来就不想把事闹大，于是我不再言语，待了一下就走了。

　　在牛场门口，我与崔大平聊了几句。村里能砌墙的人很多，但真正能把墙砌得平、直、稳的技术活儿只有崔大平拿得下。崔大平以前除了农忙、村里有盖房的活儿时在村，其他时候都在外面干泥工活。按说崔大平的收入应该不低，但是他有次开拖拉机翻了车，把腿伤了，没有根治，每年复发数次，从此在外泥工活也干得少了。我问崔大平，怎么不在村里带个徒弟？崔大平说，谁学啊，年轻的都出外了，年老的没人愿意当徒弟。

　　回到村部住所，我把捡来的石头放在窗台上，坐下来清理鞋里的沙子，发现鞋面、袜子、裤腿上沾了好些荆棘，有的已经穿透鞋袜裤，触及皮肤。这些荆棘干得和秸秆颜色相似、一厘米左右长、缝衣针般粗、有些硬但很脆，蹭得皮肤瘙痒难忍。我小心翼翼地把这些荆棘一根根摘出来，费了好大工夫，好几次把手指头扎疼。摘荆棘时，接到微信通知，明天上午县委书记讲党课，所有村书记、驻村工作队到乡视频会议室听课。

吃晚饭时，我把这番遭遇说给欧阳、许振村听，他们都说咱们有组织做后盾，伸张正义，没有做什么不对的事，不怕威胁与恐吓。我说，东坡取土补偿涉及半面井村民的切身利益，咱们工作队必须出面帮助半面井争取到尽可能多的补偿，这也是咱们工作队一桩必须要做的事。村民是弱势群体，工作队不帮助他们，没人会主动考虑他们的利益，如果他们知道自己的利益受到严重侵犯并且找不到正规渠道解决，就可能发生上访事件，那时咱们工作队在工作上就被动了。我这番话是有依据的。前一阵子，乡里通知半面井村，要做好一户村民的上访工作。那个村民属贫困户，常住县城湖边的棚户区，县里统一规划该棚户区整体拆迁，结果这户村民因拆迁补偿一事上访。村民的户口在半面井，常住县城，涉及的事情也在县城，这工作怎么做，张旭东和我们正犯头疼呢。

35 追赶九月 2

乡视频会议室不大，乡领导、村书记、工作队挤在里面，满满当当，起个身就会把后排桌子拱起来。县委书记的党课也就讲了十几分钟，视频突然没了信号，乡党政办公室主任拔插视频线多次、开关机器多次都没信号。后来与县联通公司联系，联通公司说正在检查原因。康坝的夏天没有冷空调，小小会议室聚了好几十个人，非常闷热，有人打开窗户透气，窗户上的沙尘一下涌进来，赶紧又把窗户关上。又等了一会儿，办公室主任从外面回来，说通讯光缆断了，联通公司正在抢修中。这时，王三军发话了，光缆不知道什么时候修好，大家集中到一起不容易，党课听不成，咱们也不能闲着，他先给大家介绍全乡发展计划，然后乡里再听取各村贫困户收入摸底情况汇报。

开完会，我们工作队和张旭东去了王三军办公室。我向王三军诉说了昨天人身安全受到威胁的遭遇，让他看我手机里东坡一棵树脚边就是人为深坑的照片。我说，东坡是半面井的资源，东坡取土破坏美景、破坏资源、侵害村民利益，说得严重些，是盗挖半面井集体财产，属于犯罪，半面井提出补偿理所当然，在哪里都能说得通，请王书记管管这事，王书记要是管不了，有村民说要报警呢。王三军说，乡里一定会管这事的。让我们回去再合计一下，到底从东坡拉了多少土方，要求多少补偿，他会给协调。但原先要求补偿

186

二十万太多，建筑公司不会答应。

第二天上午，我领着从县里请来的专业人士到东坡土坑现场，张旭东、萧祚及村里几个人跟着。专业人士讲，大坑已挖成这样，形状、大小无证据能说清楚，挖了多少土方无法准确评估，但建筑公司肯定有准确数。我说，建筑公司不会告诉我们拉了多少土，所以才请专业人员评估。专业人士说，真不好评估，硬要评估，评估结论也不会可靠。最终还是我们自己做了评估：一辆车一次能拉二十五方，一天八趟，十辆车拉六十天，共拉六万方，一方土五元，这些土至少值三十万元。这个数字比原先的二十万元还要多，不能前后不一致，那就还向王三军说二十万元。

又过了两天，察北税务局董局长来电说雪沃公司开始收土豆，我们工作队便带着由九个村民组成的考察团前往察北考察。

这次行程安排有三项：考察察北区雪沃公司土豆储藏仓库、薯条车间、高老头种植基地。仓库正在收纳土豆，装有上吨重土豆的专用帆布袋被吊车从大货车车厢里吊起，帆布袋下面的兜布被工人松开，土豆从帆布袋掉到传送带上，大型、复杂的传送机械对土豆进行大小筛选，将符合规格的土豆传送到仓库。村民考察团每个人都很兴奋、很好奇，雪沃公司王总耐心地解答他们提出的问题。在车间上方四周的游览走廊里，透过透明玻璃墙能清楚地看到薯条车间的自动化流水作业过程。考察团的成员们啧啧不已。当被告知这些薯条会销往欧洲几大快餐店时，他们中有人表示不可思议。在高老头种植基地，一台大型拖拉机正在望不到边的地里来回起土豆，土豆从地里骨碌碌翻到地面上，再由人工从地皮上拾到小网袋，然后倒入大帆布袋里。拾土豆的工人主动均匀地分散在拖拉机开过的地方。土豆大小非常匀称，每亩产量至少八千斤。村民看呆了，他们的亩产能达到四五千斤就已满足。张庚午、萧祚、崔连长更是感叹。帆布袋装满后，被吊车吊装到大货车上。

考察完后，我请王总给考察团讲两句。王总说，这个生产基地种出来的土豆品质优良、产量可观，这是土壤适宜、品种优良、规模种植、精细管理的结果。半面井土壤不错，适合种土豆，但试种并不理想。我想告诉你们，种地来不得半点虚假、偷懒、侥幸，只有老老实实、一丝不苟地按技术操作，才能收获满满。多数村民连声说是，有些村民认为土地流转是个难事。我说，回去咱们多宣传科学种地、土地流转的好处，明年大规模种土豆，请王总做技术指导。下午，返回半面井，大家一路依旧兴奋，谈论所看所想，有的甚至畅想土豆已经给村里带来幸福的日子，但张旭东情绪有点差。

一周后，北牛棚、西北办公房均上了彩钢顶，南护栏正准备前期工作，又有省局同事来探。接着，接到王三军电话，他说康坝镇考察团计划来督垦乡考察学习扶贫工作，考察团阵容庞大，一行四十余人，镇书记、镇长带队，来的都是镇干部、村支书、村主任、第一书记，乡里比较各工作队的工作情况，决定让他们来看看半面井，我们不用做格外的准备，如实介绍情况即可。

说是不用做特别的准备，但我还是把康坝镇考察团的考察当一件较为重要的事来办。我盘点了驻村以来为半面井做过的点点滴滴：从深入调研、摸清情况到制定脱贫规划，费尽了我们工作队每一个人的心血。产业项目有肉牛养殖合作社、手工编织、蔬菜种植合作社、冷库，养殖合作社已经取得工商执照、牛场已具雏形、手工编织刚刚起步、效果很好，种植合作社计划明年实施，已经在酝酿大规模土地流转，冷库是我们驻村之前半面井村"两委"干部的杰作，促进了半面井及附近村子发展蔬菜种植，引导了半面井村内外村民从事蔬菜相关劳务，是半面井已有的脱贫载体；基础设施几乎从空白抓起，一件件落实，村部已改造得像个样子。太阳能路灯今年已安十盏、明年计划安十五盏以上。自来水已打好井，待建水井房，待入户安水龙头。电力增容已计划近期找电力局正式启动。村民脱贫内生动力最难培育，"等要靠"思想严重，村民通过考察学习解放了思想，村"两委"干部队伍通过工作队带动、引导得到了锤炼。

意外的事发生了。康坝镇考察团左等右等不见来，我接到王三军的电话，被告知考察团乘坐的大巴车坏在半道上，来不了了。没有等到康坝镇考察团，却等到市里一个通知：省委组织部组织省里知名作家开展扶贫文学创作，张家口市作协副主席白女士负责半面井。很快，白作家就跟我联系，简略地向我了解了情况，并要我提供素材。我把本来要给康坝镇考察团介绍的材料和许振村近期写的一个半面井村手工编织特写，用电子邮件给她发了过去。白作家说，她先看看，消化一下，到时再与我联系，初步计划近期来半面井采访。

白作家与我联系的这天下午，我又接到市扶贫办的电话，电话里说他们获悉我们工作队的工作务实、求真，要给我们的驻村工作编发一个简报，希望得到我们的配合。我把我们的做法、工作图片压缩成一个文件包，通过电子邮件发了过去。

正忙着，皮勇来到我屋跟我寒暄几句后说，牛场建好后，牛买回来，需要大量的秸秆饲料，现在就得储备秸秆，我想自己买个打捆机，帮助村民给地里的秸秆打捆，挣点钱给村里人还钱。我欠了村里人好多钱，听说购买农机有补贴，想向王处打听一下这方面的政策。我看着皮勇，问他怎么就欠村民好多钱了。皮勇说，两年前，我收了很多白菜做酸菜，结果酸菜没卖出去，大部分都堆在菜窖里，赔钱了，乡亲们的白菜钱也给不了，到现在还欠着。我说，有想法很好，明天上午电视台的人要来村里，下午我带你去农机站问农机补贴情况。

第二天上午，县电视台一行四人在靳南拳的陪同下来村里采访，听我们介绍了脱贫攻坚思路，观看了手工编织，参观了牛场建设，还去了蓝秀舞老奶奶家。村民集体学习手工编织时，常年卧炕的蓝秀舞不能去，但学习愿望强烈。宫妇联便带了几个人多次登门去教，她学得很快，编得很好，很快成了村里编的数量最多、质量最好的人。丁总第一次发手工编织劳务费时，蓝秀舞拿得最多，有一百多元。前几天，宫妇联收取手工编织品，蓝秀舞交的最多，有二百多个，劳务费能挣到六百多元。电视台询问蓝秀舞的感受，她说，手工编织让她这个足不能出户的人挣钱了，尽管挣的是小钱，也就是买个馒头、面条、日用品，但感受到了自己的尊严，同时，经过几个月的编织活动，自我感觉体质增强了，主动吸氧次数少多了。所以，她非常感谢工作队、感谢丁总。

又过了一天，我去乡里见王三军，把半面井合作社入股分红协议给他。王三军看了看协议，连说好。王三军还说，县里最近抓贫困户危房改造，要求工作队配合乡里工作、督促村里落实。王三军还告诉我两个好消息。一个好消息是，省里给每个工作队的综合经费下来了，已经打到乡财政所，工作队可以报销与脱贫攻坚相关的费用，综合经费五万元。年初河北会堂的动员大会上，省委副书记就讲过省里要给综合经费，可是迟迟不见到位，我们的工作费用开支都是自己垫的，幸好省局给了启动经费，不然伙开不了、住没地方、车开不动，寸步难行，对这笔经费我们可是望眼欲穿呀。第二个好消息是，东坡取土补偿协调下来了，建筑公司跟张旭东通了话，愿意支付八万元，张旭东基本同意。二十万元打了个四折，成了八万元。我说，这个折扣太大，太不把半面井当回事了吧？王三军说，王处，先把这八万元要到手，不然，八万元都不给你，咋整？

回村后，下午，我们工作队三个人开会，研究综合经费的使用，准备先把借的钱、个人垫的钱都还了，再结合剩余谋划支出项目。我们与财政所联系，被告知实报实销、报销需五人签字，不能预支。实报实销要按扶贫工作经费财务制度来，目前没有这方面的制度，何时出来未知，所以，实际上这五万元的综合经费等于不存在。签字的五人是村主任、第一书记、包村的乡领导、主管扶贫的乡党委副书记、乡长。不能预支的规定让人头大，意味着借的钱、个人垫付的钱都还不了，以后还得先花钱再报销。我们找财政所长理论，他最后说写个借条，经乡党委书记签字同意即可。后来，与其他工作队互相打探报销情况，都说面临类似的问题。省直工委钟建正处长说，他将向县里反映一下各工作队的意见。过了几天，财政所说，工作队以第一书记的名字在农业银行办个储蓄卡，财政所给卡里打两万元作为预支。紧接着，乡里在征求了我们的意见后，出台了工作队综合经费支出管理办法，对预支、支出范围、报销流程等做了具体规定，其中支出范围包括所有与扶贫工作相关的支出、用于贫困户的支出、个人驻村伙食补助的每天二十五元。

36 追赶九月 3

九月也是给牲口准备过冬饲料的月份。过了这个时间，饲料会涨价，正式入冬，价格会涨得更高。遇大雪连天，饲料就不是饲料，是牲口续命的东西，多少钱都得买。

工作队与张旭东商量，饲料从村里收购一些，再外购一些。从村里收购秸秆疙瘩、青莜麦，花钱少，还能让村民挣点钱，但秸秆、青莜麦需要粉碎，与其他精饲料混合搭配，才能当饲料。有必要给合作社购买几台饲料机械。外购发酵好的青莜麦、酒糟等，虽然价格贵些，但却是生产牛，特别是生产前后的生产牛加强营养所需要的。外购饲料，有必要到生产饲料的地方去考察。

九月下旬的一个上午，我们工作队与张旭东、张庚午一起考察饲料机械和饲料。在将要进入康坝县城的南面的一条公路边上，有几家农牧机械销售公司，每家公司都用铁丝网围了一大块空地存放农牧机械，两只藏獒用铁链拴在一角。没有客户的时候，解开铁链的藏獒会在铁丝网内游荡。花了整整一个上午，比较来比较去，张旭东最后决定到最大规模的那家公司购买，饲料混合机六千多元、青贮粉碎机四千多元。

中午在路边随便填了填肚子，我们又直奔万全考察青贮饲料。万全很近，离康坝不到一百五十公里。

万全税务局的一个副局长领着我们看了两家在方圆几百里都较

有名气的饲料厂。第一家的老总不在，一个姓田的经理接待我们。我们参观了他们的大型青贮窖，八个青贮窖一字排开，窖上盖着严实的薄膜。他们与察北管理区的一个牧场签订了六万吨的大供应合同。谈判商定，给我们的价格，不带玉米粒的青贮，每吨二百九十元，带玉米粒的，每吨五百多元。随后，我们前往参观他们的大院，里面有生产区、种植区、养殖区。种植区里有蔬菜棚子，种着多种蔬菜。养殖区里养着鸡鸭猪羊牛孔雀，一个上了年纪的工人正在手工铡秸秆，旁边卧着一条看家大黑狗。第二家的老总姓赵，该公司无玉米粒的青贮每吨三百元、干秸秆每吨五百五十元，运往康坝的运费奇高。赵总解释说，康坝县无回货，满车去经常空车回，过路费、油费都贵，特别是最近查处超载严厉，运费上涨得厉害。我们把这两个饲料厂的电话都留了下来，约定牛场建好了，假如需要就跟他们联系。

第二天上午，我们从张家口返回半面井。下午，我说，快过国庆节了，我们工作队每人去一个贫困户家里看看，慰问金一户三百元，从综合经费里出。去谁家呢？与张旭东、张庚午商量后，决定去"1+5"联系人中的生活困难家庭。晚上，张旭东陪同我们工作队三个人前去看望，我联系的贫困户崔大平不在家，他家的蔬菜、莜麦都已收完，他出门干大工活去了。

次日一大早，工作队与张旭东一起去县城与闫拥军会合。按照昨晚与张旭东一起列的清单，挨个走访县里多个职能部门。

县电力公司的经理很热情，对我们因扶贫养殖产业项目提出的电力增容需求一口答应，并表示全力支持扶贫工作，只需半面井村提交一份申请。经理告诉我们，电力增容有相关政策支持，我们的电力增容在免费范围内。

在县扶贫办咨询肉牛养殖补助时，扶贫办给我们看了一份扶贫办文件，我们发现给予半面井贫困户入股养殖合作社的补助金额比原来报的总金额多了十八万，等于给每个贫困户增加一千九百三十五元。这样，合作社与贫困户原先签订的分红协议只得作废，需重新签订。县扶贫办说，养殖补助申请手续最后会报到财政局农牧科，由他们审核把关后，这笔款才能转到我们的账上。

在水务局局长办公室我们见到了水务局王局长，但其已调任县委老干部局局长，目前还没到新单位报到。王局长说，还以为半面井村的自来水通上了呢，怎么还有水井房没有建好？接着，王局长把我们引见到主持水务局工作的任副局长那里。任副局长当场电话指示确定人员及时间去给半面井建水井房，并就人事变动耽误半面井自来水项目建设向我们道歉。

县财政局主管扶贫款发放的刘副局长下乡了。打通电话后，刘副局长表示，具体事宜可以找农牧科王科长办理。农牧科王科长仔细看了看我们带来的资料，又翻看了一份文件。王科长说，县政府文件里没有半面井的名字，半面井村不能申请养殖补助。我接过王科长递过来的文件。文件附件里有一份给予财政补贴的扶贫项目清单，清单"补贴项目"一列中有"督垦乡肉牛养殖"，无"半面井"三个字。我从头到尾一个字一个字地看，希望能从字缝里找出"半面井"三个字来，但找不出来，确实是这样写的！这份红头文件是县政府文号发的，权威，不容置疑！我说，据我所知，督垦乡就报了一个养殖项目，养殖项目只有半面井一个村报，所以这份文件所指的督垦乡肉牛养殖就是半面井肉牛养殖，两者是一回事。王科长说，我只依文件办事，很清楚，半面井不能享受这个补贴。

我们愣了，好在康坝县城不大，财政局与扶贫办离得不远，我们赶紧开车回到县扶贫办。扶贫办的人把上报给县政府的请示和县政府这份文件进行比较，县政府文件就是依照请示发的，请示的"补贴项目"中写的是"督垦乡半面井村肉牛养殖"，比政府文件多了"半面井村"几个字。什么原因造成的，扶贫办一下子没人能解释清楚。

我们又带着这两份文件回到财政局。王科长看后说，这能说明什么？能让我同意把养殖补贴发给半面井？除非县政府把这个文件收回去，重新下发一个加上"半面井村"几个字的新文件，或者发一个明确"督垦乡肉牛养殖"就是"督垦乡半面井村肉牛养殖"的补充文件。王科长的话很明白，我们需要证明"督垦乡肉牛养殖"指的就是"督垦乡半面井村肉牛养殖"。就这样掰扯不清，我又给刘副局长打电话求助，刘副局长说，王科长一向坚持原则，他不同意我也不能押着他签字，现在还不到发补贴的时候，手续没办齐、牛还没有，回头再说，肯定能妥善解决。这时已近中午，我说先这样吧，最后不快而去。

下午，我们又抓紧办了几件事。我们安排县税务局办公室帮助打印修改后的财政扶贫款入股分红协议、股权证，打好后带回村里。接着去农牧局，找到尹副局长，咨询牛舍、牛犊、草棚的补助政策。答曰都需申报备案，建成后验收合格才能有补贴。最后我们带着张旭东、张庚午再次到农牧机械销售公司，除了看上次看过的饲料混合机、青贮粉碎机，还看了牛场要用的三轮翻斗车、小型拖拉机。萧祚前几天建议，牛场需要一个轻巧、有劲、省事的小型运输车，运输饲料、牛粪或拉个小东西用。农牧机械销售公司院内，凉风习习。这时，已经下午五点多，接到丁总的电话，她已到达半面井。

37　国庆之前

丁总是由他爱人开车送来的。她一见我就说，对前几天物流过去的编织品不满意，中国结基本不合格，别的还行。

丁总当晚让宫妇联把参与手工编织的村民召集到村部来开会。丁总跟他们说，我去美国的事已定下来了，美国签证没办妥，具体哪天动身还未确定。这次国庆节前来半面井，是担心万一动身去美国的日子确定，想来半面井却没时间了。来半面井，就想看看各位阿姨、大妈、奶奶们，跟你们说几句话，要真去了美国，一待半年，想见面、想说话都难。我先祝福半面井村子在王处工作队的帮扶下越来越好，大家身体健康、生活幸福、收入增加、心情愉悦、早日脱贫。听到这些话，大家不约而同地鼓起了掌。

丁总继续说，二是要拜托在座的阿姨、大妈、奶奶们对编织像以前一样认真、负责，你们把东西编好，我负责把你们编的东西卖到美国去，让美国人跷起大拇指夸咱们半面井做出的东西漂亮、村民实在。

说到这里，丁总从书包里拿出一个塑料袋，从塑料袋里掏出五个中国结，摊在桌子上。

丁总让大家看看这些中国结，评点一下。

大妈们把中国结拿在手里，捏捏、抻抻，传递着看。有人说，没有咱们编得好，松松垮垮。还有人嘀咕，这是咱们编的吧。

丁总说，这是上次半面井编的，所有中国结基本上都不合格，没法在编织品上用。

一下子，大家都不言语。静默了一会儿，宫妇联说，怪我没把好关，我们拆了重编，算是练习了。

丁总说：这么个小东西，用料不多，手工费不高，外购一个也就五六毛钱，不值当拆了重编，只能当废品，但我想对各位阿姨、大妈、奶奶们说，编中国结也要用心，不能因为单个手工费少就不用心编，大家一定要重视每一件作品的编织，单个中国结手工费少，但编法简单、编时短、同样的时间出活多，只要肯干，收入不会减少。另外，从我的角度讲，你编得好，东西能卖个好价钱，我能挣钱，你也就能挣钱。如果编的东西不挣钱，那大家挣钱的机会也就没了。

丁总的一番话，激发了大家的情绪，你一言我一语，都说丁总说得对，要勤加练习，认真编好每一个东西，要求宫妇联担起责任把好关。

接着，丁总安排村民自己编织，到我屋里找我。丁总说，她没想到小小的中国结会编织出这么个岔子，她都不知道怎么处理，不知道如何对村民说，岁数都很大，怕说重了，大家面上挂不住，说轻了，以后还会发生。

我说，你给他们开会，我就在门外站着听呢，你说得很好、很到位，宫妇联是个很重要的人，咱们以后督促她，调动她的积极性，激发她的责任心，通过她间接抓好编织。丁总说是。

这时，宫妇联进来了，她问丁总啥时候结算上次的工钱，村民都说中国结的工钱就不要了，害得丁总赔了材料钱，不能再昧着良心要工钱。

丁总说，刚才开会说话有些激动，把工钱这事给忘了，这次来半面井之前，原打算就工钱的事与你们商量，所以没有算数，现在决定不扣工钱，待回去算清了，再给你们结。

接着我与丁总聊了聊她去美国的前因后果，丁总刚到半面井时，就说自己有可能去美国，去的话就至少要待上半年。以前了解的只是些碎片，今天总算连接完整。

一个旅美华人在美国办了一个中美文化交流活动公司，每年组织几批中国的民间文化到美国展览、演示。今年，河北省文化管理部门与这个公司达成意向，组织河北的民间文化到美国去，第一期选拔二十人。丁总作为杰出民间艺人被推荐为候选对象，同时作为候选对象的人多达六七十号。这几十号人，每个人都有绝活。

丁总对自己的编织绝活很有信心。组织者除了看绝活本身绝在哪里，还要看绝活能不能带来经济效益。丁总起初自己一人编，后来带徒弟，再后来创建乡村编织基地。目前她在邯郸、大连有生产基地，有专人按照丁总要求组织编织，货源不愁，半面井正在成为她的第三个生产基地。生产基地是丁总的坚强后盾，正是能带来经济效益的竞争优势。丁总正式入选美国之行的中国文化民间艺人代表后，曾坦诚地讲，确实有人编织水平在自己之上，但其仅仅是兴趣爱好，没有形成产业，综合来看，正是生产基地成就了丁总的幸运入选，所以，丁总还很感谢半面井那些学会编织的村民。

丁总说，到了美国后，她会通过微信视频对村民进行教学，还会安排香香来村里进行现场指导，她对半面井的编织还是充满期待的，她要把半面井作为她的根据地、大后方。

　　丁总这次来半面井，已临近国庆节。我们加紧工作。丁总继续指导村民练习编织转经幢，许振村草拟了张家口市白副主席采访提纲内容、起草了养殖专业合作社财务制度、撰写了《手工编织：超越现实与梦想》稿件。在我们督促下，危房改造的砖也运到了村民家门口，这些砖与牛场用砖同厂同价。此时，村里最后一批白菜、花菜基本卖完，平时的收菜地点、冷库偶尔还有一辆大车在收尾。种得不多的甜菜也已陆续送往乡里的收集点，粮食已全部归仓。临时晒场已经空荡，土豆部分起完，进入墙壁厚实的冷库。杨树叶子金黄，美得令人陶醉、留恋。村民又开始进入周而复始的懒散状态。

　　天已经明显转凉。半月前，树叶始黄。前几天，风骤大，温骤降，晚上零下二三度，白天十几度，已经冻人。杨树开始落叶，有佝偻的老太太收集杨树林中的落叶作柴火。村部大院里，杨树叶子飘落，院里的风扫着它们，聚到了院里一角。我们把这些叶子扫到大纸箱、编织袋里，送给收落叶的老太太。

　　国庆节放长假，我们准备回石家庄。欧阳去野地里挖了两大编织袋蒲公英，说蒲公英是好东西，泡水喝，去火防癌，弄回石家庄让亲家、表弟等几个亲戚分分。我和许振村蹲在地上，帮着欧阳把蒲公英中的黄叶、杂草、泥土择去。正蹲得两腿发木，张旭东找我商量，要给我们工作队、丁总带点土特产回去。我说，不带，村里还没有收入，还很艰难。张旭东说：这是村民对你们的心意，都愿意各家凑点东西给你们，是些坝上杂粮、土豆、土豆粉、莜面、土鸡蛋、白条羊，大概就这几样，也不值几个钱。羊我亲自宰，今年羊价便宜，多宰几只。我说，丁总可以收，我们不能收，你是让我们违反纪律呢。张旭东说，村民夜里悄悄把东西送到村部，就放在你的窗台上，转身走了，你收不收，王处还是收吧，这并不违反纪律、并不犯错误。我坚决不同意。张旭东又说，我们还有一个想法，想送给省税务局一面锦旗，表达半面井村民对省税务局无私帮扶的感激之情。我说，旭东你们把这事弄得太复杂了。

拗不过张旭东，只得同意张旭东的行为，最后商定我们提前一天回石家庄，张旭东就能把锦旗送给省税务局。

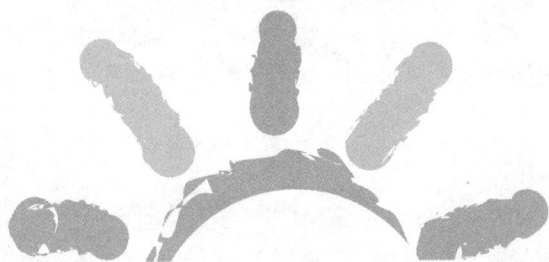

第 五 章

初冬的考验

38 十月急急

　　进入十月，动土的活已不能干，但村里还有许多活处于未干完的收尾阶段。国庆节假期，我人虽在石家庄，心却在村里。

　　总算假期结束，我和许振村搭车赶回康坝，欧阳因为家事休半个月的年假。我们直接到康坝县城，先从县城取了丁总发来的编绳材料再回半面井。沿途的杨树已秃顶，金黄已不见，田野稀落，唯有几大片向日葵还耷拉着脑袋立在地里。进入半面井区域，我心里的失落感更为强烈，原打算国庆节长假后拍摄一些半面井金黄杨树林的照片，打算成空，想拍得待来年，那是一年之后呀。

　　进入村里，未回村部，先挨个查看心中挂念的事情。工地无人亦无砖，南北两个红色彩钢顶牛圈已建成，南牛圈里的食槽未砌，水井房未见。原以为回村就能看已基本完工的牛场、建好的水井房、村里已吃上自来水，结果期望全都落了空。电话联系张旭东，张旭东还在地里起土豆，雇了十几个人，地表层的土豆已冻。回到村部，刚刚坐定，张旭东就开着他的面包车进来了。张旭东说昨天就没砖了，不好意思向砖场要砖，怕人家不按原先的价格卖给咱们。过节期间，水井房无人来建，找不到人。我哈哈一笑说，旭东呀旭东，怕砖厂涨价，你给我或闫局打电话呀，又耽误一天工期。咱们牛场建设早完工一天，牛就能早进圈一天，时间不等人哪。说完，我赶紧找闫拥军联系再买一车砖，估计够用还略有富余。

回半面井后的第二天，我们工作队去乡财政所找田会计修改半面井肉牛养殖扶贫资金补贴报告。按照流程，这个报告由乡财政所代养殖合作社提出申请，经乡长签字、乡政府盖章后报县扶贫办，扶贫办组织农牧局、财政局、扶贫办等部门联合组成的验收小组对肉牛养殖现场进行验收，验收合格后，再报财政局审核、拨付补贴资金。国庆节前去扶贫办，获悉补贴资金增加，得把补贴报告也做局部修改。尽管财政局农牧科的王科长对半面井能否享受补贴提出异议，但我还是要把这个补贴报告提前准备好。从乡里回村里，我们走的是二号路。二号路边的一大块空地上，甜菜疙瘩小山似的露天堆着，不时有拖拉机拉着满车的甜菜送来。甜菜不怕虫害，成熟后不怕冻，也不怕卖不了，邻县垣北、商都有大型制糖厂常年收购制糖甜菜，带动当地不少种甜菜的。甜菜的种植技术成熟，膜下滴灌，亩产七千斤左右。甜菜近几年的收购价格一直稳定，每斤二毛六，扣除成本，种甜菜稳赚不赔，每亩收入能达到八百至一千元，没有风险，只是赚得不如种白菜、土豆那么刺激。

从乡里回村后，我们又按照省局要求，向省局提交六十万省局帮扶资金使用情况报告，已花二十九万，其中预付牛场工程款二十万、自来水项目六万、村民服务中心改造三万。

回半面井的第二天，上午，我们先去乡里，按照前一日扶贫办的电话要求，补签一份乡政府对养殖合作社扶贫资金监管的协议。办好后，刚回村，便接到乡财政所会计电话，要半面井提供县扶贫办同意肉牛养殖扶贫资金以现金形式入股养殖合作社的批示。为了这个批示，我让许振村起草一份请示，按流程先报乡里，再找县扶贫办。请示递到乡里后，我们请乡领导帮助联系同乡的一个回民贫困村，想看看他们的肉牛养殖情况，了解他们的牛从哪里买来的。这个村里养牛的人说，垣北牲畜交易市场的牛就可以，他经常去买。晚上，工作队组织召开村民代表大会，通报近期工作情况、明年打算，决定肉牛养殖补贴以现金形式入股养殖合作社，决定择日去垣北买牛。会上，我趁着兴致，给村里党员干部、其他村民代表讲了一节扩大化的党课。

村里的残垣断壁很多。国庆节期间，县委组织部部长听说半面井脱贫工作有干货，特意到半面井来看看。临走时对乡党委书记王三军说，半面井村容村貌要提高，县里有明确要求，无人住的破房子、影响村容村貌的残垣断壁要拆除，临街院墙要整齐、美观，半面井改清拆做得不彻底。

为此，乡里召开专门会议，要求贫困村按照县里要求把破房子、残墙拆除，宅基地原来是谁的，现仍旧是谁的，村里不收回，驻村工作队督办。我们正准备开车出村部大院去乡里开会，县税务局驻村队来了，带了一箱土鸡蛋、一箱蔬菜。许振村正患严重感冒，我安排欧阳与许振村陪着他们在村里转，我和张旭东去乡里开会。会上，有人询问拆除费用谁出？王三军说，县里没说，肯定会有出处的，村里先垫支，回头乡里拨付。

上午开完会，下午靳南拳就到半面井来督办落实组织部部长的要求。我问张旭东怎么办。张旭东说，拆房拆墙需要租钩机、需要请人手，这费用从哪里出？我说，王书记说得很清楚，村里先垫支，回头乡里拨付。张旭东说：这事咱们不能干，我先干了，乡里不给钱，干活的人找我要钱，我去哪里找钱？我总不能天天蹲乡里要钱，要先见到钱，咱们才干，这拆除的事先缓一缓。靳南拳说，乡里考虑了村里垫支拆除费用困难，决定给你们找钩机和拉土的大车，村里不用管钩机和大车的租金，只负责其他拆除的杂活，杂活的最终费用也不用村里支出。张旭东说：这样好，杂活村里先按记工处理，年底算账。我们同意拆除，但怎么个拆法？村里很多人不愿意拆除、宁愿塌在那里。

经几个人商量，最后决定，先动员村"两委"干部、党员、村民代表拆，再动员其他村民拆。我、靳南拳、张旭东、张庚午围着村子整个转了一圈，所有的街道都走了一遍，圈定要拆除的破房残墙，估算工程量。宫妇联有个破院落，就在村部出门往南的拐角处，外墙土坯已经脱落，房顶已塌陷了一半。给宫妇联一说，她痛快答应。还有几家需要拆除的，我们入户或张庚午打电话宣讲政策，进行商谈，也都没费什么劲就谈妥。靳南拳对村里的做法非常满意，说联系钩机、大车，争取明天就来。

次日，我们工作队与张旭东在闫拥军的陪同下，又到扶贫办、财政局办理养牛扶贫补贴事宜。在县扶贫办，我们与扶贫办主任见了面，我向他讲述了半面井肉牛养殖补贴申请还是没有通过的情况，请求他和我们一起去财政局，把扶贫办文件与县政府文件存在差别的情况向财政局说清楚。开始，扶贫办主任不愿意去。后来我说，半面井肉牛养殖项目的财政补贴已经纳入扶贫经费预算，要是预算没完成，是要说明原因的，扶贫办打算怎么给县里说明原因？扶贫办主任这才同意和我们一起去财政局。在财政局，县扶贫办主任与我们一道见到了主管领导刘副局长、农牧科王科长，扶贫办主任向刘副局长、王科长解释了县扶贫办文件与县政府文件存在差异的原因。但王科长坚持半面井不符合县政府文件要求，不同意给半面井肉牛养殖发放补贴，除非县政府重新发文或发补充文件明确。刘副局长也表示支持王科长的工作。

我再三考虑，决定去县政府找袁副县长。县扶贫办离县政府不远，我们把扶贫办主任先送回扶贫办，再去找袁副县长。康坝的县政府、县委、县纪委都在一栋楼上，属于筒子楼式的格局，房间都不大，有单间有套间。袁副县长的办公室属于单间，十几平方米，办公桌、书柜、单人床、沙发、摞得很高的文件资料把房间挤得满满当当。书柜旁边靠着两张康坝风电企业分布图展板，几家能源央企已经把康坝的风电资源进行了划分。

我向袁副县长简单汇报了我们的工作情况、工作进展，把我们遇到的困难反映了一下。袁副县长说：我对半面井的情况一直非常关注，从乡里、县里有关部门上报的材料中知道你们为村里做事实实在在，我还曾去半面井亲眼看到你们为村里做事实实在在。他把我递给他的县政府文件反复看了几遍，然后把县政府文件摊在桌子上，左手五指伸开按住文件，右手执笔在文件眉首空白处批写了几行字。写完，袁副县长操着康坝话一字一句慎重、缓慢地念了一遍，然后把文件递到我的手中。从县政府出来，我给县扶贫办主任打了个电话，告诉他袁副县长有批示，半面井肉牛养殖补贴以现金形式入股养殖合作社，不需县政府另行发文，我们明天再去县财政局找刘副局长。

次日上午，我们去县财政局找到刘副局长，把袁副县长的批示给他看。刘副局长拿着批示领着我们下到三楼去找农牧科王科长，王科长不在，下乡了。刘副局长让我们把袁副县长的批示等相关资料留在农牧科，回去静候消息。我留存了批示的一份复印件和手机照片。下午回到村里，发现马桶堵了，储水的大水箱里有水，却流不出来，拧下阀门，发现管道里尽是淤积的泥沙。井水从房子后面的井里抽进大水箱里，已含大量泥沙，需要净化相当长一段时间才能用来做饭、洗菜，现在已经影响卫生间洗漱、马桶的正常使用了。我立即给张旭东打电话，询问水井房建设的进程。张旭东说，联系了多次，老说马上来施工，却一直没来。欧阳又赶紧到县城采购通马桶工具、通下水道工具、洗手液、洗发液等。

第二天是个周末，天气很好。许振村建议去趟商都，看看商都的风土人情，有没有饲料厂和牛场可看。

许振村从网上查到，商都有个制糖厂，有些规模，制糖厂卖甜菜渣。甜菜渣是制糖的副产品，是甜菜块根、块茎经过浸泡、压榨提取糖液后的残渣，是家畜良好的多汁饲料，适口性强，因含粗纤维较多，对母畜有催乳作用，是喂牛的上好饲料。

于是，我们前往商都制糖厂。商都制糖厂在商都经尚义去往张家口市的公路旁，一条宽阔的公路非常好走，有拉甜菜、白糖的大车进进出出。制糖厂经营部张部长热情接待我们，为我们介绍了公司基本情况、生产规模、饲料产品种类、价格，还领我们参观了饲料生产车间。甜菜渣不愁卖，基本上是出来就被人买走了，买得多还得提前预订，让糖厂帮助收集。饲料有甜菜粕颗粒、甜菜粕丝两种，甜菜粕颗粒呈食指粗、长五六厘米的圆柱状，由甜菜粕丝挤压、烘干、切断成型而来，水分含量极少。甜菜粕丝是甜菜疙瘩切丝榨糖后的渣子，根据含水量多少分为全干、半干、全湿三种。甜菜粕颗粒、全干甜菜粕丝的价格较高，每吨一千七百五十元。半干甜菜粕丝，每吨二百五六十元。全湿甜菜粕丝，每吨一百多元。我们中意的是半干甜菜粕丝，与张部长约定需要时再来购买。从商都制糖厂出来，我们往垣北走，经过尚义。路上，许振村给在乌兰察布市税务局的同学打电话，请帮忙从商都县税务局找个熟人联系商都制糖厂，如果甜菜渣价格合适，过几天我们去个四十吨的车先拉上一车。电话很快打了回来，联系的价格比我们在制糖厂询问的还要高一些。

从商都进入尚义后，我们通过导航直接来到垣北，在垣北县税务局宿舍住了一宿。第二天，我们在垣北县税务局一位副局长的陪同下考察垣北糖厂。垣北糖厂是个中外合资公司，比商都糖厂要大，新建的厂房十分气派。垣北糖厂厂区很大，各车间相隔很远，通过大型管道连接起来。我们参观了一个出半干甜菜渣的生产车间，半干甜菜渣从一个粗大的管道里运出来，掉到地上，装进大编织袋，再堆到一角。询问价格时发现，垣北糖厂的甜菜渣价格比商都还高。

周一一上班，我们就去财政局见了刘副局长。刘副局长说，有了袁副县长的批示，财政局同意半面井的肉牛养殖补贴申请，王科长和我都在申请表上签了字，也盖上了财政局的公章，下一步要做的事是验收贫困户入股养殖合作社协议、牛场。离开财政局，我们前往县扶贫办，约定扶贫办组织验收组明日到半面井进行验收。之后，我们又去县农牧局找林局长咨询事情，林局长不在，去县里开会了。我们在办理这些事时，张旭东接到电力局通知，需要到电管站填写电力增容相关表格。袁副县长批示的那天下午，我们找电力局联系给半面井电力增容，已向电力局提交书面申请，电力局内部程序已经走到电管站。下午，我们回到村里，牛场西头的青贮窖正在施工，张旭东让人在长方形青贮窖的三边用钩机挖了四米多深、十几厘米宽的沟，在沟里埋上钢筋再浇注水泥，水泥已经凝固，青贮窖里的土已经被钩机掏尽，正砌青贮窖地面部分的低矮围墙。牛圈里正在焊拴牛的铁环，我数了数，一组十七个，照此估算，可拴牛二百多头。

次日上午，县扶贫办的验收组如约而来。扶贫办副主任领着五个人，包括县人大财经委的一个委员、一个养鸡大户，验收半面井肉牛养殖补贴资金现金入股手续是否真实、齐全、合规。他们查看了养殖合作社与贫困户签订的现金入股协议、分红协议、乡政府监管协议，并随机走访一个贫困户，这个贫困户恰巧是养殖大户，家里养了十只羊、三头母牛。验收组的验收结果是半面井肉牛养殖补贴资金现金入股手续真实、齐全、合规，并对我们的工作表示肯定。

第二天，我们把扶贫工作报告分别发送到郝晓磊邮箱、县扶贫办邮箱。下午，与张旭东巡视牛场时商量，请人在牛场外墙上书写标语、画上宣传画，彰显工作队脱贫攻坚的坚强意志。进入牛圈里面，查看牛圈，我们嘱咐二宝把牛栏架子上的毛刺打掉，避免牛来了伤到牛。

39 开鲁买牛

牛场已经建得差不多，天气一天比一天冷，得赶紧买牛进圈。我和许振村做了分工，我带了一个七人团队去买牛，许振村留在村里负责日常工作。

七人团队成员有邻村杨支书、靳南拳、张旭东、我及村里其他三个人。邻村杨支书是远近有名的能人，是县人大代表、当地牛羊养殖大户，通过多次会议相识，他的牛就是前年从内蒙古开鲁县牲畜交易市场买的，两年前他把羊场和几百只羊传奇般地以最高价格成功转让后，羊价绵延下跌直到现在，杨支书的名气得以响誉康坝草原。

我们先就近去了垣北牲畜交易市场，这个市场还靠袖子里头摸手指头的方式来讨价还价，真是古老、有趣。你去买牛，如果不会袖子里面摸手指头，你就要请一个经纪人，由经纪人替你与卖方通过袖子里头摸手指头来讨价还价。据知底细的人说，这种沿袭多年的古老方式已经失去诚信，经纪人会伙同卖方当面糊弄你，如一头牛值六千元，他会说卖方最低出价七千元，多出来的一千元他就赚走了，另外你还要支付经纪人费用。这种方式确实让人觉得不靠谱、不放心。再说垣北市场规模有限，要买到足够的牛至少要一个月，得有专人住在这里。杨支书对我们说，与开鲁的朋友打电话了，他欢迎咱们去开鲁，绝对帮咱们买最好的牛，开鲁市场大，一两天就能搞定。大家一合计，都同意去开鲁。于是我们中午就直奔开鲁，杨支书开车在前领道，我开车在后跟着。高速公路上车辆不多，我们迅疾而行，先往北至锡盟、再往东，紧赶慢赶，还是在离开鲁还有二百多公里的地方住了一宿。

晚上十点多时，许振村给我发来一个文档，内容是如何给牛估体重、估价钱。此法通过测量胸围、体斜长估体重，价钱则是时价乘体重。行家通过此法估体重，上下相差能在百分之五以内。次日早早起身，不到十点就赶到了开鲁。

在牲畜交易市场门口，一块大石头上刻着"开鲁牛市"四个刚劲有力的金色大字，大石头上面立着一尊大公牛侧身的雕像。大公牛耸肩、扭脖、拱角、甩尾，呈战斗状态，似乎势不可当。大公牛的双角如一对刺刀，颇具杀气。这令我感觉不舒服，在这市场交易的牛，属于菜牛，形象应该温驯、健壮，何必这么有杀气呢？进出牛市的大小车辆很多，争相鸣笛警示。

杨支书的朋友老董已在牛市门口候着我们。老董一看就是蒙古族人，身材魁梧、面色深赤。据老董介绍，东三省、内蒙古都有好多牲畜交易市场，其中内蒙古最多、大大小小得有近二十个，开鲁市场占地一百二十亩，面积中等，逢阳历一四七下午为集，最大日成交量一万头，年成交量达七十五万头，已成为全国最大的活牛交易市场。

老董领着我们把市场转了一遍，市场分停车场、交易区、办公区。停车场停满了大大小小的运牛车，大运牛车分上下两层，小运牛车就只有一层。交易区有十条蓝色彩钢顶通道，通道两边是由钢管隔成的大小相同、面积有限的矩形牛圈，矩形牛圈由市场向售牛者出租，用于存放待交易牛群。通道一头放置活动坡道，坡道高度可调整到与运牛车的车厢地板齐平，便于运牛。不时有牛群运来，被撵到牛圈里，牛互相挨着拥挤在狭小的牛圈里。今天是二十一号，下午有集，牛贩子们正在为下午开集做准备。牛个个健壮可爱、精神饱满，我们饶有兴致地检阅它们，多想把它们都买回去。老董说：你们先看看，不要着急买，杨支书是我的老朋友，我保证让你们花最合适的价钱买到最好的牛。

下午，一声锣响，牛市开集，牛市里一下子喧嚣起来。我们在多个牛圈转悠，牛贩子们争相向我们示好，热情招呼我们。开鲁牛市与垣北牛市大不相同，你不用会袖里乾坤，可以开口与牛贩子当场问价、讨价还价。这时，买牛的你得有丰富的买牛经验，你得知道品种、品相、健康状况，还得会目测估算体重、按时价估算价钱。如果你无经验，你可请一个牛中——经纪人，由牛中帮你参谋、选牛。整整一个下午，老董陪着我们转市场，给我们讲牛经，中间还带我们参观他在牛市附近的牛场。看着一群群牛走上运牛车，远道而来的购牛者满意而去，我们几个嘀咕着，今天是集市日，牛多，可挑选余地大，明天不是集市、可挑选余地就小多了，买老董家的还是别人的，不好选择，都差不多。正犹豫着，老董说，老婆今天生日，邀请大家参加晚上的生日宴会，他要亲自宰只羊。开始我没答应，怕吃人家的嘴短。后来靳南拳建议，还是参加为妥，内蒙古人好客、热情，好意不宜忽视，参加一下，老董一高兴，价格说不定能让一让。我们几个合计之后认为，各家的牛都差不多，品相都不错，老董家牛场的牛有不少，三百多头，挑选余地也大，再说老董确实说价格还可商量，就买老董家的算了。

晚上参加老董老婆的生日宴会。生日宴会就在老董牛场里的蒙古包里举办，参加宴会的只是家人、兄弟姊妹、牛场工作人员以及我们几个。宴会气氛热烈，老董及他老婆表演蒙古族风情节目。靳南拳特意去县城订了个蛋糕，先放到车上，待宴会进行差不多了，再突然把蛋糕搬到桌上。老董非常感动，气氛一下子推到一个新高潮，又是唱生日快乐歌，又是有人把老董和他老婆抹成奶油花脸，老董老婆直嚷，老董都不买蛋糕，还是远道而来的客人好。突然，老董从墙上取下一把马头琴，拉起了"赛马"，充满激情的乐曲招来大家的一致掌声，在大家的盛情要求下，老董还拉了一曲《陪你一起看草原》。老董真是一个不简单的草原人，让我刮目相看。

次日一大早，我们正式与老董洽谈购牛事宜。老董说，康坝是贫困县，开鲁也是贫困县，你们一心为村里贫困户着想的很多事迹，杨支书都给我讲了，我很感动，这次你们带着村里的乡亲从康坝来到开鲁买牛，我给你们让一点价，也算我为你们村里脱贫做的一点事。老董的主动让价让我感到意外和感动，他愿意每头牛比市场价便宜五百元呢。这次来开鲁，张旭东的银行卡里有贫困户入股合作社的自筹款、省税务局给予贫困户的养殖合作社帮扶资金及他自己的钱，有个大几十万。考虑张旭东银行卡里的钱数、牛的价格以及长途贩运的局限性，大家从老董牛场一百多头牛里挑了七十三头，其中有一大一小两头公牛，其余为两岁左右的母牛且多数带孕。最后，张旭东自己垫了八万多元，算作他现金入股合作社。最后，张旭东与老董签订了购牛协议。

我要老董开具买牛的正式发票，以便入账及经得起后期的各种审计。老董说没有，得找开鲁县税务局代开。老董有一个养殖专业合作社，按照国家税收政策，他卖牛开具发票是免税的。老董带我、张旭东到开鲁县税务局去代开发票，税务局工作人员声称不能代开，金额太大，怕有风险，任由我说破嘴皮就是不行。在回老董牛场的路上，我只好求助于内蒙古税务局的同行，向他说明情况，希望能够得到帮助。这位同行是在开会时认识的，在全国或华北片区会上经常相见。恰好这位同行一年前已下到开鲁县所在的市，任税务局局长，他热情地说，马上安排开鲁县税务局牛局长跟我联系。牛局长很快给我打来电话，我告诉他，我们买上牛后着急把牛运往康坝，康坝路途遥远，要赶时间，就不等这张发票了，让老董找个时间去找牛局长办理此事，票开好了由老董寄给我们。

回到老董牛场，挑好牛付完款后，我们当即雇了两台上下两层的大车装上牛，往康坝运。运牛的司机都是有经验的老手，知道运输过程中应该注意的事项，老董卖出的牛通常就由他们运输。老董对他们都很熟，要我们放心。可张旭东和我还是不放心，决定一个车跟一个村民押车。我们的小车不敢开得太快，运牛的大车跟在后面，若即若离。跑了两三个小时，我们歇脚查看车上牛的情况，发现有头牛晕车，站立不稳，精神不振，已被踩伤。赶紧联系老董，老董哈哈一笑，说不要慌张，长途运输活牛，遇到这种事情太常见了。与老董商定，我们找一家能圈牛的旅店，把伤牛卸下来，老董立马开车过来，我一个车留下等他，把伤牛移交给老董养护。等了一个多小时，终于见到老董。老董与这家旅店的人熟悉，就把伤牛寄放在这家旅店，委托旅店的饲养员照看，待牛养好了再运回康坝或退回给老董。再次告别老董，我继续前行，两小时后追上我们的运牛车。晚上，我们还在途中，寻个旅店住了一宿。

第二天下午四点多，我们回到半面井，七十二头牛终于进了半面井牛场。这天是十月二十四日，一个我和半面井人永远记得的日子，生产牛进半面井牛场，意味着我们致力的产业脱贫项目有了实质性突破、有了阶段性成果。我正要松一口气，卸牛时发现两头牛受伤，一头被踩伤，另一头被栏杆卡住，已经夹得头部充血，一只眼睛布满血丝。从开鲁往康坝，一路走下来，小心翼翼，每两三个小时，我们都要停车查看牛况、给牛喂饲料和水，不料到家之前还是又发生让我们十分痛心的事故。

牛从开鲁买回来的消息传得很快，不一会儿牛场便来了许多看牛的村民。村民十分高兴，对我们工作队表示感谢。我也十分高兴，牛场比去开鲁买牛前又有了大的变化，二宝把牛场建得已经能够住牛，萧祚把牛场搞得干净、整洁、有序，靠大门的东北墙边码了一大堆冬储秸秆垛子。萧祚非常细致、周到，早已准备好牛饲料、饮用水。牛对半面井牛场似乎感到陌生，在牛场里踱来踱去，不肯好好进食，好一阵儿才安静下来埋头进食。乡里的兽医来了，给牛打了免疫针，对受伤的牛进行治疗。

许振村向我简要说了说这几天的情况。去买牛的第二天，许振村向乡财政所会计、县扶贫办、乡党委书记王三军询问半面井牛场验收报告签字盖章事宜，几个要在上面签字盖章的职能部门中，唯独农牧局畜牧科工作人员未签字，农牧局未盖章。未签字的原因是县扶贫办组织人员去半面井验收时，该工作人员认为牛场用地未占用耕地、草地、林地，不需去而没去。闫拥军陪着许振村去农牧局找该工作人员，工作人员请假去张家口市看病了。今天上午，许振村找乡财政所会计询问扶贫资金申请表签字情况，会计说已把申请表转交给乡党委书记王三军。王三军说他也很牵挂此事，愿意帮我们去找县领导解决。

晚上，我们把一起买牛、卸牛的几个人召到村部大院吃饭，感谢他们的付出。大家都很高兴，喝了几杯，后来掰起手腕来。我也参与其中，竟然没有一个能掰过我的。不服气的村民要求换左手，亦是掰不过我。包括张旭东、老崔、王铁虎在内的人都大为惊讶。我说，我也出身农村，年少时农活没少干，这力劲是练出来的。

次日，王三军带着乡长、副书记、靳南拳专门到牛场来看牛。牛被崔连长等三个人赶到外面放牧去了。问明放牧的大体方位后，我们开车去找。车上到二号路不远，就找到正在一个坑坑洼洼的荒地里吃草的牛群。

风很大，阳光很刺眼，崔连长等三个人都穿着厚实的大棉袄，戴着有护耳的帽子，远看真辨认不出谁是谁。崔连长说，牛群与他们还很生疏，不大听话，稍有松懈就散开了，可不敢任由它们散开，怕跑丢，三个人都不够用。牛看起来很健壮，若无其事地在坑洼的地里，在凛冽的寒风中不按套路行动。三个老汉不时发出洪亮的吆喝声来制止出群的牛。实在不行，就小跑过去用鞭子抽回来。

王三军等乡领导都很高兴，听说牛们大都带孕，都盼着早下牛犊。这群扶贫牛是全县最近几年里扶贫工作队谋划的、扶贫单位出资最多、购买数量最多的牛群，深受县、乡两级领导及相关部门关注，其未来的脱贫成效也为他们所期待。

王三军对张旭东、崔连长说，好好养，不能让王处工作队的努力白费，争取半面井村早日脱贫致富。我与王三军谈到财政补贴资金到位的事情，盖牛场、置养牛设备、买牛、买饲料都需要资金，如今牛有了，这些财政补贴资金更为我们所急需，请王书记帮助与县里有关部门进行协调。王三军说，搞好协调是我们乡里每个领导干部的责任和义务，我会竭尽全力。

正说话时，接到丁总电话，她说已在来康坝的路上，预计下午到达康坝，这次带来了很有实力的姓雷的老总，要与王三军书记面谈。我把手机递给了王三军，王三军很高兴，连声说好，欢迎来督垦乡进行投资考察。

40 超级蛋糕

　　靳南拳领着雷总一行在督垦乡的几个山头转悠了大半天，考察了三四个村子。这些村子都是贫困户村，村小人稀、偏僻难行，但山坡平缓、空气清新、环境干净。

　　中午我在半面井村里吃了午饭，刚坐在床沿准备休息，靳南拳打电话告诉我，丁总一行已考察完毕，准备到县城吃饭，吃完饭就离开康坝，问我要不要见一下他们。

　　我赶紧叫上许振村开车赶到县城一家莜面馆，进到一个小包房，里面已坐了七八个人，刚刚点完菜，菜还没上桌。本来就小的房间，加上我俩的加入，更加拥挤。

　　这顿饭是靳南拳个人请的。靳南拳说，雷总一行大部分没来过康坝，那就品尝一下康坝的特色饮食吧。特色饮食上得很快，先是一碟咸菜，咸菜是用芥菜头腌的，是康坝饭桌上不可或缺的一道菜。我已习惯在饭前嚼一块小咸菜，若无咸菜就会觉得少了什么。我曾经探究过康坝吃饭必有咸菜的原因，觉得与康坝冬季漫长，之前冬季新鲜蔬菜流通稀少密切相关，即便现在已有新鲜蔬菜流通，但每顿必有咸菜已形成习俗。接着，莜面窝窝、莜面鱼鱼、手抓羊肉、烤羊腿等陆续上桌。大家没有饮酒，都吃得有滋有味，每道菜一上来就很快一扫而光。

　　边吃边聊，丁总把我们与雷总互相介绍了一下。雷总一行来自

219

省会，其公司为一家新能源投资公司，办公地址就在石家庄市高新技术经济开发区，在西藏、青海等地建有太阳能发电公司，把河北省多个已采空的地下煤矿成功开发成当地百姓欢迎、政府支持、煤矿公司感激的旅游观光产业。雷总对康坝的自然环境很感兴趣，专门带了规划部、投资部的经理和几个工作人员同行。雷总想在康坝搞新能源、滑翔机等项目。康坝风能、光能充裕，投资者争相趋之，已投资建成却因无电力指标而数年毫无效益的案例很多。雷总公司致力于风力及太阳能发电的储存技术研发，拥有多项能源储存专利技术，因而在康坝有相当大的市场空间。

康坝工业奇少，所以污染少。空气好、阳光好、风光好的康坝非常适合发展旅游业以及相关健康产业，以后交通设施完善了，进出康坝方便了，健康产业、旅游业必将成为康坝的朝阳产业，到那时，各地车辆频繁进出，会对康坝的第三产业发展有更大的促进。雷总公司正是看中这些，打算尝试进行产业转型，在康坝创办一个康复中心，康复中心主要针对京津冀，很有市场。此外，雷总有意在河北省建一个滑翔机基地，提供滑翔机飞行训练、比赛等项目，康坝的地形特点、地理位置非常适合建滑翔机基地。

听了雷总的介绍，我问，这些项目实施起来得多大投资？雷总说，几十个亿吧。我又对雷总说，几十个亿是个大数字，小小的督垦乡可能不知道怎么承接。康坝县的太阳能丰富，想来投资太阳能发电的公司很多，为此县政府出台了十分苛刻的太阳能发电政策，规定如果投资太阳能发电项目，需要附加一个六七千万元的其他项目投资，你的项目倒是符合康坝的投资政策。雷总说，我们的能源储存技术处于国际国内先进水平，拥有专利证书，具有绝对竞争优势。许振村建议雷总最好把投资方案写成文字，制成PPT，提供给乡里。我强调说，文案里还必须包括能提供多少就业、实现多少产值、创造多少税收、需要地方政府配合做哪些事情等。雷总点头称是，指示规划部经理记下这些内容。

上莜面窝窝时，靳南拳给雷总一行讲述了莜面窝窝"三生三熟"的故事。莜麦磨成莜面粉，要经历一生一熟：莜麦是生的，炒熟后再磨成面粉。莜面粉做成莜面窝窝，要经历二生二熟：莜面粉是生的，用开水把面粉烫熟，和好面做成窝窝。生窝窝上锅蒸成熟窝窝，此乃三生三熟。雷总一行品尝莜面窝窝后赞不绝口。随后，靳南拳又告诉大家，燕麦片其实就是压扁、开裂的莜麦，超市里卖的燕麦片好多品牌标明为国外进口食品，其实坝上也产，只是没名气，无人知晓。

第二天上午，我和许振村去找王三军，一是请假回石家庄休息几天，二是与王三军谈谈雷总项目实施的可能性。针对雷总公司对康坝的项目构想，王三军说，这可是个大蛋糕、超级蛋糕，康坝县有这么一个项目就可脱贫了，难道雷总公司想学广州恒大在贵州毕节投资三十亿元的扶贫做法？我说，也不是没有可能，雷总公司可能有实力也很有责任心，过一阵子雷总公司会做个项目PPT传过来，具体内容可以看PPT。我又说，恒大扶贫贵州，所上项目主要是蔬菜大棚、肉牛养殖，与我们的脱贫产业倒有些相似。王三军笑了，是啊，这些项目最接地气、最贴近实际，不好高骛远，我们最欢迎。

41 凶猛疫情

在石家庄休整了五天后，我们返回康坝。一进村，张旭东就告诉我一个不好的消息，牛得病了，得的是口蹄疫，已发现二十多头，这几天每天新增两三头。

牛的健康从一开始就是我最为重视的。买牛时，我们就向牛老板老董就牛的健康防疫情况进行了详细咨询，还索取了每头牛的防疫资料。所以相信买回来的牛在开鲁时绝对是健健康康的。况且牛一运到半面井，张旭东就请兽医按防疫要求给牛打了防疫针，按理应该不会得口蹄疫这种病。但这个病还是发生了，而且来得这么快。

我埋怨张旭东没有第一时间告诉我。张旭东说，开始发现时，我以为请兽医及时治疗、隔离病牛就能控制，所以没告诉你们，哪想到病牛数量一天天增加。我说，赶紧治疗，不能抱侥幸心理。张旭东说，正治疗，已花三千六百元。我说花多少钱都得治疗，并嘱咐张旭东不要把消息让更多的村民知道以免引起恐慌。

我问张旭东，咱们的牛得口蹄疫，原因可能是什么，分析过没有？张旭东说，牛场工作人员、参与买牛的人、村干部一块儿开会讨论过，认为可能的原因很多，运牛车辆消毒不彻底、运输途中碰到别的牛群、买牛时牛已经得了正在潜伏期的口蹄疫、放牛放到被口蹄疫病牛污染过的地方，都可能导致发生，但是到底是哪个原因谁也没法肯定。我说，原因咱们暂且不管，当前最重要的是治疗病牛、防疫好牛，减少损失。张旭东说，王处请放心，以现在的技术水平，口蹄疫可治，并不可怕，我们已经在兽医的指导下做好了紧急应对措施，一是每天清理牛圈，打药两遍，不忽略每一个角落；二是一旦发现病牛就予以隔离，目前已经设立了好牛、病牛隔离区，好牛在北边牛圈，病牛在南边牛圈；三是每天上午、下午给病牛打针治疗，已从网上购买防治口蹄疫的药；四是给病牛喂玉米等高营养好饲料。

我有些宽心，对张旭东说，万幸的是，口蹄疫可治，要是不能治那我们损失就大了，治疗口蹄疫咱们得有耐心，这么多牛，还有在潜伏期的，治疗需要时间，但愿尽早把牛全治好。张旭东说，病牛需要加强营养，最好给牛喂点酒糟。我当即与县税务局闫拥军、张家口市酒厂及啤酒厂所在的税务局联系，请他们帮助联系买些酒糟。

联系完毕，我去卫生间，发现马桶冲不了水。马桶没坏，储水桶里还有半桶水，有电，但压水泵不启动工作。我又给刚刚离开村部大院的张旭东打电话，他说锅炉房里的水泵冻裂了，前几天夜里已零下十七度，这几天整天为牛的事闹心，没顾上去换泵，一会儿他去县城买个新泵换上。

回到屋子里坐定，摸摸暖气片，有些微温。好在是白天，阳光充足，室内温度表显示有十七八度，穿上厚衣服还能待住。我脑子里千头万绪：自来水没修好，村里还吃不上自来水，肉牛养殖补贴手续没办好，扶持扶贫养殖的几十万元财政资金迟迟不到位，计划今年年底全村脱贫出列却给不了贫困户们依靠肉牛养殖产业巩固脱贫的信心。现在已进入坝上冬季的第一个月，更为寒冷的日子还在后头，又摊上这么一大群牛患上口蹄疫，我这个第一书记难当哪，相比较而言，还是坐机关按部就班工作舒服。

坐了片刻，喝了口热水，放心不下牛场的牛，便叫上许振村、欧阳一块儿到牛场。南面牛圈里，萧祚正在清理牛粪。另有田富贵等三人正在给病牛打针。病牛不配合，看到有人过来打针就闪躲，走开，后来只好把牛拴在拴牛桩上，一人拉紧缰绳，一人按住牛头，一人寻空把针扎入牛脖子一侧。牛劲惊人，牛槽上头的一排钢管，有的已经拧弯，有的在焊接处脱落。田富贵说，兽医来打过两次针，教会他们打针后就不再来，只电话指导，给病牛打一遍针得两小时，非常累人。

我问田富贵，口蹄疫是什么症状。田富贵就近牵过一头病牛给我讲解。我对田富贵说，老田，您是老支书，希望您能发挥老支书的作用，争取早日把牛治好，你们几个责任很大，我们工作队感谢你们，全村人也会感谢你们，口蹄疫治好后，我给你们几个请功，请你们喝酒。田富贵说，牛生病纯属意外，没有哪个人愿意牛生病，我们几个会一心一意按照兽医的指导把病牛治好。

听了他们的话，看到他们的行动，我很感动，我原先真怕他们中有人埋怨我们把病牛买回半面井，或者对病牛不管不顾，等着看工作队的笑话。

回到宿舍，我上网搜索口蹄疫资料，恶补相关知识。网上所述与张旭东、田富贵的说法差不多，口蹄疫可治，只是苦了我这些苦命的牛，它们大都是怀孕的呀，自身及胎儿都有危险。

次日，我正在学习《中国共产党廉洁自律准则》和党的六中全会审议通过的《中国共产党党内监督条例》，接到丁总微信电话，说又寄了一批编织材料过来，注意查收，另外这几天可能还要与雷总来康坝考察。

刚挂断丁总电话，欧阳兴冲冲地到我屋里来告诉我，水井房开始建了，在卫生间的东墙边就能看见。

我赶紧过去瞅瞅，水井房已经砌了齐腰高，就在打井的地方。村里的两个人穿着厚实的大衣正在干活，干活的人说，两三天就可干完，但砌到高处需要搭架子，那就慢了。我有些纳闷，不是水务局的施工吗，怎么是半面井村的人在干？打电话问张旭东，水井房让本村人盖，会不会符合要求。张旭东说，水井房简单，没有什么技术要求，这活儿其实咱们村的人就能干，水务局的人迟迟来不了，最后才说要不你们自己干吧。昨天下午就开始施工了，要是水务局早些要我们自己干，那早就干完了，村里人早就喝上自来水了。

绳子材料第二天到康坝县城，欧阳开车把绳子取了回来，大家一块儿把材料卸下。刚卸下，我接到袁副县长电话，他找了四个驻村工作队在县政府宾馆开个座谈会，让各工作队相互学习、交流。四个工作队，包括他老家所在镇的工作队两个，他工作过的乡镇即督垦乡工作队两个。参加座谈的人，每个队三名队员，再加上两个乡镇的书记、乡长、副书记、副乡长、组织委员等乡镇领导七八个，加起来近二十个人。

开座谈会前，袁副县长领着我们参观康坝经济技术开发区，希望我们能为康坝引进几家大企业入驻。开发区在县城的西北，两条宽阔的全县城最好的柏油路让人眼前一亮，但几个零零散散的企业又让人感到这里离现代经济很远。开发区内有一个沈阳老板投资的养鸡场，占地不少，投资数千万，自动化程度很高，肉鸡产品因健康、绿色而畅销辽宁、北京、广州。县里打算通过这个养鸡场带动贫困户养鸡，已经建了三个养殖基地。一个方便面蔬菜包生产企业，概念也是健康、绿色，据介绍是给中国最大的方便面生产企业供货。一个电子产品企业，涉及商业秘密，没有让我们进去，只在外面看了看。看完后，有人点评说，企业规模太小了，经济发达的地方，一个企业的占地面积都比这个开发区大。

座谈会上，袁副县长首先简短地介绍了康坝的经济发展历史，然后请我们就康坝经济发展谈感想、提建议。

大家一致认为，康坝自然环境不错，但道路交通亟须加快建设。脱贫攻坚是个难得的发展机会，驻村力量需要有机整合，康坝经济发展空间很大。

我们借机向袁副县长反映，扶贫工作推进缓慢，我们和贫困户都非常着急，其余几个工作队与我们有同感。袁副县长说，全国上下都在抓作风建设，康坝偏远，党政部门的工作作风还有待转变，我将竭力给你们搞好协调、服务。

座谈会开完，袁副县长请大家吃饭，这时我才发现，县政府宾馆装修一新。我特意找到前台询问情况并查看客房，客房标准间、单间都有，房间干净整洁朴素，还配有台式电脑，房价才一百多。康坝作为一个重点扶贫县，来人越来越多，原先陈旧的康坝宾馆已明显落伍，有必要装修改造。我跟欧阳、许振村说，以后咱们单位来人，就可住在这里。在场的宾馆经理说，欢迎各位光临康坝宾馆，我们将竭诚为您提供服务。

又过了两天，病牛数量增加到三十多头，给牛打针的工作量越来越大，我真担心所有的牛都要历经口蹄疫劫难。心里惦记着口蹄疫的治疗时，又传来消息，母牛有掉胎的了。我心里很不是滋味，当初买带孕牛，就是为了能够尽快见到卖牛犊效益，这下可好，牛生病、治疗一折腾，原先的美好愿景真有可能成为肥皂泡，怎么向贫困户、省局交代？

我平复了一下心情，按照乡里的要求，专心致力于半面井村住房的改清拆工作，即"两改一清一拆"行动，改造城中村和永久保留村，改造危旧住宅和旧厂房，清垃圾杂物和残垣断壁，拆违章建筑。这时，又接到丁总的电话，她已带着雷总公司的另外两个副总再次来到督垦乡考察，仍由靳南拳陪同，这次缩小了考察范围，重点考察督垦乡西部两个最贫困的村子，那里丘陵遍布、在村人员更为稀少。我心里有点高兴，这说明雷总公司对督垦乡的项目还是非常重视、慎重、充满期待，不然不会多次派人来。

这次丁总来康坝，我没有见到。她来的第二天，我和张旭东去万泉购买饲料，欧阳、许振村在村里督导水井房盖建、给牛打针、改清拆。次日我们回来时，带回一大车青贮玉米、一大车草疙瘩，半面井村已覆盖着一层薄雪，村子上空还飘着点点雪花。这时，丁总已经离开康坝，电话联系她，得知项目方案正在起草中，这次来也是为了充实更多内容，核实更多情况。

许振村给我讲了讲这几天村里的情况。病牛已发展到三十七头，但已有痊愈并加入好牛行列的，这个消息喜人。改清拆行动已完成九户，估计明天就可全部完成。但拆房也发生了意外的事，开钩机的小伙子不小心拆了不相干的院墙，所涉及的贫困户意见很大，正等张旭东和你商量如何处理呢，好在误拆的影响小。

席前进家决定今年不建房了。许振村去他家入户了解情况。老席说，天气转冷，已经不适合继续把房子建完，计划明年开春后再动工。许振村问老席，这样子怎么过冬？老席说，两个儿子长年在外打工，两间屋子够他俩老口住，临时有困难可以找亲朋好友解决，再说有许处你们工作队嘛，屋里还算暖和，冬天很快就会过去。

在老席家里许振村见到刘旗、周建军。刘旗是老席的好朋友，也是半面井人，是个能人，不是贫困户，平常靠开自己买的装卸车拉土方挣钱，这次改清拆行动就把他给请来了。许振村跟刘旗讲了东坡土方事情。刘旗说，他知道这事，他的车就是其中拉土方的车辆之一，乡里为半面井争取的东坡八万元土方补偿费用不划算，粗算一下至少得二三十万元，还是半面井人好说话。

周建军是席前进的异姓亲弟弟，哥哥家拆建房子，他来帮忙。在老席家他们准备吃饭，老席拿出一瓶酒，启开瓶盖，要许振村一起喝一杯。许振村谢绝了，说我们的饭点还没到，现在有些早。许振村离开老席家时，老席说，再过一阵子他家要杀头猪，到时请我们到他家里吃杀猪菜，许振村答应了。

再晚些时候，康坝县税务局吴军送来了治口蹄疫的药，这是张旭东从网上购买的第二批针剂。这时，欧阳发现锅炉房的暖气水槽漏水，循环水不够多，影响取暖。只有卫生间、欧阳房间的温度尚可，我屋温度降了不少，西头许振村房间已无温度。我们临时决定去县税务局宿舍住一晚。

刚商量好回县城去住，张旭东说，他刚从乡里回来，乡领导要我们明天参加乡里的一个项目推进协调会。针对贫困村进展缓慢的扶贫项目，乡里决定请示县里的相关领导，把与涉农项目审批有关的职能部门都请到督垦乡来，贫困村准备好需要办理政务审批的事项，现场向职能部门咨询。乡里希望各贫困村充分利用这次现场办公的机会，争取快速推进项目进程。

正在这时，送酒糟的车到了。经过联系，康坝、张家口的好几个白酒厂没有酒糟，最后才联系到啤酒厂有。我们的牛终于有酒糟吃了。

　　项目推进协调会就在乡里的党员教育培训中心进行。县领导来的是农工委书记，县里财政局、农牧局、扶贫办的一把手都来了，且都带着一个庞大的队伍。财政局农财科王科长、农牧局畜牧水产科黄科长、农牧局草原站汪站长，与我们牛场项目有关的部门负责人都到了。推进协调会气氛热烈，几个项目现场拍板签字，一些项目被当场指出要补充的资料、手续。我们的肉牛养殖项目属于现场签字过关的一类。

　　过了几天，半面井肉牛养殖财政补贴手续办理完毕，将近七十多万元的补贴款项被打到半面井养殖合作社账上。

42 脱贫出列

我和张旭东、张庚午参加乡里脱贫出列培训会。贫困户出列表有总表一个、明细表多个，总表有好几页，明细表有的单页有的多页，每种表都是一厚摞，比村里贫困户数量略多。把表从乡里领回村后就组织村里七八个有文化的村民学习、研究，下午正式填写。填写过程中遇到数字口径不一问题，就求助乡里，乡里也说不清，说把情况反映给县里，县里又说要问市里。一经逐级反映，时间就要耽搁，但填表有日子限制，我们几个仔细琢磨后，按自己的理解统一了填法。

听说半面井村要脱贫出列，很多村民不情愿。有的说，还和以前一样穷，牛场不给我分红，种菜菜价不好，养个羊羊价下跌，怎么就脱贫了呢？有的说，情况是好了些，脱了贫，工作队一走，还不得返贫？还有人说，脱了贫，工作队就撤走了，这是工作队为了撤走想出来的法子。

我让村"两委"干部、党员、村民代表做好脱贫出列的政策宣传，并将中央关于脱贫出列的政策规定电子文档转换成普通话朗读的音频文件，放到村广播里循环播放。半天下来，全村人都了解到，贫困户脱贫出列后继续享有原来的扶贫政策、扶贫产业项目成果。王三军到村里检查脱贫出列准备工作时，听到村里正在进行政策广播，对我们的做法非常赞赏，安排乡党办主任拷贝下来，向别的贫困村推广。

次日上午，我们分成三个小组，一组两至三人，入户帮助拟脱贫出列的贫困户填写出列申请表。我和部书彬一组，入户解释政策规定，用手机拍下户主或非户主签字按手印的照片、填表人员与贫困户在门外檐下合影的照片。这些照片要存档备查，是贫困户同意出列的证据。我这组走了村子南边的二十二户，从上午九点走到中午一点多，一口水未喝。下午，我抽空去察看牛场，已有三十九头病牛，其中二十三头需要打针、十六头处于观察中，一头可爱的小白牛已近半月不吃饲料，情况不妙，兽医诊断是肺部感染。

晚上召开村民代表会议，乡包村干部靳南拳列席。会议内容有三项：一是对这两天按政策填表测算的拟出列贫困户进行评议。村民代表们将脱贫出列标准和每个贫困户的情况进行了对比分析，最后表示对拟脱贫出列结果无异议。二是讨论半面井进行房屋流转合作社试点的可行性。靳南拳介绍，鉴于全县各村外出人员众多，大量房屋空置与贫困户危房需要改造或拆建并存的情况，县里有意推动建立农村房屋流转合作社，外出人员将闲置的房屋加入合作社，危房贫困户向合作社租住，租金从贫困户危房建设资金中列支。众人对此创新见解不一，最后有人说，这得问外出的人同意不同意出租房子、危房户愿意不愿意租住，每个人想法不一样，不好操作。三是研究新增的五个低保户指标如何分配。张旭东列举了村里几个家庭，大伙都举手同意，拟定张庚午明日将名单张贴在村口电线杆上公示。

现行贫困村脱贫标准有基础设施条件达标、增收产业优势明显、人居环境条件较好、公共服务设施齐全、基层组织建设有力、扶贫工作成效明显等几条。通过大半年的努力，这些标准半面井已基本达到，唯有村里街道没有硬化，我们曾经简单估算过，硬化费用要近三十万元，确实没有资金渠道，但这一项并非硬性指标，权重分值不高，对脱贫出列没有决定性影响。贫困户脱贫标准是收入有保障、住房有保障、设施有保障、教育有保障、医疗有保障、养老有保障。这些标准中，半面井只有住房有保障这一条尚有几户贫困户未达到，涉及人数已经不到全村人口总数的百分之二。住房有问题的贫困户，根据县里政策，可在宅基地上交集体后搬至乡里或县里建造的拆迁新居，要改造的则由乡里、个人各自承担部分改造费用。

半面井住房成问题的贫困户原先有近二十户，大部分愿意改造，有的已改造完毕，有的还在改造中。有两户不愿意改造、租住空置村房，固守老宅。不愿意改造的原因是个人不愿意承担改造费用，其另立户籍的子女们也不愿意分担改造费用，全推给政府。不愿意租住空置村房的原因是，岁数大了，怕死在人家家里，继续住在自家危房里，即使塌了房子，压死了也不怨别人。对这些根深蒂固的荒谬想法，我们工作队、乡领导对当事人及其子女做了大量工作，费尽口舌，但无济于事。

次日，我们到县城给打印机墨盒灌墨。最近打印、复印活儿太多，昨晚墨盒显示无墨，字都打印得模糊一片。灌好墨盒，我们直接去乡里与乡领导讨论闲置房屋流转合作社事宜。再回村后，接着又安排许振村给省局刊物、网站找照片。张家口市作协白副主席半个月前到半面井采访，给我们驻村工作创作的一篇报告文学《秋暖》已经完成，白副主席直接把作品寄给了省局局长王家博，王局长阅后，长文批示，要求全系统各级驻村工作队向半面井驻村队学习，指示在省局刊物、内网、外网上刊发《秋暖》，几个编辑都在跟我要配文、压题照片。《秋暖》的影响很大，我陆续收到省局同事、市局朋友、系统外扶贫同行和半月谈网站李主任的微信、电话，为我们的工作点赞。

脱贫出列填表十分累人。填表全是手工，既要填写文字又要用计算器计算，不能出错。项目很多，还要留下入户填表的证据资料，工作量很大。所有的表填完后，还要第一书记、村委主任、驻村干部、两个填表人、贫困户在上面签字、按手印，一个也不能少。

第一次填表总算完成，一鼓作气，当夜召开村民代表大会确认拟出列贫困户名单，以为可以歇口气，就等着把表格上报给乡里。不料，乡里传来通知，口径有变，放宽几天时间重填。不敢怠慢，又赶紧找张旭东、张庚午组织人马重填部分表格，通知贫困户来村部重新签字、按手印。时间紧、任务急、责任大，把填表的几个人累得够呛。连续四五天，上午九点多吃完早饭就来村部会议室集中填表，一直忙到下午三四点歇工。村里帮助填表的人仍遵循冬季一天两顿饭的作息习惯，中午，我们工作队用餐，他们还在工作。我们非常过意不去，欧阳给他们备足茶水，准备好方便面、火腿肠。事后，我们才发觉，累人的填表完全可以避免。脱贫出列表是个标准表，户主、成员、身份证号、土地、住房、医疗、饮水、用电等皆为平常的基础信息资料，完全可以通过电脑导入到所填表中，经营收入也可应用 Excel 表按种植品种、养殖品种估算。这些信息即便因口径等原因发生变化，但只要一刷新，所要填的表项信息会自动作调整，既减少工作量又不会出错，好处很多。

进入十一月中旬，口蹄疫终于得到控制，病牛不再增加，转好的牛一天天增多。进入下旬，仅有三头需打针，七头在观察中。此时，我们休假回石家庄，放松一下心情。在石家庄的几天，我们也没有闲着，每天向崔连长或萧祚或张旭东打问口蹄疫的治疗情况，这时候脱贫出列表又略有变动，我们又及时修改脱贫出列材料发送给县委组织部组织科。待返回半面井，牛圈里大牛为八十二头，多了十二头大牛。前几天邻村卖牛，张旭东一盘算，价格不高、机会难得，于是赶紧全部买下。

这个月经历口蹄疫一难，折两头大牛，损失约一点八万元，掉六个胎，损失约三万元，治疗费近一万元，总损失达五点八万元，好不心痛。好在口蹄疫治好，我心又略宽。

但村里又发生了一件令人闹心的事儿。村里水井房已建好，入户水管也已接好，通上了自来水。用了一个礼拜，结果有一户跑水，把地窖里的土豆给淹了。大伙分析跑水原因，认为可能是深埋地下的水管因质量问题或连接不实导致漏水，只好把水停了，计划等到来年开春解冻后再做处理。事情虽然闹心，但不至于影响村里饮水，独户独用或几户共用原来浅一点的小水井，饮水不成问题。

月底，省局王家博局长带了几个处长来村考察。进村的前半小时，下起了小雪。

王局长进了村，第一句话就是，路还是那样颠簸呀。接着说，气温是比石家庄低。我说，户外零下近二十度。去慰问几个贫困户时，天放晴，阳光普照，让省会来的人连声称奇。一个处长用手机拍摄入户村民家、村里的光景，兴头上手机突然关机，疑是手机坏了。回到村部，试着开机，手机又有电了，电量还有好几格，这才知道是因为气温太低，手机冻没电了。

我向省局领导们汇报今年脱贫攻坚工作情况，重点汇报了产业脱贫项目以及口蹄疫情况，表示愿意承担损失近六万元的责任。提出准备年底脱贫出列，明年巩固脱贫出列成果，需要省局继续投入脱贫帮扶资金，帮助发展种植、农机服务产业项目。

王局长对我们的工作非常满意，对口蹄疫情况予以理解，很欣赏工作队的担当精神，说脱贫攻坚干实事有点损失、犯点小错是正常的，如果连这个都不允许，那就没人愿意干事了，大胆干吧，只要是一心为村、廉洁为公，省局全力支持，我对你们工作队非常放心。听了王局长的话，我心里暖融融的。我说，六万元可买大牛好几头，可干不少好事，每一分都是钱，容不得有丁点损失呀。我们一行人来到牛场，牛倌们把大部分牛带出去放牧了，仅有几头没有完全康复、尚在观察中的在圈。

脱贫出列数据从网络系统里上报。报了一次，又重报。上级强调严格把关、实事求是，有危房、大病的贫困户绝对不能出列，五保户、低保户数量太多的贫困村不能出列，贫困人口发生率高于百分之二的贫困村不能出列。全乡再次统计，唯有半面井村可以脱贫出列。最终确定半面井的未脱贫户共六户十人，占全村总人数五百四十五人的百分之一点八三，其中五保户一户一人、危房户两户三人、大病户三户六人。

对半面井何时能够脱贫出列，刚驻村时，我确实没有一点把握。随着驻村时间的增加，在搞清楚村子的基本情况、国家政策情况的基础上，帮助半面井稳步实施两年脱贫攻坚规划，支持村民自主发展蔬菜种植、肉羊养殖，我们驻村工作队逐渐对半面井在今年年底脱贫出列有了信心。曾经与王三军谈话，我就提出争取半面井在年底脱贫出列，给全乡做个典型。后来，多个机会，我把年底脱贫出列的想法与张旭东做了沟通。有一次，张旭东说，脱贫出列要看好几项，吃、住、水、电、医等，都不能有问题。从收入方面看，养殖合作社还没有给半面井带来贡献呢。

我说，工作队帮助的扶贫产业目前对脱贫贡献极小，一是肉牛养殖刚刚启动、尚未见效，二是手工编织规模甚小，只是略有成效。倒是本村传统产业如蔬菜种植、肉羊养殖、种植劳务等很有成效，对脱贫出列贡献很大。种菜，最少能收入两千元。种菜劳务，能收入三千元以上。肉羊养殖，小尾寒羊，正常两年三胎、三年五胎，一胎两到四只，一年两胎所占比例为百分之二十。以一只大羊保守地估算，一年产三只羊羔，一只羊羔卖三百元，扣除放牧、喂养等成本四百元，一只大羊一年能创造纯收入五百元。家里要是有个八到十只大羊，肉羊养殖一年就能有纯收入四五千元。田地、林地、草地等涉农补贴，社保、低保等福利保障，这些加起来有两千四五百元。所有的收入加起来，有劳动能力的贫困户收入能超过一万元，无劳动能力的贫困户依靠养殖、福利保障等收入也能超过贫困户收入标准，脱贫不成问题。至于养殖合作社，今年是指望不上能给村集体、村民带来收入，倒是能给村民带来对未来的信心。

张旭东对我的分析有些惊讶，不停地点头。

半面井村脱贫出列数据第二次上报后不久，省里出了一个深度贫困村概念。深度贫困村意指条件艰苦、脱贫艰难的贫困村。康坝县确定全县深度贫困村，开始没有督垦乡。后来，出于平衡，又给了督垦乡一个指标。这个指标给哪个村，让乡领导比较伤脑筋。

按照县里对乡村的发展规划，未来几年，全县乡村分为永久保留村、暂时保留村。督垦乡的永久保留村有两个，暂时保留村也有两个。乡里确定，这两个永久保留村，一个是乡政府所在地的村子，必须无条件保留，其他非回民村的村民未来都要搬迁到乡里或县城；另一个是回民村，全乡两个回民村要合并成一个。乡里还明确，省直部门帮扶的两个贫困村，帮扶力度大，就定为暂时保留村。这个时候，半面井村已经脱贫出列，自然就不可能被确定为深度贫困村，而另一个省直单位帮扶的贫困村因五保户、低保户多未能脱贫出列就被按深度贫困村对待了。

省里、县里对深度贫困村出台了在资金、项目等方面倾斜度相当大的政策，让包括半面井村在内的其他村民们眼红，有的甚至埋怨工作队不应该急于让半面井脱贫。

我找到县、乡领导，把村民的思想向他们作了反映，并说深度贫困村的做法搞得我们工作队很有压力。县、乡领导解释说，深度贫困村政策与脱贫出列政策并不冲突，深度贫困村政策只能说明还有比半面井更穷的村，更需要增加其脱贫攻坚力度。我把县、乡领导的解释转达给村民代表们，并再三强调，脱贫出列后，原有的贫困户、贫困村政策、成果仍然享有，我们帮扶单位每年还会投入帮扶资金，金额不会少于今年的六十万元。这才平息大家的情绪。

第 六 章

隆冬收获

43　杀猪菜香

　　十二月初的一天下午，我从石家庄返回半面井，欧阳、许振村因在石家庄有别的事情需要办理晚回几天。我一回来，照例先到牛场查看。正给牛槽添草料的萧祚笑着告诉我，受口蹄疫影响的牛只有三头了，且已接近康复。萧祚的话让我非常欣慰，一个月的口蹄疫给我们的肉牛养殖带来危机，也给我们工作队带来煎熬。

　　我如释重负，回到住所，打开电脑，从今年驻村以来给村民照的照片中挑些照得不错的，打了几个压缩包，发给吴军，让他帮忙找个地方洗出来。之前我就有个想法，多给村民照点照片，洗出来，免费送给他们，所以一直留心给村民们的生活、劳动场面拍照片。村民们普遍在意照片中的形象，看到有人在照，就会赶紧捋顺头发，整理衣服。比较有意思的一张是张庚午与他媳妇坐在电动三轮车上的合影，张庚午涨红着脸，他媳妇挽住张庚午胳膊，在张庚午的脸上亲了一口。这是上个月在村部，张庚午发动三轮车，他媳妇硬生生地挤到驾驶座位上，把张庚午挤得就坐三分之一的座，他媳妇怕坐不稳就抱住张庚午的腰，张庚午在众目睽睽下很是难为情，把媳妇的手掰开。这时欧阳喊亲一个，张庚午媳妇顺势挽住老伴的胳膊还真在脸上亲了一下。就在这过程中，我用手机抢拍了几张。两天后，村民们的照片洗出来了，陆续有几个村民来村部取走照片，更多的照片我给了张庚午，让他发给村民。给张庚午照片时，张庚午对我说，宫妇联家明日杀猪，让我明天到她家吃杀猪菜。

次日，到了中午，不见宫妇联跟我说吃饭的事，也没见张旭东、张庚午。这时，我屋里来了一个人，是王晶森。他悄没声息地贴着窗户玻璃看，见我在里面，就推门进来。寒暄了几句后，他就开始跟我自言自语般诉说他的历史。

王晶森的历史，他自己说不明白，村里人也没人能说清楚。我已经费劲地听王晶森说过很多遍，许振村、欧阳也都听过很多遍。大概是，王晶森是保定市涞源县人，虚岁已经八十七，曾经当过国民党的兵，后来部队起义成为解放军。当解放军时间不长，不知什么原因回到地方，与半面井一个比自己大三岁的孀居妇女结婚生子，并落户到半面井。他的一个首长是东北人，曾来看过他，看他生活没有着落，给他买了两头母驴，并嘱咐王晶森只卖小驴，千万不要把母驴卖了。王晶森很听首长的话，母驴坚持没有卖，每天把毛驴赶到一个地方拴住吃草。放毛驴、给毛驴打草是王晶森、儿子王铁虎的活儿，前者做得多，后者做得少。王晶森一家三口人——王晶森、媳妇外加儿子王铁虎，村里还有几个亲戚，这些亲戚是王晶森媳妇与前夫生的三个孩子，都相处无碍。王晶森及其老伴已经高龄，无劳动能力，王铁虎四十多岁未仍结婚成家，村里念及老人无助，为王晶森及其老伴申请了个人低保。

王晶森说要去乡民政部门，找他们要钱要物，他们会给的。我说，你要是能证明你曾经是个军人就好了。他没有听清，我又大声说了几遍，他还是没有听明白。我看到他仅穿着单薄的衣服，吸溜着鼻子，于是转身拉开衣柜门，拿出一个塑料袋，把塑料袋里的一件还没穿过的军棉大衣给了他。这件军大衣是我这次回家特意从石家庄带到半面井来的，寒冷的冬季到了，需要一件比较厚实的御寒大衣。王晶森高兴地接过，直接就披在了身上。王晶森又待了一会儿，还没有离开的意思。我赶紧说，天太冷，注意身体，王大爷您回家吧。

王晶森走了，我看了一下时间，已是下午一点多，我给张庚午打电话，问他宫妇联家什么时候吃饭。张庚午说，还在杀猪呢。这时我才想起，半面井人冬季的饭是两顿的。我赶紧煮了一袋方便面吃了，再去宫妇联家看杀猪。

去了宫妇联家，她家已有好些人在忙碌。院子里，鲜血淋漓，一头刚刚宰杀的猪仰面躺在一张木桌上冒着热气，体毛还没有刮净，郜书彬、田富贵继续帮忙刮毛、剖肚、分割。看得出来，他们的宰杀方法原始、血腥、笨拙。一会儿陆续来了几个村民，崔连长在一个本子上记着数，几个村民一家买个十几斤，就把一头猪给分了个差不多。除了割点肉下水，一会儿要吃外，剩余的就放到院子里的一个铁皮桶里。

离吃饭的时间还早，赵明玉邀请我去他家看看。他家在宫妇联家的西边，就隔着一条一号马路。我去过赵明玉家几次，家里比较乱。赵明玉比我大好几岁，一般我都称他老赵或赵大哥。老赵既抽烟又喝酒，家里几十元钱一箱的白酒总能寻到。老赵问我，抬（方言，喝）一杯吧。我说，不，一会儿还要在老崔家吃饭呢。老赵便找出一个玻璃杯，用纸巾反复擦了擦，往杯子里放了点碎茶叶，提起炉子上烧得正开的水壶给杯子注满水，放到炕上靠近我这边的桌子上。他自己则端起一个罐头瓶子喝，里面茶叶很多。

老赵说他家今年没有养猪，年初猪崽贵，没买猪崽，全村今年养的猪，总共才十几头。我说，是啊，当时张庚午的猪崽还是欧阳开车拉回来的，就差一个礼拜，猪崽价格涨了一百多块钱。

老赵在家里绝对权威。赵明玉的媳妇是邻村人，村子就在半面井村北面几里地远，媳妇家里有一个老父亲及一个至今未成亲的大兄弟。大兄弟养活自己都有些困难，老父亲年老耳聋痴呆，赵明玉便把老父亲接到家里住，对他很好。

我说，赵大哥真孝顺，对老人那么好，让人尊敬，值得村里人学习。赵明玉说，我要不管，就没人管了，总不能扔给村里管。我又说，村里有三个人对待老人的做法让我非常感动、值得尊敬，第一个是咱们村里唯一的五保户黄老牛的养女，她把养父接到家里常年伺候；第二个是郜书彬，老郜家兄弟姊妹多，他让老母亲与自己吃住，给兄弟姊妹们起了好头；第三个就是赵大哥您了。老赵被我说得不好意思起来，连说应该的。我接着说，村里有两户对待老人非常苛刻，甚至不如外人对待他家老人，影响相当坏，我想建议村里搞个孝顺评比活动，推行中国孝文化。

与赵明玉聊天时还谈及他的结拜四兄弟。郜萧赵崔是半面井有名的异姓结拜兄弟，比亲兄弟还亲。郜书彬是老大，萧祚是老二，赵明玉是老三，崔连长是老四。四兄弟均识文断字，口碑甚好。也有个别村民们说其势力强大，在村里没有办不成的事儿。我倒是觉得，这四兄弟是半面井的重要人物，均为村民代表，能参与半面井村大小事情的决策，能出力。我说，老赵你们四兄弟完全能够在村里事务中发挥更多更大的作用，以后村里要成立几个合作社，村里缺乏能把合作社顶起来的能人，合作社及村里事务光靠张旭东一人肯定不行，你们四兄弟要准备在村里担当更重要的角色。

接着，我又与赵明玉闲唠了许多村里村外的事情，直到崔连长打电话叫吃饭。

半面井村民家的杀猪菜有点打牙祭的意思。一家杀猪，亲朋好友会来帮忙，之后就要吃一顿。菜比较简单，肉、血、肺、肝、肚等和土豆、土豆粉条搞在一起乱炖成一个菜，一盘咸菜，几个荤素凉菜，条件好的再炒两三个热菜。酒就是不带包装盒的二锅头，一箱十二瓶，一瓶一斤装，整箱七八十元。

　　崔连长这次杀猪搞了两桌，一桌在炕上，一桌在炕下。我作为工作队的代表被安排在炕上坐着，盘坐、跪坐、缩着腿坐，各种姿势轮换着。炕上七八人，炕下也七八人。宫妇联和几个帮忙的女人们在灶房屋里吃饭。我给炕上炕下的人挨个敬酒，在他们的姓氏前面加个老字或后面加个大哥称呼他们，他们也给我敬酒。我非常高兴，喝得有点高，但很清醒。吃完饭已经天黑，我就和萧祚一起回到牛场，当晚就宿在牛场值班室的火炕上。

44 牛场夜话

在牛场，见到了村里贫困户吴海。吴海平常不在村里，他在坝下的万全谋生。吴海入冬后回到半面井，已与萧祚做伴吃住近半个月。萧祚的媳妇远在北京带外孙，萧祚就自己在牛场吃住，也乐得有吴海陪着。因为我的到来，吴海暂时搬到西边的一间办公室住。牛场的办公用房都做过保温处理，暖气烧得比村部好许多。我去西边办公室感受了一下，温度还可以，冻不着吴海，于是当晚，我就放心地睡在牛场的炕上，与老萧聊到很晚。

老萧是个老党员，在兰州当过炮兵，正直、敢当，是村民自己选出来的村民监督委员会主任。老萧对村子的感情很深，对村里事务的责任感特强。建牛场时，张旭东就放话说牛场将来交由老萧管理，村民也都同意张旭东的安排。在牛场建设过程中，老萧就把家里的羊、鸡陆续卖得一个不剩，把家里的水浇地、旱地都安排别人种，自己打算投入全部精力负责牛场事务。老萧的大闺女在北京一家中外合资医院工作，小闺女在邢台上大学，媳妇给大闺女带孩子，老萧在半面井就等于单身一人、没有牵挂。大闺女多次央求老萧去北京住，但老萧就是不去，实在经不住央求，最多去北京待几天就回。

我就见过老萧媳妇几面。一次是在五月份老萧家栽菜苗时，老萧的朋友们都在帮忙，我们工作队也去他家帮忙，老崔说老萧媳妇从北京回来了，在干活。许振村要用相机给老萧媳妇照个相，请老萧媳妇把捂得严严实实的围巾摘下来，老萧媳妇羞羞答答的不肯，说都一把岁数了不上相。第二次是卖菜时，老萧媳妇回来了，也是帮着农忙完后就回了北京。

我对老萧非常佩服、尊重，心里庆幸我们帮扶的半面井村有这么一个责任感强、值得村民信赖的人。有了老萧，牛场事务肯定会管理得井井有条。

牛场火炕烧得铺面发烫，屋子里又有暖气，室外零下二十多度也一点都不可怕。老萧说，怕王处睡不惯，火炕到后半夜会降温，你睡里头吧，里头靠墙，热气贴墙走，比较暖和。

我与老萧并排躺在炕上，开始漫无边际地唠嗑。

口蹄疫已成为历史，所有的牛都已康复，总算挺了过来。牛不怕冷，怕热，通过监控系统能看到多头牛在室外或立或卧。

在村的人主要有五类人，分别是无依无靠的老弱病残、有子女依靠但还在竭力减轻子女负担的老弱病残、有劳动能力且习惯劳作的村民、种十几甚至更多亩蔬菜的年轻人、有收入来源且不愿意脱离半面井生活的村民。第二类大有人在，王晶森、黄老牛算第一类，老萧、郜书彬、席前进算第三类，张旭东、皮勇算第四类，崔连长的哥哥崔老师算第五类。

村里出过几个学历较高的人，专科生、本科生、研究生都有。村里在外的能人应该有几个，但已经在外多年，联系甚少，不知道他们对村里还有无感情。

在村的能人不少，都会开拖拉机，会种地种菜。但我认为，其实村里人都并不是真正懂得科学种地种菜，雪沃公司提供的土豆种就没种好。接着，我告诉老萧，前几天听阳原一工作队第一书记讲，他所驻的贫困村今年依托雪沃农业公司种植土豆，收入四十多万元，比往年种植玉米增收三十万元，户均创收三千多元，今年也有望脱贫出列，这得归功于雪沃公司，既指导科学种植又全部收购所收土豆。

牛场日常工作管理很重要，张旭东已经与老萧多次商量有关牛场日常工作人员事宜。口蹄疫非常时期，给牛打针治疗三个人，放牛三个人，加上老萧清理牛场卫生，一共用了七人。牛场正常运营后，就不需这么多人了，需要确定牛场日常管理人员。一是人员数量，初步定为三个人，两个放牧，一个管理牛场。二是确定这三个人是谁，需要从责任、能力等方面考察选择，老萧已是公开的必定人选，另两个已有不少村民向张旭东推荐或自荐。三是工资定为多少合适，康坝县打工工资一般一个月一千六百元左右，张旭东的意见为一年两万元，与绩效挂钩，牛的健康状况、喂牛成本、生产牛犊数量、放牛时间等都是绩效内容。当然，人选确定后，需经村民代表大会、合作社发起人大会审议通过，并签订用工合同。

半面井脱贫出列后，将来工作队走了还能继续巩固发展吗？我不敢想象。咱们村缺能巩固发展的人力。牛场管理人员、兽医是眼下急需的，到明年，土地流转启动、农机服务合作社成立，村里还需要土地生产管理人员、农机驾驶员、农机维修人员，村里制定了鼓励学习这些技术的政策，尝试把几个在村里种菜的年轻人培养出来担当大任。另外，村里还需要一个会计，会记账，会编财务会计报表，会做财务分析，六哥虽说是村会计但干不了真会计的活。

康坝贫穷是路人皆知的。就是因为贫穷，在当地没有出路，年轻的康坝人纷纷走出康坝，把更年轻的下一代也带走了。老萧说，在村的都是老弱病残，再隔些年，村子极可能会自然消亡，那时都不需要扶贫了。我很震惊于老萧的看法，其实这种看法在康坝非常普遍。我对老萧说，半面井百分之六七十的人因为贫穷出去了，等到半面井脱贫攻坚成功后，有了能就业的产业、良好的教育、可靠的社会保障、便捷的交通设施、美丽的生存环境，就会有更多的人回来工作、生活，毕竟这是他们的故乡。

老萧祖籍察哈尔省天镇县，祖父一辈来到半面井，天镇虽近，但老萧从来没有去过。我问他，就没想过到天镇去看看。老萧说，想啊，可是去天镇哪个地方呢？咱们村的很多人和我差不多，都没去过自己的老家，老家一词只存在于口中、心中，非常抽象、模糊，对老家的感情几近于无。

半面井村民的祖辈都是为讨生活而来，从各自贫穷的地方流浪到同一个蛮荒之地，生产工具落后、气候恶劣，生存立足谈何容易！半面井人在恶劣环境下不怕艰苦、坚韧不拔，依靠牛、马、人力开拓进取。可以这么说，坚毅开拓包容朴实就是半面井人的精神本色，甚至可把这几个字从半面井延伸到康坝县。

老萧笑了，半面井人从来没觉得自己有什么精神，这么个小乡村哪能出什么精神，还能上升到康坝精神。我说，萧大哥，不能这么贬自己，如果承继发扬这种自力更生、艰苦奋斗的精神去改变自己、去脱贫攻坚、去发展康坝，曙光肯定就在前方。

临来半面井之前，很多人给我提出建议、忠告，其中就有人建议工作队要与村民保持一定距离，不可走得太近，以免让村民缠上。我们驻村后，开始确实有顾虑，到后来我们逐渐抛弃顾虑，放开了手脚，一心为村。屈指数来，工作队驻村已经十个月。驻村十月有如十月怀胎，历经艰辛，总算小有成果，给村民们带来希望、生机。

老萧说，时间过得真是快，王处，你们为村里做事、操心，大家都心里明镜似的。

这一晚，与老萧聊了好多，竟然不知何时入眠的。

之后几天，村里接连杀猪。天天有村民来邀请我们去吃杀猪菜，但都被我们婉言谢绝了。

张庚午在我们刚驻村时捉回的猪也杀了，见谁也请不动我们，他干脆开着三轮车带着媳妇来村部请我们。张大嫂身宽体胖，行动蹒跚，她的出现让我们无法拒绝。

前些日，我见旗杆上的国旗已经被晒得颜色发浅，被吹得撕开一个大口，于是一次趁去县城的机会买了一面国旗。张庚午家杀猪的第二天上午，我叫来张旭东一起把国旗换了。这次更换仍不顺利，旗杆上头的那截绳子卡住了，便沿袭老办法，把旗杆从上次锯处附近再次锯断，换好国旗后，再把旗杆焊接好。下午，袁副县长再次到村，这次主要是慰问我们。袁副县长看了牛场和手工编织，听我介绍脱贫出列的准备工作。我向袁副县长表达感谢，因为他的批示，牛场补贴及时到位，村民们也很感谢他。袁副县长说，希望牛场能早出效益。收入还是道硬坎，为巩固脱贫成果，需要尽早谋划明年项目，分布式光伏发电可做一个。我说，光伏发电，我们早就想做，也跟乡领导提及过，乡领导说乡里统一搞。听了这一个礼拜村里人接连请我们吃杀猪菜的事，袁副县长开玩笑说，看工作做得咋样，可看杀猪菜吃了多少，请的人越多，说明工作做得越好，说明与群众打成了一片。

45　驻村盘点

正陪同袁副县长参观时，接到郝晓磊电话，得知省局二把手温副局长两天后来康坝，省局将给村里捐赠十台省局机关淘汰下来的台式电脑，并安排省局部分干部与贫困户进行一帮一结对互动活动，慰问贫困户。袁副县长走后，我回到屋里，打开手机记事本中的驻村工作日记，把驻村以来的工作全部梳理了一遍，把半面井脱贫发展中的不足做了细致分析，把半面井的特色之美拢了拢。

写驻村工作日记是我每天的必做功课，我随时随地都可能打开手机进行记录，晚上再补充、整理。写工作日记的好处很多，能够督促自己多思考、多想事、多干事。

我浏览着已经四万多字的驻村工作日记，沉思了一会儿，在后面继续写道："贫穷是乡村的翳子，它蒙蔽人们的双眼和心智，使人们在地图上忽视贫穷乡村的位置、在交流时忘却贫穷乡村的名字、在路过时无视贫穷乡村的美丽。我们的驻村工作就是用心用情用力揭翳子，力不从心时从不放弃，如纤夫拉纤，历经时间之手的挤塑，天道终酬勤，工作结成果。基础设施从不足到大体齐全，脱贫产业从无到有，乡村干部从应付村务到关心村务，村民心态从得过且过到充满希望。

"半面井脱贫发展中的不足相当明显，尽管已脱贫出列，但仍很脆弱，还处于贫困临界线上。一是产业刚刚开始运营，未见效益，还无稳定可靠的集体收入，幸好有水浇地和前年建成的冷库，村民靠种菜和提供种菜行业劳务而取得收入，但这种收入极为不稳定，菜价不由己，菜贱伤农。二是公共基础设施落后，需要巩固、提高。好不容易打了一百二十米深的井，饮用水水管深埋地下三米且已接入各家，却因一户漏水而全村停用。其次，村里还没有村民活动广场，村民还只能集聚在十字街口站着聊天。三是人力资源严重匮乏，合作社成立运营，需要大量管理人员、技术人员，村里没有，也没有能够花钱培养出来的村民。"

"半面井的特色之美有很多，需要发现、推介、利用。"写下这句话，翻着手头积攒的资料，联想起王三军曾经跟我说过，希望我们协助乡里搞村志、乡志，我萌生了编撰半面井风情影志的想法。

我在手机记事本上拉了个提纲，将风情影志分成十个部分：一是总揽，介绍半面井简况、历史。从西坡、东坡、南坡等方位结合宏观照片以及地理标识碑、院落、住房等微观照片对半面井做分解说明；二是植物，以图文并茂的方式介绍半面井的野花、农作物；三是动物，以图文结合的方式介绍牛羊驴狗猫鸡雀鹊等与自然、人和谐相处；四是静态展现坝上阳光的大胆、热烈，展现冷日与暖阳的强烈对比，突出金色的阳光对坝上的作用；五是云，寻觅云或洒脱、或祥和、或梦幻的状态；六是风，包括人文方面的国旗飘扬之风、炊烟袅袅之风、推动风电机组之风，和自然的大黄风、白毛风；七是雪，分别从村庄、山坡、原野的角度展现雪或清瘦或厚重的形态，点缀写意；八是人，包括家院、村民、贩货人等，特别是收获、农活、打工状态下的男人女人们，展现他们与自然抗争形成的精神风貌；九是田野，展现半面井冬天春天空旷、夏天希冀、秋天充实的人文美景，及日云风雪之纠缠、暧昧；十是周边介绍，涉及半面井与周边村落的渊源。

编撰半面井风情影志需要时间去发现、挖掘、积累素材，如果能够编成，对半面井、督垦乡、康坝、张家口的人文历史当是一个贡献，无疑能促进更广的社会层面了解、支持、帮助半面井。数年前，冯骥才先生曾对中国的乡村情况做过调查，发现每天都有不少村庄消失，他对这个现实非常痛心，呼吁拯救中国乡村。我出自农村，对乡村充满感情，我当然希望通过我们的努力，能够把半面井留住。但是，按照省里脱贫驻村的工作安排，我不知道我们工作队几个人能在半面井驻多久，一年两年还是几年都不能确定，省里要求帮扶单位要帮扶到贫困村脱贫且巩固脱贫成果延长至2020年，帮扶单位的驻村工作队队员可以调整，所以我对完成半面井风情影志没有把握，只能先存此念想。

次日，我先去乡里与王三军商量明日省局领导捐赠电脑及帮扶结对仪式事项，后又回到村里召开村"两委"干部会议，一是传达省局党组近期听取工作队书面情况汇报后的指示精神。省局决定明年帮扶资金不少于今年，具体金额要看脱贫攻坚项目再定。二是明年帮扶资金拨付情况。我们决定借省局领导来考察的机会，向省局领导汇报明年成立种植合作社的想法，这也是脱贫攻坚规划的内容，希望省局继续给予帮扶资金，用于大型农业机械购买，这要求工作队早日提交一个成立种植合作社的可行性报告，包括土地流转的数量、种植品种及购买农机的种类、型号、价格和运营效益预测等。三是补充完善脱贫资料，务必把脱贫出列工作做扎实。四是研究省局领导所带贫困户慰问品怎么发放。最后商定，慰问金先找两三个代表在仪式上领取，其余慰问金由村"两委"

发放，米面过几天在牛场办公场所发放。会后，欧阳收取工作队三个人的党费，由他统一上交给乡组织委员靳南拳，我们是每季度交一次党费。

又过一日。上午，在乡党员培训中心举行捐赠电脑暨结对帮扶仪式，省局一行来了八人，县里来了县长、常务副县长、主管扶贫工作的副县长，县扶贫办来了一个主任，市局来了一把手、二把手及人教科科长，同时半面井"两委"及村民代表参加。培训中心里平常没有暖气，这次为仪式特意生的土暖气不管用，屋子里冻得大伙直哆嗦。省局领导来，本无意搞仪式，但地方有要求，凡省里厅局领导来，对口单位必须把名单、职务、事由、行程等通报给县委县政府，由县委县政府决定要不要派领导、派哪个领导接洽。我们把情况报给乡里，乡里又报至县里，县里要求乡里搞个仪式，相关领导参加。我们工作队倾向于搞仪式，因为省里考核内容就有省局一、二把手必须一年至少两次到帮扶村指导脱贫攻坚工作，缺少要扣分。仪式完毕，省局领导一行在县乡领导的陪同下前往半面井。

温副局长对我们驻村工作队的脱贫攻坚工作进行考察和督促，对看到的、听到的都极为满意，说没有辜负省局党组的信赖和委托，承诺明年的帮扶资金不少于今年。温副局长给我们做指示说，工作队今年成绩不错，明年再干一年，希望工作队再接再厉，把脱贫攻坚工作做得更好，取得更大成绩。温副局长的这句话似乎是在暗示，省局党组可能已经决定，明年工作队不换人，还是我们三个人。

46 返工风波

　　捐赠仪式的那天中午，在省局领导一行离开康坝后，我们工作队三个人赶到康坝县城那家莜面馆，再次会见新能源投资公司的雷总一行八人。距离上次在康坝这家莜面馆见到雷总他们已经有一个月，这次中饭雷总点名还在这家饭店，想来这家饭店有点特色且已获得雷总的认可，只是这次是雷总坚持买的单。雷总一行再次由靳南拳领着，考察督垦乡西部的两个山村，上次之行已拟定投资方案、规划，这次来是有几个重要细节需要推敲，我所热切盼望的PPT还没有做好。丁总没有同来，香香来了。丁总已于半个多月前，也就是十一月中下旬飞往美国，向美国人民展示、传播中国文化去了。香香受丁总之命而来，要教村民编鱼，鱼在美国畅销。与雷总简短见面后，雷总离开康坝，香香随我们回半面井。

　　傍晚时，我们工作队去马三巴村看望黄老牛，他闺女正在家烙饼，她说黄老牛住院了，没人管他，烙完饼还要去医院，说着说着就眼泪往下掉。我拿出一个信封递给她，告诉她里面有慰问金，是我们单位的一点心意，老人住院用得上。她接过信封，对折一下，塞进裤兜，继续边哭边说边烙饼。离开黄老牛闺女家，我很感动，多孝顺的闺女呀，不是亲生胜过亲生。许振村说，她家种菜不少，她家东面的水浇地都是她的，十月份时，有一次晚饭后遛弯，天已经黑得看不大清，还看到她在白菜地里清理黑色薄膜。看起来，这闺女勤快、善良、明事、懂理，村里要多几个这样的闺女就好了。

次日，香香教授编鱼时，宫妇联把收上来的几纸箱转经幢、金刚交给香香验收。香香把箱子里的货全翻腾出来，脸都绿了，大部分编织产品都不合格，必须返工，但返工工作量很大，怎么也得八九天。

我、许振村、欧阳和张庚午叫了几个人把伙房、许振村的住处清理还原成卫生室，贫困村脱贫出列标准对卫生室面积有至少六十平方米的强制要求，隔天乡卫生院院长要带人来验收。香香找到我，问我怎么办。我说，村民们都不容易，你跟丁总汇报一下情况，问问她怎么办，若是非要返工，香香老师体谅一下，在损失减到最少的基础上返工。

香香用微信联系了在美国的丁总后，回到会议室给大家开会。香香严肃地说，经请示丁总，不合格产品没人要，必须返工，谁编的谁返工。宫妇联说，香香老师，这次编的东西没有系编者姓名标签，只统计了编者编织数量，已经搞不清是谁编的了。这下炸了锅，每个人都声称自己编的质量无问题，不愿替别人背锅、返工。有的说，丁总已经检查认可，香香老师说了不算，不需要返工。有的说，返工要花时间，返工也得算工钱。还有的说，辛辛苦苦编一个没几个钱，还要返工的话，我就不编了。有两个妇女嚷嚷完，干脆直接甩手回家了。

香香一见这架势，赶紧把我叫到会议室，征求我的处理意见。我的头也有些大。我对大家说，之前咱们已形成共识，一是质量很重要，质量是编织品能够卖出去的前提，二是丁总和咱们的利益是一致的，东西卖出去、卖个好价钱，丁总就能挣钱，咱们也就能挣钱，这两点认识想必大家还记得。

我环顾会议室里的每个村民，都点头表示记得。我又说，不好区分是谁编，那每个人都委屈一下，发扬一下风格，把要返工的数量统计出来，大伙再均分一下要返工的数量，集中几天时间返工，然后再学编鱼，返工完成得早，咱们编鱼就学得早，早日把编鱼学会，让丁总把咱们编的鱼卖到美国去。两个回家的村民由宫妇联做工作劝回来，以后咱们所有的编织产品都按丁总要求的进行管理。大家听了我的意见，渐渐平息了情绪。

卫生室还原后，伙房便不能开伙做饭，许振村的住处便不能住人，我们便晚上回县局食宿，一直到验收完成后为止。

香香此番来半面井的使命是教会、督促村民编鱼，待多久没有时间限制。香香与村民们处得很融洽，但她的吃住成了问题。吃饭这方面，有时一天两顿饭，有时一天三顿饭，没个准头。

住这方面，开始香香一人住村部害怕，就住在宫妇联家里，崔连长则主动住到牛场去陪老萧，两人还可以喝两盅。住了几天后，在宫妇联的炕头上，香香告诉宫妇联，对质量有些欠缺的编织品，理应支付低一点的加工费，但丁总于心不忍，说质量虽差但能卖出去，愿意按正品的加工费支付，让宫妇联明天给村民说一下丁总的意思。不料，妇联提出一个要求，不同种类的编织品按姓名登记在册，按正品算加工费，多出来的那部分钱能不能归她？理由是她忙于管理村民编织导致自己没有时间编织挣不了加工费，而管理费太少自己有些吃亏。香香一听有些发愣，没有拒绝也没有答应，说这事她做不了主，得请示丁总和王处。此后，香香便不再住妇联家。她让我们从县城帮她捎蔬菜，用电蒸锅煮面吃，住在村部卫生间外屋。那间屋挨着锅炉房，十分暖和。香香把宫妇联的要求告诉我后，我叮嘱香香，这事可不能乱传，若是让村民知道，后果不可预知。

返工花了七天时间，比预想的提前两天，因为村民夜里在家里都没闲着，都拼命返工，还有干活利索的村民为了能早点编鱼而主动承担了更多的返工工作。

许振村按香香的要求，去县城买回电热胶枪和胶棒。经过两天时间的教学，村民们学会了编鱼。香香用电热胶枪给村民编的鱼粘上鱼眼。香香把灵巧可爱的鱼拍照发给远在美国的丁总。丁总连连称赞，回复快快编，越多越好，争取早日发货。

宫妇联找来十多个土豆纸箱，把经香香验收合格的转经幢、金刚装箱，在箱子上层放入品种及数量明细清单，再用胶带封箱，并在箱子上用白板笔写明"石家庄市丁晓燕"和一个手机号码，手机号码是丁晓燕爱人的。我有意培养宫妇联能够自己联系物流公司办理托运填单、交费等事务的能力，就安排崔连长和宫妇联两口子一起去县城找物流公司托运这些箱子，宫妇联随我去过那个物流公司，知道地方，也知道怎么办理托运。托运手续办得很顺利，半天就回来了。

过了一个礼拜，宫妇联联系上丁总爱人，询问是否收到箱子。丁总爱人说不知道此事，没有收到箱子，也没有人通知他领取。宫妇联找到我说明情况，我一看这情形，让妇联把托运清单给我，托运清单上有物流公司各个物流点的联系电话。我给康坝物流点打电话，说当天就运走了，详情得问石家庄物流点。给石家庄物流点打电话，说货已到好几天，已打电话联系收货人，收货人不来提货，占着库房影响经营，再不来提货就退回发货地。最后，丁总爱人与物流公司电话联系后才得知，原来是物流点的工作人员看岔行，打错了取货人的电话，才导致这样的结果。

当天晚上，丁总爱人按丁总的意思，把一万三千元的编织加工费打到我的农行卡上。我的农行卡是在石家庄市办的，在康坝农行异地取现要交手续费，我便向张旭东要来他的农行卡号。次日一早，我就把钱转给张旭东，并电话嘱咐他到银行取钱。中午时，见到宫妇联，她说，旭东上午就把钱给了她，一会儿召集大家发加工费。

返工的这几天，又让贫困户签了好多字，包括脱贫出列签字、同意乡里统筹全乡光伏发电脱贫签字、领取省局领导带来的米面签字。签这些字时，大家都很高兴，都愿意多签。在牛场领取米面时，非常热闹。好几个陌生人开着小车相继来到牛场拉米面，一下子把牛场院里的空地给占满了。这些陌生人不是村里人的儿子就是姑爷，都回来了。其中一个壮实的中年人是代贫困户的父母来领，顺便给包括张福满在内的三四个贫困户捎带回去，小车后备厢里塞得满满当当。这时人群中有人说，张福满给闺女妞妞找了女婿，很快就办事。

老萧的老伴和大闺女一家子也来了，姑爷开着小车，英俊的外孙缠上了老萧，老萧躲闪着，怕把外孙弄脏。大闺女一家此番回半面井就是来恳求老萧去北京的。老萧对老伴和闺女说，在北京没事干、没人处、没话唠会憋出病的，我年纪不大，在半面井待着很开心，你们大可放心。

47　拆墙姻缘

　　妞妞有了女婿，在半面井村已经不是新闻，只有我们工作队几个人不知道。

　　妞妞找女婿应该算村里的一桩大事。这件大事足够村民们在街口谈论好几天。

　　午饭后，我到街口听了一会儿村里的口头新闻，再次把妞妞的婚事坐实，有些高兴，心想妞妞的后半辈子总算有了着落。按往常习惯，我转身往东边牛场方向走去，去看看牛场情况，今天还多了一项内容，就是看看还有多少米面没有领走。

　　刚走几步，看到路边的土堆旁有辆电动三轮车，两个人在土堆上忙乎着。近了，其中一个跟我招手。我眼神不好，再走近才看出是妞妞。开始我还以为她在看别人干活。妞妞主动说，这是我女婿。我一怔，看了看她指的那个小伙子，有些面熟，认真辨认一下，认出来是一个多月前村里对破旧宅院进行改清拆，被刘旗雇来开装卸车拉土方的小伙子。但我还是说，没听清，再说一遍。妞妞重复了一遍说，这是我女婿。我说，好啊，是哪里的？妞妞说，黄旺的！黄旺村是邻村，在半面井村西南，也就两三里。我一连问了好几问，你们干什么呢？谁介绍的？从妞妞嘴里得知，他们在拉土垫院子，准备下个月办喜事。女婿是她自己找的。但妞妞才十七八，还不到法定结婚年龄，妞妞女婿大她近十岁，民政部门不会给他们发结婚证的，这婚怎么结？只能先搞个民间仪式，让亲朋好友、村里村外知道。妞妞自己怎么找的女婿，我有些好奇，啥时逮机会再问问村里其他人，就清楚了。

妞妞女婿不高，有些瘦弱，正用铁锹往车斗里铲土。妞妞也拿着一把铁锹，有些笨拙地铲土。我有些吃惊地说，不错啊，会干活了。妞妞说，我得帮我女婿。我更有些吃惊了，还会疼人呢。温暖的阳光斜照过来，妞妞、妞妞女婿、土堆、拖拉机、铁锹、房子、路面等一切都是金色的。

据村里人讲，以及我的所见所感，这妞妞懒得出奇，一天到晚在村里吃完饭就四处游荡。村里人忙活时，如砌砖、铲车铲土、编绳、扬场、种菜、开村民大会等时，她准会出现，东看看西看看，手里摆弄个智能手机，放着流行歌曲，嘴里偶尔也跟着唱几句。智能手机三四百元钱，是她爹张福满专门给她买的。有村民戏问妞妞，手机能打电话吗？有卡吗？借我打个电话。妞妞就会说声不，赶紧走开溜达到别处。好几次，我对她说，跟着村里老大妈学手工编绳，可挣点零花钱，她不干，说没人愿意教她，教也学不会。有一次，我拿着相机给干活的村民照相，妞妞穿了件黄色的长风衣出现了，我顺便给她拍了几张。妞妞见状，立马摆了姿势，微笑着，还伸出了Ｖ形指型。我给她看了看相机里的她，很上相，衣服的黄与妞妞露出灿烂笑容的高原红脸蛋儿很配。我说，好看吧，你得学习编绳，不然漂亮照片不给你。妞妞答应了，但照片冲印出来让宫妇联给了她后，没听说她学编绳。村里人都说她从不干活，打死也不干，是她爹张福满惯的。

张福满二十七八岁才娶上媳妇，媳妇有些智障，基本在家不出门，原本是邻村的一个人花了一千元娶的，娶了一个月后，被退回娘家，又过一个月，到了张福满家中，睡在了张福满的炕头上。此后张福满放羊更积极了，每天把饭做好才出门放羊，媳妇只要热热就饿不着。妞妞出生后，张福满是百般疼爱，好吃的、好穿的，都舍得给妞妞买。张福满放羊的收入每年都有保障，再加上涉农补贴、妞妞与她妈两个人的低保，细算起来应该不算村里的穷人。张福满的身板很好，瘦得像枯树但结实，一年到头极少生病。

妞妞的户口名字叫张贵枝，从名字能看出张福满对闺女的爱与祈盼。张贵枝会讲普通话，我跟她交流用的是普通话，她也用普通话，好像上过学。张贵枝的普通话是通过电视、收音机、手机学会的。事实上，张贵枝到上学年龄时，连个数也数不清，进了小学后，还是数不清数，自己也不愿意上，经常旷课，后来就干脆不去上了。张贵枝不上学的结果是不识字，最远去过二三里地的一个亲戚家，自己不敢出行，哪怕是十里远的乡里也不敢，怕丢。

张贵枝的行为表现在我看来就是个孩子。她看人干活时，凑得近，在干活的人停下来歇息时，张贵枝会不自觉地亲热地挎住干活人的胳膊。有两次我与村民们站着交谈，张贵枝在人群中穿来穿去，竟不知何时站在我旁边还挎住我的胳膊，让我好不自在。暑假即将结束时，欧阳大嫂和外孙子已在村里待了近两个月，我和许振村已被小外孙子亲热地称为王姥爷、许姥爷。我们在院子里坐着说话时，小外孙子会在我或许振村背后猛然轻拍一下然后快速、大笑着逃掉。这种淘气行为，小外孙子原来不会，现在会了，欧阳大嫂说是张贵枝教的。

有一次，我们在街口摆了几张桌子填写贫困户表格。张贵枝坐在横着摆放的枯树上，指着一个人说，太傻了，连饭也做不了，全从外面买。我刚好听见，顺着她的目光看去，王晶森正推着一辆人力三轮车迟缓地往西走，估计是去地里打草喂驴。之前，有大篷车到村里来卖东西，多次见王晶森去买馒头、烙饼，有时一掏兜拿出折了两折的百元钞票，攥得紧紧的递给货郎，生怕弄丢了。我正好问张贵枝，人家这么大年纪还干活，你会做什么？张贵枝说，洗碗。

看到张贵枝这么清闲，经常有人逗她，给她找个婆家嫁了。张贵枝毫无反应，一声不吭。我每看到她，经常会想，她的未来是个什么样？大多的时候是叹口气说，看她的福分吧。

十月份，村里拆破旧土房，张贵枝的女婿来干活，干得很卖力，张贵枝当时在看热闹。之后，张贵枝的女婿又来过几次，干活实在。一次，有人戏说，张贵枝要是相得中，就选他当女婿。没承想，张贵枝真动了心，回家跟张福满说了。张福满让人提亲，要十万彩礼，对方答应了。

今年七八月份时，马三巴一户人家向张福满提亲，是个种菜的大户，张福满张口要二十万，后来谈到十二万，终于没谈成。有人说，没谈成太可惜，要得太多，成心不让闺女嫁人。张福满一瞪眼说，要少了，退婚咋办？

村里的改清拆断断续续了几个月，如果只用简短的几天，就把改清拆的活儿干利索了，就可能没有张贵枝自己相亲的事儿了。

48 官子行动1

从重要性讲，半面井的十二月份不亚于四月份、九月份。

四月份，做好全年总体规划，运筹帷幄。这个时候，村民种地往往根据往年的经验、当年的预期做出打算。每年下来，预期收入与市场回报经常不符，好赖都有，最后只得归于运气。有了多次类似经历后，应对种菜风险就有了一种没有办法的办法—"不把鸡蛋放到一个篮子里"，各种菜都种一点、早中晚三期同类的菜都种一点。这种做法还有一大好处，即总有一种菜的市场行情是好的，只需抓住一个好行情就能把其他的所有损失弥补回来。规划做好后，四月中下旬育苗，五月栽苗。进入农事繁忙季节，种菜、种粮、种油都得抢时，错过季节，这一年就白瞎了。我们工作队做好脱贫攻坚工作规划也是在四月份，要给做的每件事的进度确定大体的时间节点。

九月份，是坝上大部分农业作物收获的截止期，地里种的菜、粮、油都要收完，动土的活儿也得干完。过了这个月，天寒地冻的日子就要迅即来临。土地会逐渐冰冻直至九尺，那时钩机、铲车不自量力地加大马力强攻冻土也会折戟沉舟，其他地面上的工程活只有不与冻土沾上边还能凑合干。你要是稍微偷点懒或耍点滑头，老天可不饶你，露天的菜、地下面的土豆会冻坏，要是再拖，地里的土豆会变成冻土豆，越冬后会变黑。当然，冻土豆蒸着吃别有一番风味，但已经不是土豆味了。地里的农作物只有用来榨糖的甜菜不怕冻，榨糖不会改变糖的分子结构，受冻的甜菜照样能出糖。

十二月份，是一年的最后一个月。人们的生活、劳动、工作也到了收官阶段。

村民们的官子行动相对简单：准备过年的东西，做土豆粉、磨莜面、榨胡麻油、备足牲口过冬的草料、杀猪宰羊等。整粉面油的活儿都要到邻村去，半面井做不了。新出的土豆粉条、粉丝，白的有些不真实，像漂白处理过一样，与土豆的淡黄反差分明，口味筋道耐嚼。王铁虎前几年整了一个做土豆粉的机器，做了一年，后来嫌记账、算账麻烦不做了。莜面，要先将莜麦炒熟，再磨成面，是莜面窝窝"三生三熟"劫难经历中的第一个生第一个熟。莜面中含有多种人体需要的营养元素和药物成分，可以预防和治疗糖尿病、冠心病、动脉硬化、高血压等多种疾病，莜面中的亚油酸对人体新陈代谢具有明显的功效。胡麻油富含 α - 亚麻酸，起到健脑、促智、降血脂等作用，是高血脂人士、孕妇的健康食品。胡麻油分冷榨、热榨两种榨取方式，冷榨的出油率低、营养成分保持得好、价格高、色泽清亮，热榨的出油率高、营养成分受损、价格低、色泽褐黑，村民一般只食用热榨的，哪里舍得吃冷榨的，价格差好几倍。康坝县城主街有一家糕点店，所用油为胡麻油，香气四溢，逢年过节需排队购买，张家口市的人经常慕名来购。胡麻油炒鸡蛋、胡麻油烙饼的色香味俱佳，深得到访康坝人士的喜爱。少数家庭还做黍子面，颜色金黄诱人，做成的黄米糕黏性大，一般用来招待尊贵客人或逢年过节时食用。坝下阳原、蔚县盛产黍子，当地人喜食黄米糕，用筷子捥一小块糕，象征性地蘸点儿香菇五花肉炒成的浓汤卤，往嘴里一送，不用嚼，只见咽喉部位猛地膨大一下，糕就不在嘴里了。

糕还有一种吃法，就是用胡麻油炸一下，外焦里黏且有豆沙馅，半面井人经常这么吃。莜面、黄米糕都是高热量食物，不易消化。当地有民谣"四十里莜面三十里糕二十里荞麦面饿断腰"，意为吃莜面能赶四十里路，吃黄米糕赶三十里路，吃了荞麦面还没怎么干活就饿了。

杀猪宰羊是很多村民元旦前的一件重大收官行动。之所以元旦前进行，是因为元旦后气温更低，室外滴水成冰，根本就干不了活，宰杀非常不便。备足牲口的过冬草料也是必须的，再过些日子，草料还会涨价，遇到大雪，则会暴涨。成家在外的孩子们在父母的两三恳求下陆续回到村里，抽几天空儿陪陪父母，再扛半头猪、半只羊回去，过年就不用回来了，终究交通不便，开个小车回来还得看天气情况，若是大雪封路，车子就开不回去了。

席前进家宰了头猪要请我们吃杀猪菜。我猜想，此举应是老席家的一项重大官子行动。老席说是感谢工作队帮他买砖，省了几千元钱。我们不允，张旭东说，村部厨房恢复为卫生室，做不了饭，反正要吃中饭，就在他家吃吧。

在老席家，周建军在帮着炒菜。在老席拆旧房打地基时，许振村曾告诉我，席前进与周建军为同胞兄弟，周建军过继给舅舅改了姓氏。认真地瞅，他俩还真挂相。老席有两个儿子，大儿子平常在辽宁营口一家复印店工作，今年夏天回来帮着种菜、卖菜，兼顾着在垣北县驾校考大货车驾照。冬天又回来了，看起来很机灵。小儿子在张家口市上技校，我还没见过。老席一家人就暂时挤在两间旧房里，房子里很暖和，全家人脸上都洋溢着笑容。

第二天中午在周建军家吃饭。周建军要请我们吃饭让我不得其解，我们没帮过他什么，反而我们与张旭东讨论贫困户出列时，把他家作为首先考虑的出列对象。周建军的媳妇夏苏很壮实，很能干，曾经与宫妇联竞争妇联主任位置失利。周建军就一个闺女，在化德县一家职业学校念化妆专业技术，据说学费很高，要上万元。周建军的院子与房屋都是红砖砌的，格局在村里独一家。院子的西厢房被改建，供周建军两口子住，北厢房供老人住。周建军本是县供销社厨师，下岗后在家，帮着夏苏种菜，同时开着一辆客货两用车揽零活。周建军为非农户口，村里的贫困户人口名单上没有他的名字，他家农村户口户主是夏苏，同户口本的是他的闺女。周建军显得见过世面，说话做事平和稳当。周建军特意为我们做了西红柿鸡蛋、花菜炒肉、炒下水、梅菜扣肉几个菜。周建军说，随时欢迎到他家来，毕竟是厨子，弄几个家常菜不成问题。我从心底里特别希望席前进、周建军们能为村里多出力做事，要是将来有一天他们的儿女们能回来帮衬着村子的发展就再好不过了。

宫妇联小闺女被骗一案有了音讯，案子破了，被骗的一万多元追回来大部分。宫妇联很高兴，硬要请我们去她家吃饭，杀了只大公鸡，炸了糕，烙了油饼，像来重要客人一样。我宽慰宫妇联说，很幸运，案子破了，宫妇联可以全心全意抓手工编织了。但我心里在说，宫妇联有两个好闺女。案子破没破，村里只有我们工作队和妇联的闺女知道。两个闺女怕母亲积忧成疾，与我商量后，给我微信转来一笔钱，让我转交给妇联，谎称案子破了，钱追回来一万元。这时，宫妇联端了一杯茶水要跟我们工作队碰杯。她说，非常感谢工作队帮助他们家，她一定认真负责，端正态度，不计较个人得失，把村里的手工编织管理好，请丁总、王处都放心。我对宫妇联的认识发生变化很是高兴，一饮而尽。

又到张庚午家吃了一顿饭。这次，香香也去了。张庚午的小闺女与香香的名字比较接近，前者叫张晓香，后者叫张小香，出生年份也一样，就月份不同。这让张庚午媳妇欣喜异常，好像见到亲闺女一般，什么菜都往香香碗里夹。张晓香已经结婚，张小香还没对象。香香顺势甜甜地叫着张庚午老两口大娘、大爷。张庚午媳妇说，这闺女我喜欢，岁数也不小了，赶紧找一个，要不就在半面井找一个。香香给说得脸上发烫。

张庚午挺高兴，喝了半杯酒，话不由得多了起来。他说，明年"两委"换届，我会计不干了，换年轻能干的，我就干我的村医得了。我端杯敬他说，六哥开玩笑吧，半面井可不能没有您，您是半面井的活字典，什么都清楚明白，您是村干部中最忙的，尽职尽责、兢兢业业，有了您，旭东、我们工作队轻松许多，我们非常感谢您，六哥若是有什么想法想跟乡长书记提，我们帮您提，可千万不能不当会计了。欧阳、许振村也相继劝张庚午把会计当下去。许振村还开玩笑说，六哥要是不干了，那我们哥儿几个也不干了，明年请求回去，换新人来。这下轮到张庚午着急了，一个劲地跟我们碰杯，说会继续干会计，要求我们几个千万别走，在半面井多待几年，谁知道换人后会是什么样子。我忍住笑，六哥太实在，把许振村的话当真了。接着，拉了一会儿家常。我说，六哥与大嫂可好了，大嫂挺心疼六哥，地里的活儿都不让六哥干。张庚午说，她对我好，我也对她好，这男人女人嘛，就是打伙计，相互依靠，一块儿过日子。我开始不明白这打伙计的真正意思，过了几天后才从别人嘴里知道，张庚午确实不容易，他原先一直没有媳妇，他老伴丧夫，后来两人都迫于生活才打伙计走到一起，结婚证是后领的，村里人都认可此事。他的两个闺女都是抱养的。我这时仿佛才参透张庚午遭到老伴当着我们的面亲脸时会脸红、不自在的缘由。

49 官子行动 2

临近岁末，各级党政机关的官子行动也纷纷逼近半面井。十二月中旬，县农工委一个副书记带了几个人来验收改清拆村容村貌情况。下旬，市验收组来，抽查百分之十的贫困户，计划抽查十户，实查了九户，一户临时外出，抽查完后提出以下问题：每户住房评级要有明细、一户三口人少填一人、收入要重填、表格要重新装订、基础资料需要规范完善。

县委书记听说半面井脱贫攻坚工作扎实，也在一天的下午悄然来村。书记的到来让我有些意外，几个会议上见过书记，但都是礼貌地握一下手就匆匆告别。我向书记汇报村情、民情、工作，让书记翻阅了我手机上的驻村工作日记、民情札记，书记啧啧称赞，对多篇褒奖有加，说我们融入当地、心系当地，难能可贵，对我们及时记录工作的行为予以肯定。

书记一直待到晚上，意犹未尽，竟想夜宿村里，无奈条件有限，我把书记劝回了县城。

次日是礼拜六，屋外阳光普照，屋内暖意融融，电视里正放着《亮剑》，我坐在屋里靠窗的桌子旁边享受透窗而入阳光的温情，听到车辆进院的声音，忙站起来透过窗户查看，书记又来了。

书记说，他家不在本县，今天独自一人也没什么事，昨天还有一件事没办完，便又携一工作人员前来，没跟乡领导打招呼。我问，什么事这么重要？打个电话，交给我们办就行了。书记说，这个可替不了，我还没到贫困户家中看过。

于是，书记不让任何人跟着，拿着我们自制的村户地图和贫困户花名册，独自踏雪入户数家。访户回来，非常高兴，说见到几个大姐大妈在编织，每户人家都念叨工作队的好，都说半面井存在很多困难但都在向好的方向发展，要是全县各个驻村工作队都像半面井工作队一样，何愁脱贫出列。边说着，书记从口袋里掏出两块包装纸已经皱巴巴的水果糖，给了我一块。我不明就里。书记解释说，这是蓝奶奶给的，她从身上最里层衣服兜里翻出来的，给了我两块，特别嘱咐其中一块是给你的，她非常感谢工作队。我要把这糖留着，到每一个村给村干部和工作队都要展示一下，这是你们扶贫工作深得百姓拥护的见证。

我与书记又聊了一会儿，想法、看法相近，很是投机。我说，当前的贫困标准人均年纯收入三千元左右，在政府给予各种涉农补贴、福利保障的基础上，贫困户只要不懒不等不靠、稍微勤快点就能轻松脱贫出列，但与小康社会农村居民人均年纯收入八千元还存在很大距离。到了 2020 年全面建成小康社会后，国家可能会把小康收入标准作为农村居民的收入标准，那时还得在农村开展新一轮的高起点小康攻坚。就康坝自然环境特点看，发展的速度不会大踏步，但发展的空间相当大，需要时间、内力和外力共同推动。康坝的发展模式最好是学习塞罕坝，二者都属坝上，自然环境相似，可以学习塞罕坝人数十年如一日坚持退耕还林、还草改造自然环境，通过发展自然风光旅游和林业经济来发展康坝经济。一种理想的模式是建立跨省市县行政区域的坝上自然保护区或坝上公园，这需要从国家层面设计战略发展规划，坝上几个县域面积能达到二十多万平方公里，拥有生态、地貌的多样性，神奇美丽；康坝的发展另一个绕不开的制约瓶颈是人力资源的缺乏，培养康坝的本地人力资源很成问题，需要靠发展引导流出人员回归。康坝在我眼里，刚来的时候像一枚破碎的瓷片，一只瓷碗打碎了，瓷片散落一地，其中一枚骨碌到这里，现在我觉得它在我心里悄悄地变成了五彩石，五彩石才是它的真正面目，是女娲娘娘补完天后把剩下的一块五彩石随手放在这里，本来色彩斑斓，但数千年的沧海桑田，物是人非，就尘垢满身，加上贫穷，无人能识了。

正说话时，宫妇联来电话，说中饭已准备好，可以开饭。书记让工作人员到车上拿出一瓶没有包装盒的康坝老窖白酒，是来之前自己到超市买的，花了不到二十元钱，要与村民、工作队喝一杯。

炕头上边吃边聊，书记问工作队和村里有什么困难需要解决。

书记看了看我。我说，不愿意在书记面前诉苦，那我就说点困难。接着，我简单介绍了牛场选址、牛场补贴、自来水施工、电力扩容、手工编织、工作经费、住宿伙房等情况，最后说，请书记相信，我们工作队会和半面井村民一道，发扬"坚毅开拓、包容朴实"的半面井精神，除了脱贫出列，半面井还会发展得越来越好。

书记听后说，没听错吧，你们弄了个半面井精神，讲来听听。我说，这个精神是我们几个聊天聊出来的，主旨是为半面井发展凝心聚力，提供精神支撑，还没听取村民们的意见，刚才一来兴致就脱口说出来了，这个精神是对半面井历史的深度总结，半面井人因环境恶劣而坚毅，因垦荒而开拓，因来自四面八方而包容，因落后而朴实，"坚毅开拓、包容朴实"可以在新的历史条件下赋予新的内涵，请书记对我们这个提法提提意见。

书记沉思了一下说，很好，细琢磨，对整个康坝也合适。一时，大家你一言我一语对这个八字半面井精神进行评价。

书记临离开村子，我送给他几个五彩粽子，让挂在车里，显得有点气氛，也请书记为半面井的手工编织做个广告。书记上了车说，手工编织项目增收不多，但效果好，增强了留守农村中老年妇女的生活信心，值得推广。半面井街道没有硬化是硬伤，回去会安排有关部门与你们搞好对接予以解决，此次来半面井收获很大，半面井我还会再来。书记落下车窗，与我们挥手告别。车子启动后，书记突然大声说，看，这金色的阳光。我突然愣住，然后笑了，这是我写在手机工作日记中的一句话，没想到书记记住了。看着书记的车驶离村部大院，我转眼望着四周缀着白雪的原野。这片原野自清末起已不离不弃地养育半面井近百年。我突然觉得此时的半面井空气格外清新、金色的阳光格外肆意。我在心里想，正是这金色的阳光，才使坝上深处有了咱们这些人家，"立党为公，执政为民"，党和国家"一个也不落下"的小康理念与措施也如同这金色的阳光洒向坝上深处人家。有人在问，书记说这话什么意思。我说，意思很明白，是说现在阳光很好，晒着很暖和。

书记走后，紧接着县委组织部对驻村工作队及队员近一年来的工作进行考核。按照通知要求，我们准备材料、填报表格、向村委会及村民代表述职，靳南拳组织村民对我们进行测评并将测评结果带回乡里。我们述职时，郜书彬说，在半面井，工作队已完全取得村民的信任，工作队为村里所做的一切有目共睹。靳南拳说，工作队的每一个大的行动我基本上都参与并见证，我很感动、敬佩，此前，乡领导已在多个场合表扬咱们工作队的工作及成效，当之无愧为优秀驻村工作队。

50 官子行动 3

根据工作日记我绘制了一个脱贫攻坚作战图表，以时间为横坐标、工作为纵坐标，把每项工作都标注在一个坐标系中，会发现近十个月的驻村工作烦琐、粘人、急迫、重要，同一天里会有多项工作同步、交叉进行，好多工作的完成需要经过较长的时间跨度。最大的时间跨度工作是自来水项目，几乎与驻村时间相当，从驻村开始就跑水务局，到现在已经打好井、铺好管、盖好水井房、接到各家各户中，却因一处漏水停止使用，算起来这个项目应该算还没正式完成。第二个长时间跨度的工作是养殖合作社的成立，花了近六个月，从五月份开始启动，到十一月份才买牛进圈，其间的种种经历真让我纠结，但牛场总算当年正式运营。

作战图表上，十二月份必须要做的工作还有许多，官子行动真是有点顾不过来。

第一个官子行动，是抓紧成立种植合作社，为明年土地流转，实现规模种植及早日申请省局帮扶资金、财政补贴资金到位做准备。我们先去工商局咨询，得知不必成立新合作社，成立新合作社的手续烦琐、材料繁多，在养殖合作社的基础上变更业务范围即可，但需有会议纪要、章程变更案、签字、盖章。当天下午我们就准备好会议纪要、章程修正案。晚上召开村民代表大会，三个村民代表缺席，靳南拳及乡扶贫助理韦二团见证会议，一致同意把种植增加到养殖合作社的经营业务范围中，但只进行旱地种植。水浇地流转涉及种植大户的利益，推行受阻，明年另说。次日，即丁总给我转劳务费那天的上午，我们到县政务中心办理变更原先养殖合作社的业务范围，一次成功。

第二个官子行动，是去县农牧推广中心咨询农机价格及国家补贴。我们得知，每年情况不一样，补贴金额逐年降低，文件一般要到四五月份才能接到，实际能补贴多少要看申请者的数量，上面给全县的补贴总数有限，农机卖得越多，单台农机能够享受的补贴则越少。我们有些失落，政府出台农机补贴政策的初衷是想促进农业现代化，但局限性明显，会把庄户人家想做点事的小憧憬一点点锉掉。

第三个官子行动，是与丁总沟通好，发放手工编织劳务费。人均不多，但对三四十名中老年妇女们来说很及时、暖心，在去工商局变更经营范围的第二天完成。

第四个官子行动，结合县委组织部的官子行动驻村考核进行，工作队总结一年的工作并向村民述职。其实这个总结，我们一直在进行。我们写总结时，问了张旭东今年种菜、铲车的收入情况。张旭东说，白菜有赔有挣，总体没有赔钱；土豆还没有卖完，冷库还存了好几万斤，估计春节前后能卖完；铲车投入三万元，帮冷库清理白菜叶子、租给村里拆房子，收入近一万元，估计三年就能回本。

第五个官子行动，取经扶贫档案管理。针对基础资料不完善的情况，我们专程到康坝县东边的一个村取经脱贫验收材料，为明年三月份省里组织考查验收半面并脱贫出列做好全面准备。这个村子有省委档案局的干部驻村，档案资料是他们的强项，他们严格按档案管理办法分类建档，绝对正规。在那村，档案局的干部问我们怎么、何时回石家庄时提醒我们机票已经订不上，火车票订晚了可能也订不上。我们这才意识到，离元旦已没几天，该考虑回石家庄的事了。张家口作为河北省脱贫攻坚重点地区，省直驻村工作队很多，往返石家庄至张家口的航班在下半年的重大节假日期间骤然紧张起来。许振村赶紧联系航班、火车票务，航班已无经济舱可订，火车票已无二十八日之后的，我们当场商量，抢购了二十八日的火车票四张，其中一张是给香香的。香香已经在半面井辅导村民手工编织近二十天，吃住简陋，没有半点怨言。我非常感动，曾对香香说过，她往返石家庄至半面井的交通费用由我们承担。

看完档案管理，我们紧接着到东坡村孙大军那里考察产业项目建设情况，鱼池还没完全竣工，餐厅还没建好，孔雀已经入驻，菊芋花茶、苦菜茶生产厂房已经建成并投入使用，菊芋花茶已经做成，菊芋收成不错，苦菜茶也已经做成，苜蓿、菊芋饲料收成不少，算下来值大几十万元。这段时间孙大军正请专业人士做两种茶的包装设计。孙大军宏大的脱贫攻坚项目大部分停工，等待明年春天的到来。孙大军赤铜色的脸上泛着坝上人独有的坚定、自信。我与孙大军约定，明年带领村民来学习、考察，半面井村与东坡村搞好合作，半面井村用东坡村的菊芋种子在退耕还林的地上套种几百亩。

第六个官子行动，是到乡财政所报账。乡财政所通知，十二月下旬要封账，驻村工作队抓紧走手续报账。我们去了乡里，找相关领导在报账单上签字。手续都走完后，欧阳去财政所，却给我拿回两张单据。我没看明白，欧阳给我解释清楚后，我头都大了。一张单据是购买被褥、枕头、枕巾、洗漱用品的费用，我们二月下旬去半面井村时，这些用品就都已购置好。另一张单据是通信网络费，包括两项，一项是在村部安装的宽带使用费，另一项是手机通讯及流量费用。四月份时，为方便工作，乡里按照县里要求给我们工作队交了一年的互联网使用费用，还给工作队每个人办了一个张家口市的手机号，三个号码绑在一起，费用包月，主叫电话时长、流量限量，足够用。那时，我们的工作经费还没下来，我们都很高兴，感谢乡里想得周到细致，解决了我们的实际困难。到了年底，财政所会计把这两张单据提了出来，要我们工作队自己负担。这时候，我们根据工作经费数量进行开支，已经没有经费，这叫我怎么办？财政所也不允许超支今年经费或透支明年经费。我们三个人把单据又仔细看了看，都是正规发票，购买单位都写的是半面井驻村工作队，开具日期一个在二月，一个在四月。这明摆着，乡里当初说解决我们生活、工作中的实际困难，其实早就打算让我们工作队自己负担这些费用。费用倒不多，加起来近五千元钱，挤挤别的，不成问题，只是乡里的做法让我们有看法，也不知别的工作队咋样。我们分别找到乡长、书记，把情况说了说，说经费已经花得分文不剩，这两项开支再报账就超支了，会造成财务危机，请乡里想办法解决。欧阳性子直，直嚷乡里做得不合适。乡长说不知这个情况，他会与财政所协调，帮助我们解决这个问题。

51 一号牛犊

　　从康坝到石家庄的交通不太便捷，我们经常来回，摸索清了几条路线。

　　第一条路线是康坝—张家口—北京—石家庄。从康坝到张家口坐长途汽车，从张家口到北京坐普通火车（没有高铁），从北京到石家庄坐高铁。各种交通工具衔接好，用时可最短，但用时最短的概率最小。

　　第二条路线是康坝—张家口—石家庄。从康坝到张家口坐长途汽车，从张家口到石家庄坐普通火车或飞机。火车是出奇的慢，近五百公里的铁路里程，快的要七个小时，慢的要十四个小时。其中历时九小时的那趟，行至离张家口九十公里的沙城后，直到高碑店，就如同蚁行、蜗行，这段铁路为燕山与太行山接合部的山路，里程一百七十公里，运行时间四小时四十三分，要占用全程九小时一半以上的时间，算下来时速不到四十公里。历时十四小时的那趟火车，途经北京、天津、德州，绕了个大圈才到石家庄，见站就停，倒是方便了沿途去张家口的人们。飞机从张家口到石家庄，仅需四十至六十分钟，打个盹就到了，但飞机经常延误甚至取消，正点的概率不到百分之五十。

　　第三条路线是康坝—石家庄。自己开车，从康坝走省道到垣北，从垣北北上高速公路，再转四次高速就到了石家庄。转高速公路，需要全神贯注，稍不留神就要多绕上百公里的冤枉路，才能再走到正确的回石家庄的路上。此路线走过多次，经过几次冤枉路后，已经熟络、不耽搁，如果路况正常，六个多小时可到。只是高速开车疲劳，需轮换开。中途有一百多公里隧道、桥梁、山路，限速七十公里，开车的人需要耐心、细致。还有一个不能忽视的情况，路途遥远，地形复杂，冬天走这条路线容易遇到大雾。车子走着走着，运气不好会突然遇到前面雾锁道路，警察当道，高速限行。这时候，在高速上走不了、下不来，眼巴巴等着大雾散、高速通，心里想到要是遇到一个收费站下来、走土路慢点开也行啊，至于什么时候到家就只好听天由命。

坝上冬季开车有三怕，怕雾、怕雪、怕冰。夜里起的雾，让人防不胜防，要等太阳出来晒上一会儿后，才逐渐散去。夜里下雪也是经常没有准点的，有时早上起来会突然发现外面洁白一片，甚至雪还在下。这时，得等扫雪车扫完雪才敢上道。雪可能导致雪块挡道或道路结冰，给开车带来安全隐患。有次在县城，道路结冰，我遇到红灯刹车踩不住，溜了好几米，差点撞到行人，让我好生后怕。出于稳妥、安全、时间的考虑，我们在省委档案局所驻村时就决定，这次回石家庄坐火车，坐较快的那一趟，早上八点出发，下午五点左右到。

从半面井到张家口火车站开车平常要近两小时，冬季开车则不好说时间。康坝县域大，气象复杂，东西南北各地天气经常不一致，东边日头西边雨的情况碰到的次数太多了。所以我们二十七日白天就与张旭东做好沟通，向乡领导请好假，晚上就赶到张家口市税务局招待所住下。与张旭东沟通情况时他告诉我们，可能要下小牛，就这几天。我心头一紧，喜忧参半。牛已全部健康，下的牛犊该是健康的了。但我还是对张旭东说，咱们得盯好这事，这将是扶贫养殖项目的第一个成果，村里人、乡领导、省局领导、我们工作队都在关注。下午四点多开车从康坝往张家口，路上车辆不多，道路畅通无阻，车上的室外数字温度计一点点往上升，一下坝，气温比康坝高十度，真个是换了人间。到了张家口市区，能看到树上还有不少枯萎的叶子，要是在康坝早就掉光了，两地也就一百三十多公里，差异竟然这么大。

次日，我们一行四人上了火车。坐过多次张家口至石家庄的火车，但我们从来没有幸运地买到过下铺，一般是一张中铺、两张上铺。这次买到一张中铺、三张上铺，还算幸运。我们把中铺让给香香，香香执意不肯，说年轻皮实，上下铺灵活，还是把中铺让给姥爷们吧。于是最后，中铺给了岁数大的欧阳。

这趟火车是张家口到邯郸的，所经路线把河北省东西一分为二。东西地形差异极大，东为平原、海湾，西为太行山山脉、燕山山脉。西部的交通极为不便，据说省里已经做了交通建设规划，一条穿越西部的太行山高速公路正在建设，建成通车后，西部的农产品、旖旎风光将会轻松地走出来，贫穷将不再成为西部的名片。

火车上，我躺在上铺，想着回到石家庄后要做的几件事，把它们在手机上简单记下来。一是要向省局领导汇报今年的脱贫攻坚工作情况和明年的工作计划；二是汇报省局帮扶资金使用情况；三是听取省局领导的工作指示，包括驻村人员是否调整、帮扶资金能否尽早拨付到村。

正琢磨，张旭东打来电话说，下牛了，母子平安，上午八点多下的。我突然来了精神，让他赶紧拍个照片发到群里，让大家都看看。此时火车已过了沙城，正在穿越山洞，手机信号不畅，说话断断手续。我们四个都打开微信等着，半晌，小牛照片才跳了进来，小牛身上褐色的毛湿漉漉的，正站着，抬头在母牛身子底下吃奶。

大家你一句我一句展开与牛有关话题的讨论。欧阳问张旭东，是公的还是母的？好一会儿，张旭东回复说是公的。欧阳说，要是个母的就好了，母的会下崽。许振村说，公的也好，价格比母的卖得贵。我说，只要下了，公母都行都好。我把下小牛的消息和小牛照片发至省局扶贫群里，接着嘱咐张旭东把小牛照顾好。

车厢里，大家东一言西一语，讨论起牛犊的名字。丁总突然冒泡说，好可爱的牛宝宝，恭喜恭喜。我说，这头牛的意义非同小可，我们的牛是宝贝，可以叫牛宝，第一头牛就叫一号牛宝。

正说着，微信突然中断，火车又进入一个山洞，车厢顶上的灯亮起来了。我们几个继续口头聊天。欧阳说，叫牛宝这个名字有些不雅，让人听了还要解释半天，还不如就叫一号牛犊，或者简称为一号。许振村插话说，农用拖拉机有个牌子叫约翰鹿，是质量非常好的拖拉机，咱们养的牛也应该是首屈一指的，小牛就叫约翰牛吧。许振村说的约翰鹿农用拖拉机，我很清楚，在雪沃公司的种植基地见过。我们和张旭东一起考察过，张旭东一眼就相中，还开着围着垣北农机市场转了一圈。同型号的拖拉机数约翰鹿价格最贵，明年村里农机服务专业合作社成立，约翰鹿已被列入打算购买的大型农用拖拉机备选品牌。

香香说，叫什么名不重要，唯有多下小牛、多卖钱才最为现实。我说，香香说得对，想起来了，乡里王书记想请香香给乡里编个大公鸡，参加县文化广场春节民间艺术展示，为打造编织之乡营造气氛，香香到时给我们村编一个以这个小牛为原型的吉祥物吧。香香爽快地答应下来。

又闲说了一会儿，大家各归各铺。我在心里想，俗话说"万事开头难""千里之行，始于足下"，让人对前景充满信心。我又把工作队明年要做的事情梳理了一下：查清王晶森的军人身份、买大牛扩大规模、土地流转、购买大型农机、识字扫盲、自来水、建村民文化广场、再买一些太阳能路灯、街道硬化、人力资源培养（年轻人培养成骨干）、绳编上层次、扶村民的智与志，等等。

火车在崇山峻岭中穿行，孤寂的山谷与漆黑的隧道交替闪过，手机信号时有时无，我索性把手机关了。二十年前，火车驰行在山道上，有两个火车头，一个在前头带，一个在后头推。现在的火车已经电气化，动力充足，但深受山区铁路改造困难的限制，速度提升有限，高铁离这里还很远。

我向同行的几人看去，欧阳已经有了轻微的鼾声，许振村在用手机阅读着什么，香香捧着手机，手指不停敲击屏幕，似乎在与人聊天。我突然想到省局领导在半面井时的暗示。前几天，问过欧阳、许振村对明年驻村有什么想法，他们都说觉得温副局长的话藏着暗示，那就服从组织安排，不主动提出换人要求，如果组织上说继续驻村就继续驻村。我想过，不换人大有好处，如果换人，新人还必须有一段时间去熟悉情况，不换人可以省去人与人之间的磨合期，我这个第一书记当然一百个愿意不换人。

　　石家庄还很远，火车速度虽慢，但在一步步接近目的地，且终会到达，而且过了山区，进入平原后火车速度会提起来，我突然觉得脱贫攻坚与这趟行进在山中、目的地明确、运行时间精准的火车非常相似。

　　就在火车寂寥、执着、缓慢的前进中，我也不知何时睡着了。

后记

　　2016年2月至2018年3月，我作为原河北省国税局干部被安排到坝上驻村扶贫。扶贫对我来说是全新的工作。两年时间，我坚持把工作的一些情况记录下来，形成了七万多字的扶贫工作笔记。这期间，全国范围内，各项税收改革大力推进，营改增试点全面推开、金税三期工程上线运行、个税改革、减税降费、优化营商环境，等等，广大税务干部发挥"忠诚担当、崇法守纪、兴税强国"的税务精神，投身改革，无私奉献，涌现了众多感人的事迹。受此感染，驻村结束后，我决定以书稿的形式再现河北税务系统坝上扶贫的经历。

　　2019年5月，当我怀着惴惴不安的心情把书稿拿给我的老领导、现任国家税务总局河北省税务局一级巡视员许建斌看时，他非常激动，这勾起了他曾经驻村扶贫时的回忆，他说记录好这段珍贵的工作经历十分有意义。许建斌巡视员向河北省税务局局长卢自强汇报了此事，卢局长对此非常关心，还从百忙中抽出时间为书稿作序。

　　11月份，许建斌巡视员到国家税务总局税收宣传

283

中心汇报工作时，专门提到了我的这部书稿。国家税务总局税收宣传中心副主任杨德才非常感兴趣，抽空看了书稿后，立即跟我通话，嘱托我一定要真实、客观、准确地再现税务扶贫的情况。

国家税务总局税收宣传中心专门组织人员对书稿进行研讨，提出有建设性的修改意见，并及时联系中国言实出版社有限公司，商定相关出版事宜。不到两个月的时间，在各位领导的关怀和鼓励下，在专家们的精心指导下，在朋友们的热情帮助下，原来随手记下的散乱的工作日志，变成了沉甸甸的扶贫故事。欣喜之余，细细掂量，这本书与其说是我们扶贫工作的记录，毋宁说是领导、同事、朋友对我们的鼓励，这鼓励中饱含着他们对扶贫事业的殷切关注。

在此，感谢给予我驻村脱贫攻坚机会的组织，感谢一起驻村并肩战斗的队友，感谢帮助过我们驻村脱贫攻坚的所有单位和个人，特别感谢已过世的原怀安县国税局局长薛建强同志。这本书，既是对驻村扶贫岁月的追忆，也是我们昔日脱贫攻坚工作经历的见证，更是向所有扶贫人的致敬。

还要感谢许建斌、杨德才、马永基，没有他们的鼓励、指导和支持，我不可能完成此书，更不可能把它呈现在读者面前。

需要特别指出的是，本书所讲述的坝上乡村扶贫故事源自真实的驻村扶贫经历，但出于众所周知的原因，绝大多数地点、所有人物已作化名处理。此外，书中部分人物形象系多个现实人物拼合而成，我想适度的集中加工也是为了突出典型化，无须对号入座。书中若有不妥之处，敬请读者批评指正。

谨以此书献给坝上及关心、支持、帮助坝上的所有人。

2019 年 12 月 23 日